講談社文庫

希望のステージ

南 杏子

講談社

目次

希望のステージ

第一話　赤黒あげて、白とらない

葉村菜々子《はむらななこ》は白衣のまま病院を抜け出した。

ここから多摩《たま》川まで歩き、医局の冷蔵庫で冷やしておいたビールを二本飲む。都落ちして実家の病院に戻った身にとって、ささやかな楽しみだ。

消防署の角を曲がり、坂の多い畑道を五分も下ると河原に着く。

東京の西に位置するここ玉手《たまて》市では、今夜も星がよく見えるだろう。来月には町を挙げての大観望会《だいかんぼうかい》が開かれる。

葉村病院の古びた看板を白熱灯が照らしていた。周囲には虫の声が響く。静かな夜だった。

「急患、急患！　道、空《あ》けてえ！」

突然、担架が猛烈な勢いで突進してきた。シートの上で、着物姿の痩《や》せた男性がうめき声を上げている。

菜々子は反射的に駆け寄った。心筋梗塞《こうそく》か、くも膜下《まくか》出血か――。

「何？　どんな患者？」

担架のグリップを持つ若い男が覚束《おぼつか》なげに答える。

「えーっと、この方はヒラメ師匠です。町では超有名な芸人さんで……」

「そんなの、どーでもいい！　病状を聞いてるの！」

「すんません！　転んで、足を痛がってます」

男たちが救急隊員ではないせいか、いちいち要領を得ない。あとは苦しんでいる患者自身に尋ねるしかなかった。

「どうされました？　どこが痛みますか？　お名前、言えますか？」

院内の処置室へ向かって伴走《ばんそう》しながら菜々子は声をかける。

ヒラメ師匠と呼ばれた患者は本名、平目《ひらめ》将之介《しょうのすけ》、男性、七十八歳。玉手市民会館の駐車場で転倒したという。

市民会館は、道路をはさんで病院の向かいにある。救急車を呼ぶより、かつぎ込む方が早かった。

病院の処置室で患者の着物の裾《すそ》をめくり、足を診察する。右下肢《かし》をまっすぐ伸展させることができない。少し動かすだけで強い痛みを訴える。状況から、右大腿骨頸部《だいたいこつけいぶ》骨折が疑われた。

「平目さん――」

反応がない。しかも仏頂面《ぶつちようづら》だ。連れてきた男がヒラメ師匠と呼んだのを思い出す。

「えっと……師匠さん、ヒラメ師匠！」

患者はうっすらと目を開けた。

「こうすると痛いですか？」

右足首を持ち、わずかに回転させる。

「痛《いて》えって言ってんだろ！　やめろ、このオカチメンコ！」

三十二歳の独身女性に向かって、なんというレトロな暴言か。ビール返上、時間外で診《み》てあげているのに。よっぽど診察をやめようかと思ったが、ヒラメ師匠の顔面は蒼白《そうはく》で、冷や汗もかいているのに気づいた。体内で出血が起き、急激に血圧が下がってショック状態に陥っているのかもしれない。放り出す訳にはいかなかった。

騒がしい声を聞きつけ、処置室に夜勤の看護師が集まってきた。兄の姿もある。

菜々子は患者の状況を説明した。兄は患者から目を離さず、「あとは任せろ」と短く答える。菜々子はほっとしてバトンタッチした。ぶっきらぼうな兄だが、整形外科医としては優秀で尊敬している。

高齢者の大腿骨骨折は寝たきりになってしまいやすい。それを防ぐには早期の手術が望ましい。年齢からして、この患者も一両日中に全人工股関節置換術《こかんせつちかん》を行う可能性が高いだろう。

廊下に出たところで、菜々子は肩を叩《たた》かれた。

「オマエ、菜々子か？」

担架を運んでいた男だ。天然パーマで大柄な――。

「あれっ、クマやんだったの？」

中学時代の同級生、熊田久満《くまだひさみつ》だ。卒業後もたまに開かれる同窓会では顔を合わせていた。確か市役所に勤めているはずだ。

「相変わらず、熱いね」

いきなりこれだ。かつてクマやんが多摩川の土手で上級生にからまれたとき、菜々子が体当たりで相手を突き飛ばしたことがある。やりすぎと言われた上に、以来、何かというと「菜々子は熱いからな〜」とからかわれた。

「それで、師匠の具合はどうなのかな。まさか命に別状は……」

クマやんは急に哀愁を帯びた声になった。

「院長《あにき》が診てるから大丈夫。右大腿骨骨折で手術の見通し。まあ一ヵ月は入院して、退院後もしばらくは車椅子かな」

「あああ、ヒラメ師匠を助けてやってくれ……」

体毛が濃く大柄のクマやんは、名前の通りヒグマのようだ。そのくせ、声が高い。院内では目立つことこの上ない。

「ちょっと出ようか？」

病院の外、玄関脇にあるベンチに座った。植栽《しょくさい》の陰からコンビニのレジ袋を拾い上げる。担架の急接近のときに、とっさに投げ置いたビールだ。

「よかったら、どうぞ」

二缶ともすっかりぬるくなっていた。だが、渇きはいやされる。クマやんもうまそうに飲み始めた。

「クマやん、あの患者さんとどんな関係なの？　そもそもあの人、何なの？」

クマやんは大きなため息をつく。

「菜々子には郷土愛ってものがないの？　あのね、ヒラメ師匠は玉手市の名誉市民だよ。アンコウとナマコとヒラメのお笑いトリオ・海底三歩《かいていさんぽ》のリーダーで、八〇年代に一世を風靡《ふうび》したの知ってるでしょ？　人気絶頂のときにいろいろあって、他のメンバーとは決裂しちゃったんだけどさ」

「ふーん」

「ほら、『レッツ魚《ぎょ》！』ってギャグ、覚えてない？」

水戸黄門《みとこうもん》の格《かく》さんが印籠《いんろう》を見せるような格好で、クマやんがポーズを決めた。

「さあ……」

「じゃあさ、旗上げゲームは？　赤上げて、白上げないで、赤下げないっ――ていうの」

「知らない」

菜々子は高校卒業と同時に玉手市を出た。横浜《よこはま》市大の医学部に進学。医師になってからは赤坂《あかさか》にある権医会《けんいかい》中央病院で働いていたが、そこを三月末で退職し、実家に戻ったところだ。

約十五年間、親元を離れていた。都内最小の市で人口五万人の郷土については、小学校の副読本「わたしたちの玉手市」で学んだ程度の知識しかない。

「師匠は玉手市の宝だよ。僕は今日、市民会館を代表して出演交渉してたんだ。打ち合わせが終わって、通用口までお送りしたところで転ばせてしまった……。打ち所が悪ければ切腹ものだった」

クマやんの所属は、市教育委員会の文化企画課だった。市民会館を拠点に、コンサート、演劇、芸能、市民講座など、さまざまな催事の企画や運営を手がけているのだという。

「市民会館は、郷土の文化の殿堂だよ。でかいこと言えばさ、いつかウィーン・フィルは無理にしてもNHKのど自慢を誘致しようと思ってる」

「へえ、おもしろそうだね」

生返事《なま》になったのは、話題が菜々子の日常とあまりにも離れていたからだ。これまで横浜と赤坂を生活の拠点にしてきたが、コンサートや演劇など観《み》に行ったことはない。横浜アリーナやサントリーホール、歌舞伎座《かぶきざ》や末廣亭《すえひろてい》にも足を運んだことがない。人が多く集まる場所は苦手なのだ。

道路を隔てて向かいに建つ築四十年の玉手市民会館だが、ステージも客席も思い出せない。そういえば成人式も、医学部の期末試験が近いという理由で欠席した。

「で、なんで町に戻ってきたんだ?」

クマやんが話題を変えた。

菜々子が黙っていると、クマやんは「なるほど」と手を打った。

「そっか、お兄さんを助けることにしたんだな」

クマやんはひとり納得したようにうなずく。二代目院長の兄は病床稼働率のアップや経営の近代化に腐心している。だが、申し訳ないけれど関心はない。

「ま、まあね」

菜々子はひとまずそう答える。しばらくは実家でゆっくり働こうと思っているだけだった。

ビールを呷《あお》るついでに空を見上げる。一面に星が見えた。口からげっぷが漏《も》れる。

「菜々子、嫁入り前にしては低くないか？」

クマやんが真面目な声を出した。

「何が？」

「ほら、あれだよ、あれ。女子力っていうやつ？」

「失礼な！　さっきの師匠も、人のことオカチ……」

菜々子が言い終わる前に、クマやんのスマートフォンが鳴った。

「じゃ、明日また見舞いに来るよっ」

クマやんは意外に軽やかに走り去った。あたりは再び静かになる。

それにしても両親は何を思って娘に菜々子と名付けたのだろう。バラでもユリでもなく、菜《な》っ葉《ぱ》のような存在――。

風が木の葉を揺らす音が聞こえる。ビールを飲み干す。だんだん腹が立ってきた。

「オカチメンコ、上等じゃあ」

可憐《かれん》な花の名なんて、役に立たない。

「食えない花より、うまい菜っ葉だろっ」

満天の星に向かって毒づく。さらに大きなげっぷが出る。声は、そのまま夏の闇に吸い込まれるように消えた。


「昨夜《ゆうべ》の患者は、手術《オペ》しないよ」

翌日の夕刻、菜々子は兄から意外な事実を告げられた。

大腿骨骨折を確認した後、全身の検査を行った。手術に耐えられる体かどうかを確認するためだ。そのとき撮影したCT画像で、肺癌《がん》が見つかったのだという。

「三ヵ月は持たないだろう。人工関節の手術なんて意味がない」

肺癌が肝臓にも転移した、いわゆる末期癌の状態だった。

「そうなの……」

クマやんの驚く顔が目に浮かんだ。

「明日から菜々子が主治医になれよ。お前の友だちが連れてきたんだし」

「担当かあ。まいったなあ」

ここに戻って以来、平日の外来診療だけを九時五時で手伝っていた。ただ、ベッド数八十床の小規模病院は、バイト医不足にあえいでいる。菜々子も病棟を担当しろと言われるのは時間の問題だと覚悟はしていた。

翌朝、菜々子は兄とともに面会室へ行き、主治医としてヒラメ師匠の妻、蝶子《ちょうこ》に会った。

「ヒラメがお世話になります〜」

派手な和服姿の女性だった。週末の行楽列車に乗り込んでくる客のようにテンションが妙に高い。

大腿骨の骨折だけでなく末期癌が疑われること、外科手術や抗癌剤投与など積極的な治療の余地は残されておらず、緩和ケアを優先する方策が賢明であること、骨折の手術は見送ること――兄が順を追って説明した。

「そんなに悪いんですか……」

蝶子は肩を落とした。先ほどまでの行楽列車のにぎやかさはすっかり消えている。

「今後は、私が担当医となります」

兄の話を引き取って、菜々子は蝶子にあいさつした。

「まず、ご主人様に病気のことをお話ししたいのですが……」

蝶子は目尻にハンカチを当てながら、うなずいた。

五階病棟の個室へ蝶子とともに入った。多摩川の上流を向く西側の病室に夏の日差しが降り注ぐ。うす緑色の病衣に身を包んだ老人がベッドに横たわっていた。

首回りはしなびており、目の周囲に皺《しわ》が深く刻まれている。太く白い眉、四角い存在感のある顔だ。芸人というより、引退した政治家にいそうな雰囲気だった。小さくて離れた目からは、思いがけず強い視線が放たれている。

「失礼します。担当医の葉村菜々子です」

菜々子が自己紹介をすると、患者は、胸のネームプレートを黙ってにらみつけた。いったい何を考えているのか。

「ほんじゃば〜、ハチコ先生、よろしく頼むよう〜」

唐突に患者の口からとぼけた声が発せられた。思わず肩の力が抜ける。菜々子はナナだから次は八、というシャレのようだ。

「まあ、楽にしてちょー。しっかし、まるで地獄だね。ちょっと転んだだけなのに、やんなっちゃうよ〜。七月の定席《じょうせき》や地方の営業も、みんなキャンセル。せっかく入った仕事なのによ」

この瞬間から、ヒラメ師匠のおしゃべりが止まらなくなった。昭和の香りただよう漫談の舞台が幕を開けたかのようだった。

「で、市民会館の通用口から駐車場へ抜けようとしたらさ、ロープが張ってあんのよ。今まで何もなかったからさ、そんなロープ、あるなんて思わないじゃない。玉手市民会館はよ、『8時だョ!全員集合』を撮ってた頃から使ってるってのによ。いまの館長に代替わりしたとたん、ロープだよ。『ロープ、ロープ!』って、どうもプロレスみたいだけどね。先生、紐《ひも》じゃねえんだよ、ごん太い縄《なわ》だよ縄。お縄をちょうだい、蝶ネクタイってなもんだ。まあ、あの会館も落ちぶれたな」

グチとも自己紹介ともつきかねる話を延々と続けている。だが、愛嬌《あいきょう》のある存在感は圧倒的だ。なるほど、これが芸能人のオーラなのか。

「それにしても病院なんて入るもんじゃないね。タバコも吸えないし酒も飲めない。こんなとこにずっと寝てたら、病気になっちまうぜ。え？　バカはうつるが、骨折はうつらないって？　ほんじゃぱ、よおく聞きなよ——」

ヒラメ師匠の独演会だった。だが、菜々子には言わなければならないことがある。

胸部CT画像には、右肺に直径十センチほどの大きな肺癌の影があり、さらに十円玉くらいの影がぼたん雪のように散っている。大動脈周辺のリンパ節が腫《は》れ、胸水や腹水の影もあった。

癌は、進行度によってステージ0から進行したステージⅣに分類される。一般的に治療で完治をめざせるのは、癌のサイズが小さく、転移も限られた場所のみのステージⅡ、またはⅢの一部までだ。Ⅳでは、抗癌剤治療を行う場合もあるが、あまり効果は望めない。

ヒラメ師匠はステージⅣ。あと一、二ヵ月、兄の言ったように長くても三ヵ月の命だと思われた。

「……あの、それで師匠、お体のことについてちょっとお話を」

「イテテッ、テッテ！」

ヒラメ師匠は突然、顔をゆがませた。背骨に癌の転移があり、そこが痛むに違いない。説明の前に疼痛《とうつう》治療を優先する方が良さそうだ。

「痛みを抑える頓服《とんぷく》薬をお口に入れますね」

頓服用の医療用麻薬——モルヒネ入りの鎮痛剤を内服してもらう。数分で落ち着いてきた。痛みが和らいだようだ。

「それで師匠、お話というのはですね……」

「あのさあ先生、俺ぁもう眠いや。続きはまた今度ってことで。おやすみなさあい」

ヒラメ師匠は布団をかぶる。突然の幕引き宣言で菜々子は告知のタイミングを逸してしまった。蝶子が「内弟子《わかいもん》に送らせます」と言って、大声を張り上げた。

「カワハギ！　先生をお送りして！」

「へえいっ」

病室のドアが開き、ザンバラ髪で童顔の青年が現れた。

「ささ、お荷物は私めが」

菜々子が手にしたカルテやレントゲン写真は、あっという間に奪われた。これも師匠に仕える若手芸人の修業のうちなのか。菜々子は苦笑をもらす。廊下を歩きながら青年は、しきりに腕を掻《か》いていた。見ると、手や足に虫刺されの痕がいくつもある。

「ずいぶん、ひどいわね」

カワハギと呼ばれた青年は、顔を赤らめた。

「夜の公園に通ってると、いつも食われちゃうんで……」

「え？」

「あ、いや、芸の稽古《けいこ》っすよ」

カワハギが、「ウチには稽古場がないもんで」と付け足した。

その日の夕刻、ちょっとした騒ぎがあった。

ヒラメ師匠が病室内で喫煙したのだ。酸素を扱う病棟内での喫煙は、危険極まりない。安全管理上の問題として看過《かんか》できず、看護師長が厳重に注意した。

夜になり、再び騒動が起きた。今度は無断外出と飲酒だった。師匠は弟子に車椅子を押させ、青梅《おうめ》線の玉手駅前まで飲みに出たのだ。消灯後の深夜、病室に帰還したときはかなり酔っていた。大声が病院中に響き渡り、夜勤の看護師が院長に連絡する事態となった。結局、兄が病室へ出向き、ヒラメ師匠に、再度の厳重注意をしたという。

「いちいちケチをつけるな！　どいつもこいつも偉そうに意見しやがって。酒くらい飲ませろ！」

ヒラメ師匠はそう言って、ベッドの脇にあったステッキを振り回した。間の悪いことに、ふらついた杖の先が兄の顔に触れ、彼は鼻血を出した。

「思い上がりもはなはだしい。目のすぐ下に当たったんだぞ、硬い先端が！　危うく失明するところだった……」

翌日朝に開かれた院内会議で、兄は退院勧告を強硬に主張した。

「若先生、相手は名士ですし、ベッドの稼働率もありますから……」

父の代からいる事務長が口をはさんだ。痛いところをつかれたようで、兄は反論できない。

兄の怒りの矛先は、菜々子に向かった。

「もし入院継続させるなら、あの患者のわがままは許さない。主治医のお前がきちんとコントロールすること。いいな！」

兄は、鼻の頭のガーゼを張り替えると、マスクで隠した。ヒラメ師匠をめぐっては、癌の告知も緩和ケアも療養もリハビリも、すべてが宙ぶらりんの状態となった。

「菜々子お、どうなってるんだよ？」

昼どき、クマやんから電話があった。ヒラメ師匠と兄の関係がこじれたのを聞きつけたらしい。

「お兄さんが名誉市民を病院から追い出そうとしたんだって？　市の宝なんだよ。そもそも骨折なのに、内科の菜々子が主治医でいいのか？」

ヒラメ師匠の病状は個人情報だ。クマやんに明かすわけにはいかなかった。

「頼むよ、菜々子お。師匠には秋の文化セミナーで講師を依頼してるんだから」

「講師？　演芸会とかじゃないの？」

「ムリムリ。残念だけどいまの時代、ヒラメ師匠じゃあ、大ホールに客は呼べないよ。『昭和の演芸を語る』っていう単発の教養講座。中会議室で三十人の定員だよ」

午後の回診で、菜々子はヒラメ師匠の病室を訪れた。師匠は開口一番に言った。

「キュウコ先生、あの薬、まあまあだよ」

蝶子がすかさず「ハチコ先生だったんじゃないの？」と突っ込む。

癌の痛みにモルヒネが効いているようだ。

ヒラメ師匠は目をくるりと回し、手のひらで大げさに鼻をこすって、ニイッと笑った。病室での喫煙、無断外出、飲酒、暴行——昨日の午後から自分が引き起こした一連の騒動など、どこ吹く風といった様子だ。

「まあまあどころか、先生のことを地獄に仏様だよ、なんて言ってたんですよ。ホントにもう、素直じゃないんだから！」

蝶子の方が嬉《うれ》しそうだった。

「で、師匠……」菜々子が言いかけたところで、蝶子は小さく首を振った。

「先生、どうかまた改めてお願いいたします」

病状説明は、またにしてほしい——菜々子は、蝶子の心の声をそう読み取った。

窓辺には、明るい陽《ひ》が射《さ》していた。

ドアの外では、この日も弟子のカワハギが控えていた。彼は菜々子に向かって頭を下げ、「あのお」と切り出した。

「師匠は、いつ復帰できます？」

不意を突かれた。目の前の若い弟子は、師匠の回復を信じ切った目をしている。

「そう、ですねえ……。個人差と、それに運もありますから」

回答になっていなかった。カワハギは、目をしばたたかせつつ、手のひらで盛んに鼻をこすった。さっき、師匠がして見せたのと同じポーズだった。

体調の良い日は続かない。入院して五日目のことだった。

「やっぱりなんだか、だるくてどうしようもない。腹も突っ張るしよ」

ヒラメ師匠は、ベッドの上で自分の腹をなでた。

「言われた通り、ちゃんとタバコもやめたのに……」

体を少し動かしただけで息切れが出るようになった。癌は予想以上に急速な進行を見せている。

「師匠、お腹《なか》の検査をしましょうね」

菜々子は超音波診断装置《エコー》を病室に運び込んだ。仰向《あおむ》けになったヒラメ師匠の腹部に探触子《プローグ》を当てる。推測した通り、腹水が大量に貯留していた。肺癌が腹膜へ転移したようだ。水を保持する能力を欠いた病変部から体液がじわじわと染み出し、腹腔内に溜まる。

探触子を右肋骨《ろっこつ》の下縁に移動させると、肝臓が映し出された。灰色で均一に見えるはずの肝臓内に、いくつもの斑《まだら》が見える。モニター画面に映し出される癌病巣の激しさを前にして、菜々子は言葉を失った。ヒラメ師匠は、あと一ヵ月ももたないと思われた。

検査用のゼリーを拭き取り、菜々子は「手を洗ってきますね」と席を立った。蝶子に目配せをし、廊下で向き合う。

「先生、悪いんですね？」

初めて見る蝶子の厳しい表情だった。

「ええ……」

菜々子は、すぐに言葉を継げなかった。蝶子としばらく見つめ合う。

「……しゃべることができるのも、この二、三週間でしょう」

蝶子が呆然《ぼうぜん》とした表情になった。

「そんな……。来年は家を改築してカワハギに稽古場を作ってやる、なんて言ってたのに」

蝶子が声を詰まらせる。

「病気のことをご主人にお伝えすることができるのは、今が最後のチャンスだと思いますが……」

蝶子は視線を泳がせた。だが、やがて表情を和《やわ》らげた。

「分かりました。覚悟を決めます。先生、よろしくお願いいたします」

ふたりで病室へ戻った。菜々子は何ごともなかったかのように、師匠の胸へ聴診器をあてた。心音など聴いてはいない。言葉を選ぶため、ほんの少しだけ考える時間がほしかった。

そのとき、ヒラメ師匠の方から尋ねてきた。

「先生、俺どうなるのかな？　骨折だけじゃないんだろ？」

何かを察知した顔つきだ。

「俺の命って案外、もう長くないんじゃないか——なあんてな」

おどけてはいるが、語尾が小さく震えていた。蝶子が隣で身動きひとつせずにベッド柵を握り締めている。

「で、冗談はともかく、いつごろ仕事に復帰できるのか、ホントのとこを教えてくれよ……売れてねえったって、俺にもスケジュールっつうもんがあるからさ」

伝えるべきタイミングだと思った。

「個人差もありますが、あまり時間は残されていません」

肺癌があり、肝臓にも転移している事実を告げる。

「そう、だったのか。やっぱり、そうなのか……」

ヒラメ師匠は何度も同じ言葉を繰り返した。驚いたというよりも腑《ふ》に落ちた、という雰囲気だった。

「でも、年は越せるよな？」

まだ七月の上旬だ。正直に言うべきだろう。

「秋の紅葉が見られるかどうか……ひと月くらいかもしれません」

菜々子は唇《くちびる》を噛《か》み締める。師匠の目が、大きく見開かれた。

「そんなに……」

ヒラメ師匠は、口を半分開けたまま絶句した。

その日を境に、師匠は黙り込むようになった。菜々子が回診で訪れても、顔を向けようとしない。表情もさえなかった。ショックが続いている様子だった。

「おつらい所はありませんか？」

腹部を触診しながら尋ねる。

「つらいよ……」

ヒラメ師匠はすぐに答えた。

「なんとなく、体の奥がズーンとするような……」

肺癌の胸膜転移による痛みかもしれない。あるいは、癌の転移で脆《もろ》くなった背骨に圧迫骨折が起きているのか。

「痛み止めの湿布《しっぷ》を貼りましょう」

師匠は再び黙り込んだ。菜々子は背中をさする。

「痛いのはどこですか？」

ヒラメ師匠は顔を上げると、イヤイヤをするように言った。

「体の痛みとか、命の長さとか、そういうんじゃあ、ねえって」

肩で大きなため息をついた。死を前にしたつらさだろうか。

「みんなの世話になるっていうのが、つらくてね。役立たずになっちまうばかりか、ただの垂れ流しの迷惑者になるってえのが……。俺は、いいとこなしの人間になるんだな。これからの毎日は、地獄だよ」

菜々子は、黙って師匠の手を取った。

されるがままに手を出したヒラメ師匠は、目を閉じた。規則正しい心臓の拍動音が師匠の手首から菜々子の指先に伝わってくる。一分間、黙って脈をとり、その手をそっと戻した。

「とってもいい脈でしたよ」

ヒラメ師匠が、フッと笑った。

「……最初は、オカチメンコだと思ったんだよ」

「はいっ？」

「意外に、べっぴんだ」

菜々子が戸惑っていると、ヒラメ師匠はさらに続けた。

「これからはさ、何かあれば、まず菜々子先生に相談すっから」

初めて、本当の名前で呼んでくれた。ようやく受け入れてもらったような気持ちになる。ただ、残された時間はもう――。

かすかに聞こえるアブラゼミの鳴き声が、妙に悲しげだった。

夜、久しぶりに多摩川の土手に座ってビールを飲む。カシューナッツの小袋も出し、数粒をまとめて口に放り込んだ。

　こういう所で飲んでいるのが自分には合っているのだと、つくづく思う。お上品な大病院の専門医など、柄ではない。

「菜々子お！」

　振り返ると、ライトがまぶしい。急ブレーキの音とともに自転車が止まった。

「なんだ、クマやんか」

「なんだ、ってのはひどいな。わざわざ病院まで行ったんだぞ。ナースステーションで聞いたら、たぶん川べりだって言われて」

「ヤバっ。ここで飲んでるってバレてるんだ」

　菜々子は肩をすくめ、再び川の向こうを眺める。クマやんが菜々子の隣に座り、レジ袋をガサガサさせた。

「カシューナッツか、うまそ」

　クマやんが数粒を口に放り込む。さらに勝手に人のビールを一本取り、プルタブを勢いよく引き開けた。

「師匠に頼んでた講師の件、断られたよ。理由を尋ねたら、『いつまでも、あると思うな、命と体――てな心境なもので』と言ってたけれど、そんなに悪いの？」

　菜々子は「守秘義務」とだけ返す。クマやんは絶望的な表情で目を閉じた。

入院から一週間後の月曜日。

看護師とともに病室をのぞくと、ヒラメ師匠はベッドの上に書類を広げていた。企画書や台本、スケジュール表のようなものも見える。サイドテーブルに置いた携帯電話が鳴った。電話を取った師匠が、大声で何かの指示を出した。

「これはこれはお待たせを、菜々子先生」

ベッドの主は、張りのある表情に戻っていた。週末をはさんだ前週の金曜日に比べて、格段に調子がよさそうだ。

「お忙しそうですね」

ヒラメ師匠がニイッと笑った。

「地獄よりはね、ちゃあんと天国をめざさねえとな」

いつものように聴診器で肺の音を聴く。雑音が少し増えていた。

「息苦しくないですか？」

「うん？　生き楽しいよ」

師匠は、以前のように自信に満ちた様子でシャレを飛ばした。

いきなり病室のドアが開けられた。現れたのはカワハギだ。「すんません」と恐縮しながらも、師匠の耳元へ顔を近づけた。小声で何か報告をしている。師匠は顔をしかめ、舌打ちをする。

「バカヤロ！　赤でも黒でも構わねえ。どっちか持って来なって言っとけ！」

「へ、へえ」

「赤黒あげて、白とらない——ってのがいいんだよ」

「分かりやした！」

カワハギは勢いよくうなずくと、廊下へ飛び出して行った。入れ替わりに蝶子が入って来て、また何かを耳打ちする。

診察を終えて病室を後にするとき、菜々子は看護師に尋ねた。

「あんなに落ち込んでいたのに。いつ元気になったの？」

「今朝《けさ》からです。いろんな人がひっきりなしに出入りして、落ち着かないです」

ヒラメ師匠の激変した様子に、看護師も戸惑っていた。

「先生、ちょっとお待ちください」

急に背後から声がかかる。蝶子だった。

「折り入ってのお願いです。再来週の火曜日なんですけれど、演芸会をやることになりまして。先生、ヒラメを支えてやってくださいませんか」

菜々子は蝶子が手にした書類を見せられた。玉手市民会館使用申込書。催事名の欄には、「平田将之介——STAGE FOR YOU」とある。会場は「大ホール」に丸がつけられていた。

「うわっ！　こんな時期にステージをなさるんですか？」

看護師が小さく叫んだ。菜々子も同感だった。すでに息切れが出ている。癌が転移した骨はもろく、転倒しただけで簡単に折れる状態だ。尻餅《しりもち》でもついて首や背骨が潰れれば、命の危険すらある。

「ヒラメ最後のステージなんです。死ぬ覚悟もできています。ご迷惑かもしれませんが、どうぞお願いします」

蝶子は唇を強く結び、頭を深々と下げた。

菜々子はクマやんに電話し、蝶子に聞かされた企画について確認を取った。

「俺もメチャメチャ心配なんだよ。今朝急に予約が入ってさ。会議室じゃなくて大ホール。ヒラメ師匠、九百席を埋め切れるのかなあ……」

クマやんは別の心配をしている。

「それよりさ、危険だから教育委員会の方からストップできない？」

ヒラメ師匠の体が、舞台に耐えられないかもしれないと説明した。死も覚悟の上で行いたいと言われたことも。電話の向こうでクマやんはしばらく黙ったあと、「さすが師匠だな」とつぶやく。

「……そういう人なんだよ、ヒラメ師匠は」

クマやんは止めてくれそうにない。

仕方がない――菜々子は院長室へ向かった。

「ヒラメ師匠が舞台に上がりたいらしいんだけど……」

大きな肘掛け椅子に座っていた兄が、驚いた表情で立ち上がった。

「むちゃだ！　リスクが高すぎる。衆人環視の中で転んだり、まして急死でもされたら、葉村病院の看板に傷がつくことになる」

思った通りの反応だった。やはり、いまの病状で舞台に出るなど医学的には非常識だ。

「あたしも危険だと思う。でも禁止したって、きっと抜け出してでもやっちゃうよ」

兄は、浮かない顔で腕組みをした。

「無理なものは無理。ちゃんと言い聞かせるんだ。患者の教育も医者の仕事だ」

兄の言い方に、菜々子は強く引っかかった。余命宣告のあと、沈みきっていたヒラメ師匠が、生を全うするための灯火《ともしび》を見つけたのだ。その師匠に、何を言い聞かせろと言うのか。わずかな灯《あか》りを、医師だからといって吹き消していいはずがない。

無性に怒りがわいてきた。

「あたし、サポートする！　師匠に最後のステージをさせてあげたい！」

「菜々子、何熱くなってるんだ！　そこがお前の悪い癖だ。権医会中央病院でのことを忘れたのか。あのとき——」

兄の言葉を最後まで聞かず、菜々子は院長室を飛び出した。

演芸会の当日は雨だった。

開演二時間前の午後四時、菜々子は大型のバッグを肩に玉手市民会館を訪れた。ホワイエも大ホールもがらんとしている。舞台上にいろいろな大道具が立ち並ぶ風景を想像していたが、吊《つ》り看板のほかは何もない。ホールの入り口では、数人の若者が受付カウンターの設営を進めているだけだった。

「菜々子、こっちこっち」

クマやんに案内され、楽屋を目指す。裏動線に入ると、いきなり騒がしさが増した。漫才の稽古をするコンビ、台本を広げて音読する若者、芸のひとつなのか半裸でタップダンスを踊る者……。みんなヒラメ師匠の弟子たちだという。関係者出入り口から廊下、楽屋入り口まで、師匠の一門に属する若手芸人であふれていた。菜々子は一瞬、足がすくむ。エアコンは動いているが、湿度が高く蒸し暑い。

楽屋の奥にヒラメ師匠と蝶子がいた。師匠は車椅子に座り、弟子たちの様子に目を光らせている。

菜々子は大型バッグを床に置いた。中身を確かめるためだ。

自動体外式除細動器《AED》、手動で人工呼吸するためのアンビューバッグ、携帯式の超音波診断装置、首用コルセット、点滴薬、尿道カテーテルなどなど。緊急時用の薬剤や血液中の酸素飽和度を調べる計測器や聴診器も入っている。

「よし！」

何があっても大丈夫なように、重装備になった。スラックスの上には兄に借りたサバイバルジャケットを着ている。ポケットがたくさんあって便利なのだ。

「傭兵《ようへい》みたいだな」

クマやんが、しげしげと菜々子を見た。菜々子は無視してヒラメ師匠のそばに行く。

「おっ、菜々子先生か〜」

「いよいよですね」

「おおよ」

「開演前に、もう一度体調をチェックしましょう」

菜々子は聴診をして、腹を軽く押した。師匠が苦痛に満ちた表情をする。

「痛みますか?」

「少しな」

額に浮かぶ汗を見れば、少しどころでないのは明白だ。

「追加の痛み止めを飲みましょう」

師匠の肌に張りがない。軽い脱水症状だった。時計を見る——大丈夫だ、まだ点滴の時間はある。

「点滴が必要ですね。今から開始します」

「ここで? 大丈夫か、菜々子」

クマやんが心配そうな声を上げる。

「いいから、手伝って!」

騒がしい楽屋に、驚きの声がさざ波のように広がった。弟子たちの視線が集まるのを背中で感じる。だが、ヒラメ師匠の体調を保つため、躊躇《ちゅうちょ》している場合ではない。

「先生、そこまでしてくれなくていいよ」

「しないと倒れます」

　菜々子はヒラメ師匠の腕を強制的に車椅子の肘置きに載せた。すぐに点滴バッグを取り出すと、クマやんに命じて衣装ラックのハンガーに吊るしてもらう。手早く橈側《とうそく》皮《ひ》静脈に針を刺し、点滴を開始した。

　十五分が過ぎたあたりで、師匠の目に力が戻ってきた。

「ありがと、先生。だいぶ楽になったよ」

「師匠、約束してください。くれぐれも無理はしないって」

「分かった。菜々子先生、二時間だけでいいんだ。よろしく頼むよ。でも万が一のことがあったら、そこはうまーく看取《みと》ってくれよ」

　ヒラメ師匠が、これまでにない真剣な表情で菜々子を見る。じっと目を合わせてから、菜々子は黙って頭を下げた。

　間もなく開場のときを迎える。全体の構造を把握しようと思ってホールの入り口に回ると、行列ができていた。ものすごい人数だ。

　客の中には、テレビでよく見る女優の姿があった。サングラスですご味のある男性は、有名な映画監督だ。その後方で、丈《たけ》の短いTシャツに短パンをはいた若手芸人が順番を待ち、さらに後ろには粋《いき》な和服姿の女性が続く。盛装の男女、それも芸能界の関係者とおぼしき人たちが多い。客たちの多くは受付で記帳を行い、胸元から引き出した包みを係に渡していた。

「すっごい！　ここまで超満員なんて、初めてだ！」

クマやんは興奮を抑えられない様子だ。開場を待つ客の列でクマやんが耳にしたところでは、演芸会のタイトルからヒラメ師匠の「引退発表説」がＳＮＳで拡散し、全国のファンが玉手市に参集したらしい。

開演時刻となった。菜々子は楽屋に待機しながらモニターで舞台の様子に見入る。小太鼓《こだいこ》の音が聞こえて来た。徐々に大きくなり、ピークに達して音が止《や》む。場内の照明が落ちた。闇の中央が小さく光る。その照明が光度を増し、車椅子の男性が浮かび上がった。

ヒラメ師匠だ。金糸の刺繍《ししゅう》が入った紫色の和服にスポットライトが当たる。縫《ぬ》い取りの紋《もん》は、トレードマークの「ヒラメ」。表情は、見違えるように若々しい。

頭上には「平目斎之介──STAGE FOR YOU」という横看板が掲げられていた。

「ヨッ、ヒラメ師匠！」

歓声が上がり、場内に拍手がわく。マイクの前で師匠がゆっくりと口を開いた。

「よお、みんな暇だな」

場内は、どっと笑いに包まれた。

「師匠、最高！」

後方から声が飛ぶ。客席は次のネタを待った。だが、そこで意外な言葉が発せられた。

「俺は隠し事が嫌いなタチよ。今日は、みんなが居眠りこく前に言っとくんだが……」

ヒラメ師匠は、右手を高く上げた。

「タイトル、変えろや〜」

ヒラメ師匠のセリフを待っていたように、上手から黒衣《くろこ》が走り出て来た。

何やら白いパネルを脇に抱えている。横看板の下に立ったところで、黒衣は小さくジャンプを決め、「u」と書かれたパネルをぺたりと貼《は》り付けた。

「平目将之介――STAGE FOR YOU」は、「平目将之介――STAGE FOuR YOU」へ装いを変えた。

モニターを前にして、菜々子は声を上げそうになった。

「STAGE FOuR」とは「ステージⅣ」だ――。

師匠は手で客の動きを制し、言葉を継いだ。

「俺はステージⅣ、つまり末期癌の宣告を受けちまったんだ……」

場内は喧騒《けんそう》に包まれた後、さっと静まり返る。師匠の病状をすべての客が認識したようだ。

「そんなわけで、俺ぁもう長くない。だから最後に、愛するみんなを笑い死にさせて、いっしょにあの世へ連れて行ってやるぜ。今宵《こよい》は、俺の生前葬だぜ！」

ためらいがちな拍手が、ひとつはじけた。そこに力強い拍手が続く。すると、それはまたたく間に場内全体へと広がった。

舞台の両袖《そで》から、男女三人が中央に歩み出てヒラメ師匠の周りを固めた。影アナによると、一番弟子のハタハタ、体当たりギャグのトラフグ、異色インテリ芸のメガネカスベ。一番弟子のハタハタだけはテレビで見た記憶がある。あとは全く知らない顔だ。

先ほどの黒衣が再登場し、頭巾《ずきん》をたくし上げて口上に移る。例のカワハギ青年だ。

「師匠とともに最後まで、今宵はどうぞお楽しみくださあい！」

いきなりお笑いステージの開幕となった。ヒラメ師匠は下手《しもて》桟敷《さじき》席の最前列に車椅子を止め、怖い顔で舞台を見つめていた――。

楽屋のテーブルで、菜々子は蝶子に茶をすすめられた。

「先生、今日は本当にありがとうございます」

蝶子は、あらたまった様子で頭を下げた。

「師匠が元気になった原動力は、この舞台——生前葬だったのですね」

生きている間に自分の葬儀を行う生前葬。歌手や俳優、タレントらによる試みが時にニュースで報じられる。最近では、一般の人たちの間でも「語らう会」あるいは「感謝の会」として開くケースが増えているというのは菜々子も聞いていた。

「ヒラメは、根っからの芸人ですから……」

蝶子がモニターから目を離さずにつぶやいた。メガネカスベがウンチク満載のトークを披露している。

「昔っから芸人の実力は、送り手の拍手で分かると言います。舞台登場の拍手は迎え手、これは誰でもそこそこ大丈夫。けど送り手は厳しい。ネタが悪けりゃ、いくら名人でも通用しません。これはまさに、アタシらの人生も同じでありまして……」

「あれですよ、あれ。ヒラメは最後に、肝《きも》の冷える送り手を味わいたかったんです」

蝶子は目を細める。舞台ではヒラメ師匠と弟子たちが並び、旗上げゲームが始まった。

「赤上げて、白下げないで赤下げない！」

ヒラメ師匠が珍妙なかけ声を発し、弟子たちが手にした小旗を上げ下げする。指示と応答のバランスが崩れ、師匠の叱声《しっせい》が飛ぶ。そのたびに笑いが巻き起こる。

ステージの前半は爆笑で終わった。だが、菜々子は笑うどころではなかった。なぜなら、師匠が肩で息をしているのがモニターでもはっきり見えたからだ。

幕間《まくあい》、十五分間の休憩時間となった。後半の最後には、再び師匠の出番がある。

菜々子は、楽屋に戻ってきた師匠に駆け寄った。ほんの少し舞台に出ただけなのに、顔色が悪い。血中酸素濃度計《パルスオキシメーター》を指に装着した。

「菜々子先生、だ、大丈夫だあ」

酸素飽和度は正常値が九六パーセント以上のところ、九〇パーセント。人間が生きる上でギリギリの濃度、まさに崖っぷちの状況で、大丈夫なはずがない。癌により胸水が増え、肺に酸素を十分に取り込めないためだ。即座に利尿剤を注射した。そしてすぐ酸素を吸わせなければ――。

「あーっ！」

しまった――酸素は持ってこなかった。菜々子は、わきの下に汗が流れるのを感じた。

「病院に行って来ます！　ほんのちょっとだけ、我慢しててください！」

菜々子は楽屋を飛び出した。

在宅療養中の患者が外出時などに使う容量二リットルの携帯ボンベなら、重さはバッグ込みで三キロくらいだ。ここからなら、数分あれば取って来られる。

葉村病院の正面玄関を全速力で抜け、一階の北奥にある在宅診療部に駆け込んだ。

「ちょっとお願い！　在宅用の酸素ボンベを貸して！」

看護師は、困惑の表情を浮かべた。

「すみません、先生。今ちょうど全部、出払ってるんです……」

「そんな……」

困った――。そのとき、処置室にある据え置き型の酸素ボンベが目に入った。ボンベの重さは五十キロある。だが、こうなったら仕方がない。

「これ、持ってくよ！」

菜々子は大きな酸素ボンベを抱きかかえ、少しずつ引きずる。重い上に、滑って持ちにくい。処置室を出たところで、もう腕が痙攣《けいれん》しそうになった。ヒラメ師匠の苦しそうな表情が何度も頭をよぎる。五分経《た》ったが、まだ十メートルも進んでいない。

「菜々子、これだ！　これ使おう」

クマやんが立っていた。手には担架が握られている。ボンベの重さは、まさに大人一人分だった。

楽屋で菜々子は伸びていた。

「イヨッ、待ってました！」

大きな歓声と拍手が会場から響いてきた。菜々子は起き上がってモニターの前に座る。ステージの最後、師匠の出番がめぐってきた。一時的に酸素吸入をしたおかげで、なんとか元気を取り戻した様子が確認できる。

「先生、舞台で見ましょう」

蝶子にうながされ、菜々子はふらふらしながら舞台袖へ移動する。ヒラメ師匠がハタハタとトラフグに車椅子を押され、センターマイクの前に進み出るのが幕の向こう側に見えた。

三人にスポットライトが当たる。

「昔のトリオ・ネタやってえ！」

「けったくそ悪い話をするな。トリオの芸は死んだんだよ」

後方から「師匠のケチー」とヤジが飛んだ。

「ケチ？ 俺のファンは、みんなお上品だね。ステージの最後に言いたかったのはよ、俺の跡目、このハタハタとトラフグを可愛がってやってく……」

ヒラメ師匠が言い終える前に、会場の後方にどよめきが走った。二人の老人が堂々とした様子で通路を歩いて来るのが舞台袖から見えた。

「マジか？　ナマコと、アンコウだよ……」

菜々子の耳に、弟子たちのささやく声が聞こえた。

トリオ・海底三歩は決裂した――とクマやんに教えられたのを思い出す。笑いの路線をめぐる対立から三人が仲違《なかたが》いし、長く同じステージに立っていないとも聞いた。

ヒラメ師匠は舞台上で固まっている。どうやらこれは、サプライズ演出のようだ。傍《かたわ》らに立つハタハタの顔を見つめ、師匠の唇が「おめえか？」と動く。一番弟子は、首をすくめてうなずいた。

舞台の中央に立ったアンコウに、髪の毛はない。ひょろりとしたナマコが、背中を丸くして左側へ回った。右脇には、ヒラメが車椅子のまま並ぶ。

ステージ上に、まぼろしのトリオが勢ぞろいしたのだ。拍手が鳴り止まない。アンコウが口火を切った。

「キンジョに赤ちゃんが生まれてたなあ」

その途端、ヒラメ師匠もきりりと表情を引き締めた。

「キンギョに？　そりゃ、珍しいな」

「メズラシ、メズラシ」

三人の体に隠されていたスイッチが入り、電流が突然流れたかのようだった。

「懐かしい……トリオの持ちネタで、『近所と金魚』の勘違い話です」

蝶子が目を潤《うる》ませながら教えてくれる。

何年ぶりの再会なのだろうか？　だが三人の呼吸は、ぴったりと合う。菜々子は不思議な感動に包まれる。

「……ハタハタが、あの二人を呼んでくれたんです」

蝶子は感に堪《た》えぬ様子で言った。

「昔のことは水に流して、三人で舞台に立ってほしいと――。入院したばかりの頃、ハタハタがトリオの再結成を言い出したんです。八〇年代の輝きをもう一度って。ヒラメはハタハタの顔を平手打ちしました。弟子を殴ったことなんて一度もなかったのに。人気絶頂だったときも舞台を大事にしたヒラメは、テレビ出演に走った二人を許せなかったんですね。その晩、ヒラメは深酒です。酔って暴れて院長先生にひどいことをして、キツイご注意を……」

「あの日、そんなことが……」

蝶子は申し訳なさそうにうなずいた。

舞台では、ヒラメ、アンコウ、ナマコの三人がしゃべりながら、涙を流している。霧雨《きりさめ》のような拍手が、会場全体をしっとりと濡《ぬ》らした。

猛スピードで駆け抜けていた言葉の動きが、突然止まる。

「今日は、ありがとな」

ヒラメ師匠が、ポツリと言った。

「ほんじゃば、最後に決めろよ、ヒラメえ！」

アンコウが音頭を取る。ヒラメ師匠は右手を掲げ、大きくパーにして聴衆へ突き出した。

「レッツ魚！　みんな、あばよ――」

ヒラメの決めゼリフが炸裂《さくれつ》した。

舞台上でトリオが肩を抱き合った。三人は笑顔とも泣き顔ともつかぬ表情で顔を寄せ合う。弟子たちも泣いていた。会場は嵐のような拍手に包まれた。

「よっ、日本一！」

絶妙のタイミングで声を張り上げたのは、蝶子だった。

「どいて、どいてっ！」

緞帳《どんちょう》が最後まで下りるのを待たず、菜々子はクマやんといっしょに酸素ボンベを抱えて舞台中央のヒラメ師匠に駆け寄った。師匠の顔に酸素マスクをかぶせる。酸素飽和度八五パーセント。思った通り、ひどい低酸素状態だ。

「無理しないでって言ったのに。死ぬとこでしたよ！」

すぐに酸素飽和度は九八パーセントに戻った。

「ハタハタ！　おい、ハタハタ……」

菜々子が持つマスクの下から、くぐもった声がする。師匠はものすごい形相で目玉を動かし、一番弟子を呼びつけた。

「へ、へい！」

「て、てめえが……」

まさか、また殴るのか——菜々子は思わず身構えた。

ハタハタを見据えた師匠は、車椅子の背もたれから体を起こす。と、そのまま舞台に崩れ落ちるように膝《ひざ》をついた。

「てめえが！」

師匠は、ハタハタの着物の裾をつかんだ。切れ切れの声が漏れ出る。

「あり……がとうな」

それ以上、師匠の声は続かなかった。

五日後、ヒラメ師匠は葉村病院を退院した。本人の希望で自宅療養に切り替えたのだ。

玉川《たまがわ》上水の起点にほど近い平目邸を菜々子が訪れると、玄関には何足もの靴が並んでいた。生前葬をして以来、離れていた弟子たちが毎日訪れるようになったという。

師匠はさぞご機嫌だろう。そう思いながら上がろうとすると、怒声が響いてきた。

「バカ野郎！　俺は下手《へた》なコントにつきあっている時間はねえんだ！」

空気が張りつめた座敷では、三人の弟子が布団の周りに正座していた。上体を起こしたヒラメ師匠は鼻に酸素チューブを付け、正面のトラフグをにらんでいる。

「お前は、つかみが弱いんだよ」

ヒラメ師匠はさらに、そのオチじゃだめだ、突っ走るな、間を作れと、指導に夢中だった。菜々子はその場に立ち尽くす。師匠の姿には、鬼気《きき》迫るものがあった。

ふいに師匠が振り返った。

「おっと菜々子先生か。せっかく往診に来てくれたのにメンゴ。こいつらのせいで寿命が縮むぜ」

菜々子は在宅酸素療法の調子を確認し、一週間分の薬を処方する。

廊下に出ると、さっそく背後からヒラメ師匠の熱い声が聞こえてきた。

「おまえら、一点突破を忘れるな。どんな小さな穴でもいい。まず、針穴でいいから開けろ。そこから世界へ通じる穴をこじ開ける。できない奴は、できそうな奴を手伝え。最後にみんなでその穴をでかくして、くぐればいい。それが群れの力よ。お前らの力よ。忘れるな。『レッツ魚！』だからな」

菜々子のあとを追って、若い弟子の一人が見送りに来た。いつもの彼、最若手のカワハギだ。

「こっちはいいから、一秒でも早く稽古に戻って。師匠が待ってるわよ。ありがとう」

「へい！　こちらこそ、ありがとうございました」

カワハギは素早くお辞儀をすると、廊下を駆け戻って行った。

門前に蝶子が立っている。菜々子が目礼すると、蝶子は恥ずかしそうにほほ笑んだ。

「タクシーを待っているんです」

ふと見ると、蝶子の足元に大きな白い紙袋が二つ置かれていた。

右の紙袋には、「赤」と書かれ、左の袋は「黒」とフェルトペンで大書されていた。見ようとして見たわけではないが、いずれの紙袋にも、和紙で作られた封筒がぎっしりと詰め込まれていた。

「これは、先日の会と今日までにちょうだいしたご祝儀にお香典です。いまから神社へ空袋のお焚《た》き上げをお願いしに行くところでして……」

「すごい数ですね！」

菜々子が驚くと、蝶子は、ハンカチで額の汗を拭いた。

「ええ。ヒラメったら、業界仲間に向けた案内には、『俺の生前葬だ。赤でも黒でも持って来てちょうだい。ただし、領収書を求めることナカレ』なんて書いた付箋《ふせん》をつけて大量に送ったものですから。予想以上の金額を多くの方に……」

菜々子は思わず声をあげる。

「赤黒あげて、白とらない、ですね！」

公演前に診療した際の、ヒラメ師匠とカワハギの会話だ。赤の祝儀や黒の香典を持参の上、白い領収書不要の方を歓迎します――旗上げゲームの持ちネタを連想させるシャレの陰には、そろばん勘定があったのか。

「図々しくいただいたご厚志《こうし》は、あの弟子たちの稽古場作りに使わせていただく考えなんです。ヒラメの長年の夢でした。家を増改築して、あの子たちに稽古場兼ミニホールを作ると……。名前も決めています。『烈魚亭《れつぎよてい》』と。工務店とも話が進んでいまして」

生前葬で集めた資金で、ちゃっかりと稽古場を自宅に増設するのが師匠の計画だった。

来週から八月だ。どこからともなくヒグラシの鳴き声が聞こえてくる。

ついに、その日はやってきた。平目邸へ続く道端《みちばた》にヒマワリの花が咲いている。

布団に横になっている師匠は、いつもとは違って全身の力が抜けたような、頼りない感じがした。

「ああ、べっぴんの菜々子先生、来てくれたのか……」

ヒラメ師匠は穏やかな目で菜々子を見た。

この段階になると、呼吸困難で苦悶《くもん》してもおかしくはない。だが、モルヒネがうまく作用し、それほど苦痛を感じていない様子だ。むしろ夢見心地のようにすら見えた。

「弟子にも、一応、言うことは言ったし」

部屋には、十人以上の弟子たちが、きっちり膝を並べて座っていた。

昨日の昼は、アイスクリームを三口食べたという。だが今朝は、全く食事を口にしない。トイレの便座へ座らせても、体を支えていなければ倒れそうだ。

「師匠、苦しくないですか？」

ヒラメ師匠は首を左右に振った。だが、酸素飽和度は九〇パーセントがやっとで、呼吸状態がひどく悪かった。酸素吸入を開始する。いつ急変してもおかしくない状態だ。

「先生、俺、勘違いしてたよ」

師匠は改まった調子で言った。

「何を、ですか？」

酸素が勢いよく吹き出す音に、声がかき消されそうになる。

菜々子は耳を近づけた。

「死ぬって、もっと、怖いことかと、思っていた」

酸素マスクをつけたまま、ヒラメ師匠は一言ずつ区切るように話をした。

「癌はよ、友だちも、親も、痛がってた」

「ええ」

師匠の目を見つめたまま、菜々子は次の言葉を待つ。

「それを、見てたし、俺も……泣き叫んで、死ぬと、思って……た」

「大丈夫ですよ。心配ないですから」

菜々子は、ヒラメ師匠の肩をさすった。

「天国ってよ、空の上に、あると、思ってた……」

息が続かず、何度もせき込んだ。

「でも、先生、違ったよ」

「違いましたか」

師匠は目を閉じ、肩で呼吸を繰り返した。

「俺は、幸せだ。蝶子も娘たちも、弟子も……先生もいる。こんな、体になっても、舞台をさせ……てくれた。本当はよ、ここが、天国だった」

蝶子が、ヒラメ師匠の手を握ったまま、何度も無言でうなずく。

「ほら、お前ら、菜々子先生に、小噺《こばなし》のひとつでも、お聞かせ、しろよ」

ヒラメ師匠は口元に笑みを浮かべて弟子たちを見やった。菜々子が師匠と話をしたのは、これが最後だった。

翌日の早朝、菜々子は蝶子から連絡を受け、平目邸へ向かった。到着時、すでにヒラメ師匠の命はなかった。心音停止、呼吸停止、瞳孔散大を確認し、死亡時間を宣告する。

真っ先に泣き出したのは、部屋の隅でうなだれていたカワハギだった。蝶子は、すでに泣き尽くした様子で、静かにヒラメ師匠の髪をなでていた。

師匠を看取った四日後のことだ。土用明けのこの日、菜々子は平目邸を訪れた。告別式を終えたばかりのタイミングだが、稽古場兼ミニホールの起工式への出席を求められたのだ。

「菜々子先生！　その節は、あの、師匠が大変お世話になりましたっ」

カワハギが玄関で迎えてくれる。いつもの童顔は少し引き締まって見えた。菜々子が靴を脱いでから顔を上げると、もうそこに姿はない。奥の間で式の準備に追われる声がした。

「チェック・ワン・ツー」

マイクの調子を確かめる声は、メガネカスベだ。

「酒はこっちに置きなっ」

蝶子の指示に、「ヘイッ」と弟子の声が続く。

「座布団、まだ足りないよ！　それにエアコン、もっと強くして」

「ヘエッ、ただいまっ」

喧騒のなか、菜々子は何やら懐《なつ》かしい気持ちになる。叱《しか》り飛ばす声は違うが、まるでステージ本番前のように熱い。

蝶子がそばに来た。会釈《えしゃく》する目が、少し潤《うる》んでいる。

ハタハタが、大きな一枚板を大事そうに抱えてきた。

「おかみさん、ここでいいでしょうかっ」

一番弟子は、上座の座布団の上に板をそっと置く。木製の看板のようだ。

「ヒラメの直筆《じきひつ》です」

そこには「烈魚亭」と墨書《ぼくしょ》されていた。

忙しく動き回っていた弟子たちが一瞬、動きを止める。誰もが口をきつく結び、太く頑固そうな文字を見つめていた。

カワハギが、「みなさん、おそろいです」と叫ぶ。背後からささやく声がした。

「いよいよだね」

なんと、クマやんだ。

「これも文化企画課の仕事なの？」

「そりゃそうさ。またひとつ文化の殿堂が生まれる瞬間には立ち会わないと」

式の最中、菜々子は弟子たちをそっと見回した。カワハギはずっと前を見すえている。その表情からは、嬉しいのか悲しいのか分からない。ただ、瞳は生き生きとして、大きな希望に満ちていた。ハタハタも、トラフグも、メガネカスベも、どの弟子の瞳も同じように輝いている。

式典を終えた平目邸をあとにして、クマやんといっしょに外に出た。互いに黙ったまま、ゆっくりと歩く。

「続けてみないか？」

クマやんがぽつりと言った。

「何のこと？」

起工式の感動で、まだぼんやりと夢見心地だった。

「ほら、美空《みそら》ひばりが楽屋で医師の治療を受けて最後のコンサートをこなしたとか、大喜利《おおぎり》番組の司会者が舞台裏で点滴を打っていたって話、聞いたことあるだろ？」

菜々子は我に返る。

「無理無理！」

今回は勢いでやってしまったが、「病院の看板に傷をつけるな」と言った兄の言葉が心に刺さっていた。

「舞台に立つ人の誰もが、お抱えの医者を持つことなんてできない。でも、玉手《うち》市のステージはそんな出演者の熱意を応援したいんだ。もちろん忙しいお医者さんを舞台に拘束するつもりはない。サポート要請が来たときだけの請負方式。報酬は市民会館の企画運営予算から『医療サポート代』として支払わせてもらう。薄謝で悪いけど、決済は通ったから」

クマやんの説明を、しびれた頭が理解しきれない。

「舞台に立つ人を支える医者……」

「そう、ステージ・ドクターだよ。今の時代、病気を持っていたり、高齢だったりする出演者はプロでもアマでもすごく多いから。ヒラメ師匠のステージに感動した市長の発案で、ウチは医療サポート付きの市民会館という線で売り出そうっていう話になってね」

菜々子は心が波立つのを感じる。

命を削ってでもやりたいステージがある――そんな人に出会ってしまったからだ。

ヒラメ師匠は患者としては零点だったかもしれない。けれど、安静にしていれば百点だったのだろうか。

一秒でも命を延ばすことが医師の使命と考え、疑ったことはなかった。治療のためなら外出禁止も面会制限も当然だと思っていた。だが、それでよかったのか。

最後に学校に行きたいと言いながら亡くなった子供の患者がいた。自宅をひと目でいいから見たいと切望しつつ逝《い》った高齢の患者がいた。「良くなったら行きましょうね」などと言って、励ましているつもりになっていた。

本当はどうすれば良かったのか——あの時の答えが知りたい。

「ステージ・ドクター、私にできるかな」

うなずくクマやんの顔が、いまにも泣きそうな笑顔に変わった。

双眼鏡や星座早見盤を手にした親子連れが次々と通り過ぎて行く。今夜は大観望会だ。

第二話　屋根まで飛んで

葉村菜々子の目の前に、銀テープが何条も落ちてきた。放物線を描きながらゆらゆらと――。

「おいおい、何やってんだよ!」

何が起きたか分からない。

舞台を見学するため、菜々子が大ホールの舞台袖を歩いていたときのことだった。足元には何本ものケーブルがあり、そのひとつにつまずいたのまではよく覚えている。よろけて、近くの台につかまった。同時に横の操作パネルに肘《ひじ》が当たった。飛び上がるほど痛かった。

じーんとした痛みに耐えているなか、頭上に銀色のきらめく川が現れたのだった。

どうやら、自分は触れてはならないスイッチに触れてしまったらしい――ようやく、そう気づいた。

七ヵ月前に赤坂の権医会中央病院を辞めた菜々子は、東京の西郊にある玉手市の実家に戻り、兄が院長を務める葉村病院を手伝っていた。そしてまた、地元の玉手市民会館のステージに立つ出演者たちを医療支援《サポート》する仕事も、ぽつぽつと請け負うようになった。

世間で言う「芸術の秋」も後半戦の十月下旬、市民会館も催事が目白押しだ。菜々子はこの日、地元中学の元同級生、熊田久満が担当する会館の施設点検に便乗し、館内を視察させてもらう機会を得たのだった。

「す、すみません！」

菜々子はあわてて大声を出す。

「キャノン砲、やっちまったなあ。菜々子、こっちに来て！」

「ごめん、ごめん、クマやん」

玉手市教育委員会・文化企画課の主査であるクマやんは、外注業者による舞台装置のコンディション確認に追われていた。

「すみません、円山《まるやま》さん。じゃあ、残りの点検項目も早いとこやっちゃいましょう」

クマやんが舞台裏に回り、長い髪を後ろに束ねた口ひげとピアスの男に声をかけた。先ほど「舞台の円山さん」と紹介された会館付の若い技術スタッフだ。権医会中央病院のある赤坂界隈《かいわい》では、よく見かけたタイプだ。けれど、多摩のはずれに位置する玉手市には珍しい。

「トッコウ全部、やるわけね？」

「トッコウ、ですか？」

クマやんが尋ね返した。毛深い地方公務員が並び立つと、円山さんの、いわゆるギョーカイ人風の雰囲気が際立《きわだ》つ。

「特殊効果の演出装置のことだよ。あとは、スモークとか、レーザーやバブルとか。この会館ではあんまリクエストされないよ」

「と、とにかく全部お願いします。一応、上に報告する決まりなので」

中学時代から変わらぬ高い声でクマやんが頭を下げる。

「キャノン砲は、さっき菜々子ちゃんがやっちゃったから、いいよね」

「ホントにすみません」

菜々子は再び頭を下げる。円山さんが「舞台や客席の掃除、手間かかるよお」と肩をすくめた。

白い煙が勢いよく噴出し、緑色のレーザー光線が舞台の上に幾何学模様を作る。一瞬の間があいた。菜々子は、頬をなでる冷たい微粒子を感じる。天井から何かが降り注いでいた。

「へえ、ミストも出るんだ……」

銀のテープが飛ぼうが、煙が出ようが、単なる舞台演出としてそんなものかという感覚でしかなかった。だが、ミストだけは何か、菜々子の心に引っかかった。

「これ、いいね」

直感のようなものかもしれない。何かの役に立つかもしれないからと、アルコール綿を白衣のポケットにしのばせておくような、そんな感覚だった。

そこへ青い作業着に身を包んだショートヘアの女性が現れた。

「葉村先生、もしよろしければ、わたしが舞台裏《バックステージ》をご案内しますよ」

菜々子より少し年上、三十代半ばといったところか。円山さんと同じ技術担当のスタッフで、「音響の泉《いずみ》さん」だった。

「よろしくお願いします」

泉さんの後を追って、暗くて細い階段を登る。上へ行くにつれて闇がさらに深くなった。ビル工事の外壁を覆《おお》う足場を思わせる心もとない道。それが縦横に張り巡らされていた。

「ステージって迷い道ですね」

「先生、頭に注意して。こちらへどうぞ」

頭上の鉄骨に頭をぶつけないように気をつけながら、ゆっくりと進む。歩いているのは金網の上だ。ひと足ごとに、振動が伝わってくる。はるか下方に灯りが見えた。あそこがステージだ。

菜々子は舞台の真上、高さ約八メートルの位置にある作業用回廊《キャットウオーク》に立った。

「この足場が表と裏の境界線……」

自分が毎日患者の診療に追われている病院という場は、表と裏が混然一体としている。白衣の医師や看護師も、パジャマ姿の患者やよそゆきの見舞い客も、皆が同じ空間を行き交う。点滴台や酸素ボンベなどのむき出しの医療機器は、リボンで飾られた菓子箱やぬいぐるみと当たり前のように共存している。

だが、ここでは華やかなステージと裏の暗黒が明確に隔絶されていた。

すばやく進む泉さんを、菜々子はやっとの思いで追う。

「普段は私たち、ここを走り回っているんです」

思わず驚きの声がもれる。小柄な体からは想像もできない。

「足場」を登りつめ、客席後方の天井部分にたどりついた。そこには少し広い空間――音響室があった。スライド式のフェーダーがズラリと並ぶ音響調整卓《ミキシングコンソール》がある。このコックピットのような中で、泉さんはすべての音を操作するのだという。

隣の調光室で、「照明の三森《みつもり》さん」に紹介された。

「やあ、いらっしゃい」

笑顔で出迎えてくれた年配の三森さんは、細身の体に縦縞《たてじま》の半袖ワイシャツ、ループタイという昭和五十年代のおじさんスタイルだった。病院で兄や菜々子が日々向き合っている地元の中高年患者と大差ない。

「ピンスポの腕では、多摩地区で右に出る者はいない名人です」

調光室の中央には、遊園地で昔見たバズーカ砲のような大型投光装置《フォロー・スポットライト》があり、舞台に向けられている。装置の周囲には、小さなトゲのような紙が貼りつけられていた。三森さんによると、このトゲを目印にすれば、瞬時に照準を合わせられるのだという。

「職人の世界でしょう」

泉さんが楽しそうに説明してくれる。

調光室の窓から客席が小さく見えた。ステージや舞台裏の世界の方がずっと巨大で、客席はそうした装置に囲まれたほんの小さな空間だった。そこに座る人たちに一番おいしい部分を味わってもらえるよう、さまざまなプロが支え合っている——菜々子は、胸の奥が熱くなった。

再び泉さんの案内で、内耳《ないじ》のような螺旋《らせん》階段を降りる。泉さんは走っていないのに、どんどん差が広がる。ようやく地上に降り立つことができたときには汗だくだった。

扉を押し開けると、そこは楽屋前で、なんとクマやんが立っていた。意外な場所にたどり着いた興奮で、思わずクマやんにハイタッチする。

「ほい、こっちも点検終了」

泉さんたちとはそこで別れた。定時の勤務時間を少しオーバーして付き合ってくれたらしい。

施設点検のあとは、クマやんが一杯おごってくれることになっていた。いったん事務室へ戻るのか、それともこのまま館外へ出るのだろうか。ところが彼は太い指を立て、「もう一ヵ所、頼むよ」と言いだした。

会館の地階に降りると、澄んだピアノの音がかすかに聞こえてくる。廊下の奥、「音楽室」というプレートがかかる部屋からだ。クマやんと室内に入ると、元気のいい『トルコ行進曲』が耳に飛び込んできた。

「はい、野原剛太君《のはらごうた》は合格！　さすが六年生！　じゃあ次の人」

四十代に見える女性がパンと手を叩いたのを合図に、小学三年生ぐらいの男の子がバイオリンを肩と顎《あご》の間にはさんだ。演奏の構えは大人顔負けだ。だが、音がはずれて聞きづらい。しばらく聞いていると、『きらきら星』だと分かってきた。

「歩夢《あゆむ》君、ちゃんと練習したの？　もうすぐ発表会なのよ！」

女性が厳しい声を出した。

「歩夢のへたっぴい！」

ピアノで『トルコ行進曲』を弾《ひ》いた剛太が野次《やじ》る。

「そんな意地悪を言っちゃダメでしょ」

女性の声が和《やわ》らいだ。剛太は意地悪をしたというより、歩夢をさり気なくかばったようにも見えた。

こちらに気づいた女性が会釈して近寄ってくる。間近で見るとボブヘアのすらりとした人だった。

クマやんが菜々子を紹介すると、彼女は待っていましたとばかりに頭を下げた。

「東町《ひがしまち》で音楽教室を主宰している長尾涼子《ながおりょうこ》です」

実は菜々子に相談があるという。

「生徒のひとりに、病気治療中の子がいるんですが……」

その生徒とは、小学六年生の木場大地《きばだいち》、『きらきら星』を弾いていた歩夢の兄だった。

大地は白血病を患《わずら》い、治療のために五ヵ月前から入院中だという。一時は治療が順調で、十一月初旬に玉手市民会館大ホールで開かれる発表会「玉手ジュニア・コンサート――玉手市音楽教室連合の集い」に出演できる見通しとなったものの、直近の検査結果が思わしくなく、再び外出禁止になっていた。

ところが大地は、どうしても発表会のステージに立つと言い張り、「出られないならもう治療を受けたくない」とまで言っているという。

「発表会は毎年あるから、来年にすればと説得しました。でも大地君は、どうしても出たいと言うんです。それまで我がままなんて言わない子供だったので、お父様も驚いて、何とかならないものかと思われたようです。で、考えあぐねて熊田さんに相談しました」

クマやんが、深刻そうな表情でうなずいた。

「菜々子、白血病の患者は絶対にステージに出られないものなの？」

「患者さんの状況次第だけど……」

病状も分からないのに、ひとことでは答えられない。

「以前の大地君は、教室一番の腕前でした。でも今は病気で練習もお休みして、意欲をなくしていたんです。今回、なぜそこまでして出演したいのか分からないのですが……」

涼子は思案顔になる。

菜々子と涼子、クマやんが話している場に生徒が二人駆け寄って来た。歩夢と剛太だ。

「お兄ちゃんの話？　発表会に出られるの？」

歩夢が心配そうな顔で涼子を見上げた。

「あいつの病気、重いんでしょ？　学校にも来られないんだから、無理だよね？」

剛太が大人びた声で尋ねる。大地の同級生なのだろう。

「それでも出たいって言うから、お医者さまに相談してるのよ」

涼子が答えると、剛太は手にしたレッスンバッグを蹴《け》り上げる仕草を見せた。

「退院できないんだから、無理に決まってるのに。ネバッチ、ねばりすぎだよ。帰ろ、歩夢！」

「そんな言い方しちゃダメよ！」

涼子の言葉を聞く前に、二人は音楽室を出て行った。

涼子は「剛太君は悪い子じゃないんです」と苦笑する。

ネバッチというのは、大地のあだ名だった。父親が市内で小さな納豆工場を経営しているからだという。

「発表会に出演できるかどうかについては、大地君の病状に関する詳しい情報が必要です。病院はどちらですか？」

菜々子は大地の入院先を涼子に尋ねた。

「確か、権医会立川《たちかわ》病院です」

今年の三月、菜々子が辞めた権医会グループの系列病院だった。思い出したくない日々や出来事の記憶がよみがえる。

音楽室を離れて大ホールの前に差しかかったとき、クマやんが「飲みに行く前に、もうひと仕事だ」と倉庫に入った。

「ほいこれ、菜々子」

袖まくりをした毛むくじゃらの腕が差し出された。手にはモップが握られている。

「えっ、掃除？」

菜々子は脱力しそうだった。

「スタッフは定時で退館しちゃったからさ……」

さすがに紙吹雪や銀テープは片付けられていたが、床がしっとりと濡れている。クマやんは、舞台の奥からモップで拭き始めた。


翌日、菜々子は大地の父親と弟の歩夢とともに、玉手駅から青梅線に乗った。権医会立川病院を訪ねるためだ。

立川の街は発展を続けていた。特にここ数年は多摩地区の中心都市として、アグレッシブなくらい存在感を示している。国営昭和記念公園の前に十五階建ての新築病棟を構える権医会立川病院も、同じ印象だった。

大地の主治医は、小児科の宇佐美潤《うさみじゅん》という三十そこそこの若い医師だった。権医会グループの医師は、系列病院間で多少の人事交流がある。菜々子はスマートフォンで権医会グループのウェブサイトを開き、立川病院の医師紹介ページをチェックした。

「結構、人数は多いんだ」

小児科の医師には見知った顔が何人かいたものの、宇佐美に覚えはなかった。「勉強一直線」というエリート顔だ。メタルフレームの細メガネと薄い唇が目につく。年次は菜々子より下だった。

アポイントメントを入れておいたにもかかわらず、三人は小児科の待合室で三十分以上も待たされた。

「いやあ、失礼、失礼。ちょっと患者の処置が長引きましてね」

バタバタと現れた宇佐美が、菜々子たちの正面に座った。メガネはさらに小ぶりなフレームに買い替えたようだ。

「えっと、病状についてお知りになりたいんでしたっけ……」

宇佐美の言葉はていねいだが、いかにもめんどうだと言わんばかりの雰囲気をにじませていた。

「よろしくお願いします」

大地の父親の挨拶に続き、菜々子は、患者の地元の病院の医師だと自己紹介する。宇佐美は「それはそれは」と言いつつ、菜々子の名刺をチラリと見ただけでポケットに入れた。

宇佐美によると、大地は急性リンパ性白血病だった。

白血病は、ひとことで言えば血液の癌だ。リンパ性白血病というのは、白血球細胞の一種であるリンパ球細胞が癌化し、増殖したものだ。正常な血液細胞が異常な血液細胞の増殖によって抑えられてしまい、全身にさまざまな症状が現れる。

大地は五ヵ月前に受けた健康診断で血液の異常がみつかり、ただちに権医会立川病院へ入院となった。すぐに治療しなければ命にかかわる状況だったという。

抗癌剤により白血病細胞を減らす治療が開始された。「寛解《かんかい》導入療法」と呼ばれる最初の治療だ。抗癌剤の点滴が一週間ほど行われ、ダメージを受けた正常細胞の回復を待つ休息期間が約三週間、合計約一ヵ月にわたる治療だ。その結果、大地の白血病細胞は五パーセント以下に減って寛解し、症状も軽減した。

けれど、このままではわずかに残った白血病細胞が再び増えてしまうため、さらに別の抗癌剤を使っての治療、「地固め療法」が必要になる。

抗癌剤治療を一週間と三週間程の休息期間の一ヵ月をワンクールと呼ぶ。それが三、四クール繰り返される。

大地は今、「地固め療法」四クール目の休息期間に当たるタイミングだった。

「お願いなんですが、大地君を来月初旬に開かれるピアノの発表会に出演させる訳にはいきませんか？」

菜々子の問いに、宇佐美は厚みのない唇をピクリと動かした。

「葉村先生、何を言い出すかと思えば……」

呆《あき》れたような表情で天を仰ぎ、カルテを開ける。

「まだ九八〇しかないんですよ」

宇佐美は白血球の計測数値が記載されたページを示し、顔をしかめた。人の白血球数は血液一マイクロリットルあたり三〇〇〇以上あるのが普通だが、抗癌剤の副作用で極端に減っている。

赤血球が減れば赤血球の輸血を、血小板の減少には血小板の輸血をすることによって数値を戻すことができる。ところが白血球は輸血できない。患者自らの力で白血球細胞が増えてくるのを待つしかないのだ。

「いつもなら一ヵ月もすれば戻るのに、今回は立ち上がりが悪いんです」

大地の正常な白血球細胞がうまく増えないという。

白血球の減少は免疫力の低下を意味する。白血球細胞の数が二〇〇〇くらいにならなければ、感染リスクの高い外出は通常認められない。免疫力が低いために、インフルエンザなどのウイルスや、黄色ブドウ球菌や緑膿《りょくのう》菌などの細菌に感染して重篤《じゅうとく》な症状に陥る危険があるからだ。

「とにかく感染が危惧されます。こんな時期に患児を外出させようなんて、あなたも医師なら非常識だと分かるでしょう」

「そこは、私が感染防止策を万全にしますので……」

宇佐美は、鋭い目つきで菜々子をにらんだ。

「いい加減にしてください！　たかがピアノでしょ？　お遊びを優先させて、あなた、患児の治療と命を犠牲にする気ですか！」

「お遊びって……そんな言い方」

菜々子は言葉を失った。

「お父さんも、お父さんですよ。これが来春、麻布《あざぶ》や開成《かいせい》中学の入試を受けるから外出したい──って言うなら僕も考えますけど」

「いや先生、ウチは別に中学受験なんて……」

大地の父は渋い顔をしている。

「なら、なおさらだ。ウチの病院の患者である限り、患者と家族は主治医の方針に従うべきです」

権医会グループに潜む医療父権主義そのものだ。細メガネの発言の中には、それが澱《おり》となって堆積《たいせき》している。患者による自己決定の自由など眼中にない。

「宇佐美先生、私の考えも聞いてください。患者の……」

宇佐美は菜々子の言葉を無視した。

「言っちゃあ悪いですが、僕はこんなことで治療に失敗したくないんですよ。おたくのように大した医療設備もない所に患児を託せるはずないでしょう」

取りつく島がなく、菜々子は言葉に詰まる。

「では、そろそろカンファレンスが始まりますので」

宇佐美はいきなり立ち上がると、ナースステーションへ入ってしまった。取り残されたまま、菜々子はガラス越しに宇佐美を目で追う。彼は二度とこちらを見ることはなかった。

「葉村先生、あの、ありがとうございました。あの若いセンセーとは、以前からそりが合わないんですよ。なんだか、すみません」

大地の父親が申し訳なさそうな表情で立ち上がった。

「いえ、お役に立てず……」

万全な治療環境という意味では、宇佐美が正しい。権医会と実家の病院との差を指摘され、返す言葉がなかったのも事実だ。

菜々子は、ふがいない気持ちで父親に向かって頭を下げる。

「せんせ、気にしないで！　僕が先生の力になるからさ〜」

歩夢の大人びた一言に頰がゆるんだ。バイオリンの君は、フェミニストでもあるらしい。

菜々子たちは大地の病室へ向かった。部屋の前にある消毒用アルコールで手をこすり、備え付けのマスクを一枚取る。

一歩入って驚いた。とにかく殺風景な部屋だった。透明なビニールカーテンで仕切られた二坪《つぼ》ほどの空間に子供用のベッドが一台と、あとは折りたたまれた付き添い用の椅子がひとつだけ。感染リスクを考慮して、掃除しやすさを優先した入院環境だとは理解できる。それにしても、こういう場所で子供たちは病気と闘わなくてはならないのか——。

ベッドには色の白い少年がニットの帽子をかぶり、マスクをしたまま寝そべって漫画を読んでいた。

「お兄ちゃん！」

歩夢が大地に駆け寄った。大地は、けだるそうに漫画を脇に置く。

「ちゃんと食べてるか？　着替えを持ってきたけど、足りないものはないか？」

父親がこまめに世話をしているようだ。バッグからポリ袋に包まれた衣類を出し、棚に納めた。さらに一冊の本を取り出して大地に渡す。

「やったあ、最新刊！　あれ、その人は？」

大地が軽く眉間《みけん》にしわを寄せ、菜々子を横目で見た。

「葉村病院の菜々子先生だよ。大地が発表会に出られるように、宇佐美先生にお願いしてくれたんだけど……」

「えっ？　まじまじマジ？」

急に笑顔になった大地が、ベッドからはね起きた。菜々子は、大地の様子に驚く。

「こんにちは、大地君。そんなに発表会に出たいの？」

「出たい出たい出たい！　先生、お願い！　宇佐美に頼んで！」

大地はいきなりベッドの上に正座して、額を膝にくっつけるようにして頭を下げた。

「でもね、大地君。感染リスクがあるのは知ってるよね？」

一般的に化学療法を行う前には、治療の効果はもちろん、副作用についても話がされているものだ。

大きく目を見開き、大地はうなずいた。

「そこまでして出演したいのは、どうして？」

大地は、頭まで布団をかぶり、黙ってしまった。

しばらく待っても、答えはない。

「おい、大地。先生が聞いたことに答えろ！」

父親が強い口調で言う。だが、大地は身動きすらしない。

「お兄ちゃん、寝ちゃったのかな？　こちょこちょお」

歩夢が兄に近づき、布団の上からくすぐる真似《まね》をする。大地は布団を固くかぶり直した。

さらに無言のまま、時間が過ぎた。言いたくない訳があるのだろう。せっかくの親子の時間を気まずくさせてしまったようで、申し訳ない気になる。

「大地君、変なこと聞いちゃってごめんね。今日は帰るね」

菜々子が大地の父親にも挨拶をし、病室を出ようとしたときだった。

「ネットで調べたよ！」

大地が叫ぶように言った。

「二〇パーセントは死ぬんでしょ！」

布団から出た大地の顔は、濡れていた。

「だったら今年、弾かせてよ！」

はっとした。大地は五年生存率のことを言っている。十五歳までの急性リンパ性白血病は、五年以上の長期生存率が約八〇パーセントだ。治療は日々進歩しているとはいえ、逆に言えば二〇パーセントは五年以内に亡くなることになる。

二〇パーセントとは、五人にひとりだ。

確かに治療だけを考えれば、医師として外出を許可できる状況ではない。けれど、いまの時間を大切にすることも、大地にとってはかけがえのない貴重なことなのだ。

「大地君、分かった。分かったよ」

感染のリスクを超えて発表会に出させる――そんなことが本当にできるだろうかと菜々子自身も分からなかった。医師としてどうすればいいのか、ついさっきまで迷っていた。

だが、大地の言葉が胸に刺さった。何とかしてあげたいと強く思った。

菜々子たちは、病院前のバス停でバスを待つ。

菜々子は腰に鈍い痛みを感じていた。昨夜、クマやんに泣きつかれて手を出した舞台掃除のせいだ。

三人とも黙っていた。

「カンセンって何？」

歩夢が尋ねる。

「ウイルスやバイ菌にやられちゃうことだよ。特に今のお兄ちゃんは、周りの人からインフルエンザとかをうつされないように気をつけないといけないの」

「知ってる。お兄ちゃんに会うときは、よく手を洗わないとダメなんだよね」

歩夢はまっすぐ前を向いていた。バイオリンを手にした大人びた姿が思い起こされる。

「偉い偉い、歩夢君はよく知ってるね」

「うん！　ママが言ってたから……」

そこまで言うと、歩夢は右腕で目をこすり始めた。

――ママがいてくれればな。

歩夢が、声にならない声を漏らした。彼はまだ九歳だ。

父親は無言のままだった。

「ねえ、ママはもう帰ってこないの？」

今度ははっきりと口に出し、父を見上げる。

「ほら、バスが来たぞ」

父親が歩夢の背中を軽く押す。うつむいた歩夢の表情を見ることはできなかった。

翌日の午後、大地の父親から電話があった。大地が昨夜から病院の食事を拒否しているという。昨日の夕食に始まり、朝食、昼食に至る三食続けてのハンガー・ストライキは治療にも影響する大問題だ。

緊急の呼び出しを受け、大地の父親とともに菜々子も立川病院へ出向いた。

再交渉の機会が思わぬ形でめぐってきた。そしてこれが最後のチャンスだ——菜々子は武者震いする。

ナースステーションで向き合った主治医の宇佐美は、昨日以上に不機嫌だった。その様子に隣席の担当看護師がおろおろしている。

「とにかくお父さん、息子さんにちゃんと食べるように言ってくださいよ」

経過説明のあと、宇佐美が高圧的に命じた。

「ちょっと待ってください、宇佐美先生」

菜々子の強い声に、宇佐美はイラついたように細い眉を上げた。

「何か？」

「ハンストは、強制的に言い聞かせるだけで終わる問題ではないでしょ？」

宇佐美は冷笑している。

「どんなやり方でも、患者が食えばそれでいいんですよ」

患者の家族を目の前にして、ひどい言い方だ。菜々子は下唇をかんだ。

「宇佐美先生は患者の気持ちなんてどうでもいいんですか？　ハンストは、発表会の出演を認めてくれない宇佐美先生への抗議であることは明らかですよね」

「僕への抗議？」

菜々子の指摘に、宇佐美の表情がくもる。

「それなのに家族に責任をなすりつけて、宇佐美先生は責任を果たしたつもりですか？　ハンストを放置するのと同じじゃないですか」

菜々子は、意識的にパンチを繰り出した。再交渉の決め手として用意した「責任」というキーワードを重ねてぶつける。

「そんな、私たちはちゃんと……」

反応は予想外の方向から返ってきた。食事の管理をしていた看護師が、困惑した様子で声を震わせている。

宇佐美が割って入ってきた。

「放置なんてよく言えたものだ。なら言わせてもらいますがね、患者の家庭は母親不在だ。家で朝と晩とに、まともな栄養をとらせてもらっていたのかどうか……。そんな子に対しても、ウチの病院はきちんと世話してやっているんだ。患児は、もともと放置されてた子供なんですよ！」

菜々子は、反射的に立ち上がった。この手の男にはビンタを食らわせるしかない――そう思って右手を振り上げようとする。だが、なぜか動けない。

菜々子の右腕は、大地の父親にしっかりと掴《つか》まれていた。

「う、宇佐美先生のおっしゃる通りです。私は息子に、なんもしてやれてません。こちらでは、先生方に大変よくしていただいています」

父親は、深々と頭を下げた。

「ただ、今回の発表会だけは、息子の希望をかなえてやりたいんです。普段は我がままなんて言う子じゃあないんです。だから、どうか、外出の許可をお願いしたいんです」

最後は、涙声になっていた。

宇佐美はほんの一瞬、動きを止める。だがすぐに鋭い目つきに戻った。

血液データの表をボールペンで何度も強く叩き始める。

「何度説明したら分かるんですか。とにかく白血球が低いんです！　こんな数字じゃ、ダメに決まってるでしょう」

データをのぞき込む。極端に低い数値から、やや低い状態に変化していた。

「今日のデータは、一四二〇ですか。ずいぶん改善しましたね。あともう少しじゃないですか！」

菜々子が指摘すると、宇佐美は不快そうな表情になってカルテを閉じた。

「でも、低いものは低いんです。葉村先生と僕とでは、責任の重さが違う。予期せぬアクシデントは、僕の責任問題になるんだ。何を言われても外出は認められません！」

一周遅れのようなタイミングで、宇佐美がキーワードに食いついてきた。交渉の切り札を示すチャンスだ。責任──宇佐美が考えているのは患者のことでもなければ、家族のことでもない。自分の身が危うくなることを何よりも避けたいのだ。

「じゃあ、外出ではなく、葉村病院に転院するというのはどうでしょう？　責めはこっちが負うから、宇佐美先生の責任にはならないわよ」

宇佐美は急に口をつぐんだ。

しばらく何かを考えている様子だったが、やがて首を左右に強く振る。

「やっぱり、ありえません。これは、ジャーナルに投稿する大事な症例なんだから」

論文もあったのか。菜々子は宇佐美のもうひとつの本音に気づく。大地のケースを、どこかの医学雑誌《ジャーナル》に症例報告として発表する考えのようだ。

再交渉もこちらの負けなのか——平行線のまま話が終わりそうだった。

余裕の表情を取り戻した宇佐美が言った。

「まったく、迷惑な話ですよ。十二歳の患者が病院でハンストなんて……上が知ったらとんでもない騒ぎになる」

「え？」

思わず菜々子は声を発した。

宇佐美は、大地のハンストを院内で報告していない？　治療に大きな影響を及ぼす異常事態であるというのに？

なるほど、責任問題を極力回避したいこの男ならありうる話だと思った。

やはり責任というキーワードは効く。

菜々子はスマートフォンを取り出し、ある番号をタップした。

「もしもし、権医会立川病院ですか？」

宇佐美がいぶかしげに菜々子を見つめる。

「私、葉村病院の葉村菜々子と申します。池園《いけぞの》院長をお願いします」

宇佐美が立ち上がった。

「何する気ですか、葉村先生！」

大声で威嚇《いかく》されたが、菜々子は構わず電話を続ける。

交換の「少々お待ちください」という声を聞いた後、宇佐美に短く告げた。

「ハンストの責任問題、院長に直接相談しようと思って」

宇佐美はものすごい形相《ぎょうそう》になった。

「ばかな！　あんた、なに勝手なことするんだ！」

保留音が途切れ、院長秘書とおぼしき女性が電話口に出る。

「私、池園先生に大変お世話になった葉村菜々子と申します。はい、博士《がくい》号取得の際にもご指導をいただきました。あの、先生はご在室でしょうか」

そこまで言ったとき、宇佐美が実力行使に打って出た。菜々子は腕を摑まれ、スマホを取り上げられそうになる。

「ちょ、ちょっと、何するんですか。痛い！」

「あんたこそ、ばかな真似はやめろ！」

菜々子の手からスマホが叩き落とされ、床に転がった。

「暴力はやめてください！」

少し大げさな言い方をした。こんなときの「暴力」という申し立ては、効き目がある。

看護師がわなわなと震えていた。宇佐美自身も真っ青な顔だ。

「……分かった、分かりましたよ。責任問題は困るんです。僕、立場が弱いんですから。ピアノ発表会の出演の件、医局で話をしてみます。検討します。ですから葉村先生、先走らないでください。お願いしますよ」

宇佐美の方から頭を下げてきた。

菜々子は「こちらこそお願いします」と返し、床のスマホへ手を伸ばした。

電話口からは、相変わらず保留音が流れている。三百八十床を抱える大病院でさまざまな業務をこなしているはずの院長が、交換経由の外線電話にすぐ出るとは思えない。スマホを拾い上げる際、「……は会議中で出られません」という秘書の声がした。

そっと終話ボタンをタップする。大勢《たいせい》は決した。


その日のうちに、立川病院から電話が入った。

宇佐美は言いにくそうに話し始めた。

「いったん葉村病院へ転院させるという方向になりました。患児の状況を勘案して、医局会議でギリギリの判断がされまして。転院中は、ええと、そちらの責任ということで」

万が一にも大地が感染したら、葉村病院の責任になるという条件だった。

「了解しました」

菜々子は即答した。

続いて宇佐美が思い出したように言った。

「そういえば葉村先生って、中央病院にいらしたあの葉村先生ですか？　ウチの院長とは以前からのお知り合いなんでしょうか」

菜々子は「ええまあ」と言葉をにごす。

「いや、余計なことを言いました。では大地君の転院の件、よろしくお願いします」

宇佐美が「大地君」と呼ぶのをはじめて聞いた。菜々子が何かを言う前に、相手の声は通話終了の電子音に切り替わった。

菜々子は気が抜け、同時に苦笑する。

この三月まで、権医会中央病院で身を粉《こ》にして働いていたのは事実だ。けれど権医会立川病院の池園院長とは面識がない。権医会グループのウェブサイトをのぞいて名前が頭の片隅にあっただけだ。

それにしても、院長が会議中で助かった。あれはあれで大ホールのステージに立てるくらいの演技だったかも知れない——そう思うと、菜々子は少し膝が震えた。

電話のあと、菜々子は診察室で書類整理をしている兄に大地の件を詳しく報告した。すぐにでも入院準備を進めたかったからだ。

「ダメダメ、ダメに決まってるじゃないか」

兄は大声を上げ、こぶしで机を叩いた。

「何ひとりで熱くなって勝手な約束してんだよ。もし感染させたら、誰が責任を取るの。親御さんにどうやって言い訳するんだ？」

「父親は、大地君を発表会に出させてやりたいって言ってる」

「母親は？」

「事情があって一緒に住んでないみたい。別居中なのかも」

「母親には説明もできていないし、同意も取れていないのか」

「本人と母親以外の家族の意思は確認できてる。それに私、絶対に感染させないから」

「医者が絶対なんて言うな。そんなの分からんだろう。失敗したら、葉村病院の信用がガタ落ちになる……」

兄は涙目になった。

「患者に万が一のことが起きたら、ウチなんてすぐに潰れてしまうぞ」

珍しく兄が心細そうな表情になる。

「大地君は発表会に出ることで、免疫力の改善や治療の意欲も期待できると判断してもらえたの。最初に頼んだのは私だけど、最終的に結論を出したのは権医会立川の小児科よ。絶対というのは、患者をサポートする私の意気込みだからね」

兄は、心底弱りはてたように菜々子を見た。

「あのねえ、菜々子。十二歳の子供は、このリスクを理解できていないんだよ。ピアノの発表会なんかと命と、どっちが大切か、分かりきってるじゃない。専門家である医師が、そこを冷静に説得すべきなんじゃないの？　権医会も患者を甘やかしすぎだよ。こんな小さな病院にその尻ぬぐいをさせるなんて、何を考えてるんだ」

「でも、引き受けるからね」

「ダメだ。断れ！　病院の信用を落とすような冒険は許さん」

兄は机を激しく叩いた。

「転院の方針は、権医会立川病院がすでに決めたことなのよ！　場合によっては権医会からの紹介患者数に影響すると思うけど？」

大病院を受診した患者の一部は、病状が安定すれば、地元の病院やクリニックへ紹介されるのが一般的な流れだ。そのとき、どのクリニックや病院へ紹介するかについては、大病院の裁量で決まる。葉村病院は、もちろんひとりでも多くの患者を紹介してもらいたい。

「ここで大地君の転院を断れば、受け入れ態勢の悪い病院だって認識されちゃうんじゃない？」

「そ、それとこれとは……」

兄は言葉を詰まらせた。そのまま腕を組み、しばらく天井を仰《あお》いだ。

「条件がある」

兄は苦しそうな声で言った。

「転院は認めるが、感染防止策を最高のレベルで徹底すること」

兄は傍らの用箋《ようせん》にペンを走らせ、菜々子に渡した。

「これを完全にクリアしろ。不備があれば発表会への出演は認めない。即中止だ」

「接触物の徹底消毒」や「感染リスクの排除」など、兄らしい細かくて厳しいリストだった。大地の父親が納豆工場を営んでいることを報告し忘れた。だが、それを言えばさらに複数の項目が追加されそうだ。

菜々子はリストを手に、小さく頭を下げて診察室を後にした。

玉手市の中心部から奥多摩街道を東へ進み、養鱒場《ようそん》を目印に多摩川を渡る。岸辺には、薄紫色をしたカワラノギクの頼りなげな姿がある。川原にこの花が咲くと本物の秋だ。

生まれ育った町の変わらぬ風景に目を走らせた後、菜々子は車のハンドルを左に切る。丘陵が迫る町はずれの一角に、「合同会社・木場フーズ」の建屋が現れた。

大地を葉村病院で受け入れるに当たり、大地の父親ともう一度打ち合わせをしておきたい。そう考えた菜々子は、住所を頼りに木場家を訪ねることにしたのだ。

二階建ての木造アパートをL字形に並べたような造りだった。ここが、工場兼自宅なのだろう。まずは、どこが玄関か分からない。自宅部分の入り口をさがして周辺をうろうろしていると、背後から低い声がした。

「どちらさん？　勝手に入られると困るんですけど」

振り返ると、紺色の事務服を着た年輩の女性が、不審者をとがめるような目で菜々子を見ていた。

「ち、違うんです。あの、私、大地君の……」

訪問の事情を説明した菜々子は、ようやく不法侵入の誤解を解いてもらう。

「ああ、葉村先生」

同じ紺色の上っ張りを着た大地の父親が、事務室の奥から出てきた。菜々子はL字の短い方の棟に案内され、少し奥まった所にある玄関から、自宅部分の居室内に招き入れられた。

リビングに通された菜々子は、今後の入院生活で大地が着る洋服や身の回りの品をチェックする。兄のリストには「接触物の徹底消毒」があった。それは洋服も対象になる。着衣を介してウイルスや細菌に感染するリスクがあるからだ。

「洗濯物は外に干さずに乾燥機にかけてください。土ぼこりにはカビの胞子《ほうし》が多量に含まれています。大地君は抵抗力が落ちていますから、洗濯物に付着した胞子を吸い込むとアスペルギルス症になる危険性もあり――」

「これまでも、そうやってます」

そういえば大地を見舞った際、父親がポリ袋に入れた衣類を持参していたのを思い出す。

「失礼、言うまでもありませんでしたね。そして当日なんですが……」

たとえ家族でも大地との接触は避けてほしいと念押しした。ステージでは、大地だけ隔離《かくり》状態で演奏する予定であることも伝える。

これまで権医会立川病院の完全な「保護下」にあった大地を人混みに連れ出すのだ。感染リスクを最小限まで低減させるためには、家族にも協力してもらう必要がある。父親はメモを取りながら菜々子の話を聞いた。

「大地の練習用キーボードが家にあります。それを病室に運び入れてもいいでしょうか？」

病室に入る大きさだろうかと心配になる。

「どんなものですか？」

父親は「実際にご覧ください」と、リビングに隣接する洋間へ菜々子を案内した。

「わあ、素敵ですね」

菜々子の視界へ一番に飛び込んできたのは、部屋の中央に据え置かれたグランドピアノだった。その脇に、父親の言ったキーボードもある。卓上用のコンパクトサイズで、問題なく病室に納まりそうだ。

「アルコール消毒しても構いませんか？」

父親は「もちろん」とうなずいた。

部屋の壁には何枚かのポスターが額に入れて飾られている。そのいずれにも、深紅《しんく》のドレスを着ておだやかな笑みを見せる若い女性が写っていた。

「大地《あいつ》の母親です」

父親の顔つきが急に和らいだ。

ピアニストでいらっしゃるんですね」

目元は大地や歩夢にそっくりだった。けれど木場とは別の名字が刷り込まれている。

「ご結婚前のものですか？」

「ええ、若いころのリサイタルやら何やらのポスターです」

大地の両親は、玉手市の中学で同級生だったという。

「親の反対を押し切って一緒になったんですが、大地が体調を崩したころから、子供の病気のことや、お互いの生き方のことや、まあ色々と衝突することが増えてしまって……」

大地の父は、しきりに頭をかいた。

グランドピアノの前には、大小二つの椅子が並べ置かれている。菜々子は、開いたままになっている鍵盤蓋《フォールボード》のブランドマークに触れてみた。うっすらとしたホコリが金文字から指先に移った。

「葉村先生、面倒をかけてすみません」

た。
大地の望みを叶《かな》えてやってほしい——そう言って父親は、改めて菜々子に頭を下げ
帰る前に、菜々子は納豆の生産ラインを少しだけ見学させてもらう。
「社長、銀行からお電話です」
遠くから女性の声がした。大地の父親は「すみません、ちょっと外します。工場は
チーフに案内させますので」と出て行った。
「どうぞ、こちらです。足はMサイズで大丈夫ですか？」
チーフと呼ばれた女性は、菜々子に真っ白い長靴を差し出した。菜々子はそれに履《は》
き替え、工場の中に入った。清潔に保たれた床や道具。従業員たちは白い作業服で作
業を進めている。
納豆の匂いはほとんどしなかった。ほんのりと豆乳のような甘い香りを感じる。
「まず、煮豆を作るんです」
巨大なバスタブのような水槽に豆が浸されていた。吸水して膨《ふく》れた豆を蒸《む》し、煮豆
にするという。そこに、納豆菌がスプレーされる。
「煮豆をパックに入れてから発酵させるんです」
パック詰めは自動化されており、煮豆がものすごいスピードで発泡スチロールのパ

ックに分配されていた。タレや辛子も入っている。

隣の部屋へ移ると、少し蒸し暑かった。やっと納豆の匂いを感じる。

「発酵室です。パックの中で煮豆から納豆になるんです」

モーツァルトの交響曲が聞こえてきた。納豆菌に音楽を聴かせて培養しているという。

「こうすると、納豆の味が格段に良くなるんですよ。社長の奥さんのアイデアです」

夫婦が仲むつまじかったころに始めた工夫なのだろうか。菜々子は切ないような複雑な思いにかられる。

冷蔵庫や品質検査室を見終わると、休憩室の接客スペースに通された。パーティションで区切られているだけで、向こう側でテーブルを囲む女性従業員たちの話し声が筒抜けだった。

「給料が遅れるなんて……」

ひそひそ声が聞こえる。

「……お坊ちゃんの治療費が……」

会話はときどき、点けっぱなしのテレビの音にかき消された。

「……社長はマザコンだから……」

「シッ、声が大きいよ」

たしなめる声とともに、雑談はほとんど聞き取れなくなった。

大地の母親は、姑《しゅうとめ》との確執もあったようだ。

大地の父親が戻ってきた。休憩室の女性たちは、さっと静かになる。

「葉村先生、お待たせしました」

工場の外へと見送られる途中、大地の父親がぽつりとつぶやいた。

「先生、子供が病気になると大変ですね。いろんなものが壊れてゆく」

病気の治療というものは、特に子供の入院は、きれいごとでは済まない。

一般に、白血病の治療で入院する期間は半年以上と長い。その間、家族は患者への不安を持ちつつ、自らが感染源にならないように気を張り詰めて暮らすことになる。いわば、兄が作った感染防止リストを何ヵ月も守り続けなければならないのと同じで、精神的にはきつい状態だ。

白血病の根治療法である骨髄移植治療には、さらに高額医療費の問題も発生する。

子供の病気をきっかけにこうしたストレスにさらされ続けた夫婦は、ときに険悪な雰囲気にもなりやすい。

「来月の発表会が、ご家族全員の心の支えになるといいですね」

菜々子はそれとなく大地の母親を思いながら言う。

「妻は――大地の母親は、発表会にも来ないと思いますよ」

父親の言い方は、ひどく投げやりに聞こえた。

帰宅後、菜々子は大地とLINEをする。
《大地君の家に行って来たよ。来月の発表会、出演準備は順調だからよろしく》
《ななこ先生、ありがとう。こちらこそよろしく》
菜々子が、食べ物に関する注意リストを添付した。
《禁止食品＝お寿司《すし》、ヨーグルト、果物、生クリーム、キムチ、ナチュラルチーズ》
《そんなの知ってるよ》
《そっかー。ごめんごめん》
《家が納豆屋なのに、納豆もダメなんだよ～》
《ドンマイ！　今だけだよ》
会話は次々とつながった。だが、母親と父親の関係についてどう思っているのか聞けずに終わってしまう。
菜々子はベッドに寝そべり、兄に渡された感染防止リストを改めて眺めた。

①患児の体調の完全管理
②接触物の徹底消毒
③他人との接触禁止
④動植物や菌類・ダストの除去
⑤観客からの感染リスクの排除

菜々子がコントロールしやすいのは、②、③、④だ。
②については、車、控室、ピアノなど、大地が触れるものは徹底的にアルコール消毒をする予定だ。
③は、入院中は問題ないとして、病院から車で移動、会場では大地の動線が他の出演者と交差しないようにする。
④については、動物や植物、それにホコリに付着したウイルスや菌を吸い込むことが問題になる。この点は、着衣に関する注意を大地の父に念押しした。さらに、空気清浄機やマスクの使用をうながし、発表会のステージには花を飾らないように指導すればいい。

最初の①は、感染防止がうまくいったかどうかの「成績表」のようなものだ。感染の結果として熱が出るからだ。万が一、発熱した場合は万事休すとなる。兄の指示を待つまでもなく、菜々子はすぐに大地の出演中止を決定するつもりだ。その際は、早急に抗生剤の投与による治療が必要になるだろう。場合によっては、権医会立川病院へ救急搬送しなければならない。

問題は⑤だ。最も有効な手立ては、観客にマスクを着用させることだ。ただ、第三者にマスクを強制的に着けさせることは難しい。

日本には危険な感染症にかかった患者の隔離なども定めた感染症法や、受動喫煙防止のための対策を施設管理者に求める健康増進法がある。しかし、より一般的な健康被害の拡散を防ぎうる「マスク着用」というシンプルな措置は、何らの法的なバックアップも得ていない。

幸いなことに、今はまだ十月でインフルエンザの流行期に入っていない。だが、ある程度規模の大きい集団なら、すでにインフルエンザに感染している人が少なからずいるはずだ。その人たちにマスクを強制的に着用させることは、実はかなり難しい。

たとえば病院内で咳《せき》をしている見舞客にマスクを手渡し、「着用をお願いします」と要請したとしても、目指す病室で患者に会った瞬間にはずしてしまう人がいる。案《あん》の定《じょう》、見舞いを受けた患者は数日後に熱を出す。そうした見舞客の無神経さに、菜々子は何度も怒りを覚えたものだ。

菜々子は、兄のリストに具体的な対策を書き込んでいった。

①患児の体調の完全管理　↓②〜⑤次第。発熱したら即、出演中止
②接触物の徹底消毒　↓ピアノ、器材、楽譜、テーブル等のアルコール消毒
③他人との接触禁止　↓他の演者と接触しない動線の確立
④動植物や菌類・ダストの除去　↓特に会場の花を撤去。大地に手洗い＋マスク着用を指示
⑤観客からの感染リスクの排除　↓「マスク着用のお願い」のチラシ作成、関係者への周知、咳をする観客にマスク着用を求める

やはり、どうしても⑤が弱い。

会場内のマスク着用率をどこまで高めることができるか？　どんなにチラシを配り、各方面へ頭を下げて頼んでも、これなら確実という確信を得ることはできない。観客をコントロールできない以上、それは無理もない。

菜々子は、ため息をつきながら兄のリストを何度も読み返した。

「え？　ちょっと待って」
⑤の対策は、「観客」に働きかけるだけとは限らない。
「感染リスク」そのものを直接コントロールしてしまう手もあるのではないか？

問題となるインフルエンザウイルスを不活化させ、感染力を消失させるには……。

菜々子はベッドを飛び降り、書棚の前に立って医学雑誌のバックナンバーなどを次々と引っ張り出した。

確かあったはず——一時間ほどかけ、ようやく目指す論文を探し当てた。データは信頼性が高く、円山さんの力を借りれば実現できるはずだ。

「これで行こう！」

そう思いついた瞬間、菜々子は嬉しくてキャノン砲を発射させたいくらいだった。

発表会を翌々日にひかえた金曜日の午後。市民会館では、大ホールを使った「通しリハ」が行われた。玉手市内のピアノ教室や音楽教室に通う児童たちが一堂に会し、にぎやかな最終練習になっている。

照明の三森さんと舞台の円山さんは大忙しの様子だ。子供たちの演奏に合わせてホリゾントライトが背景に多彩な色をつけ、ピンスポットが小さな演奏者を浮かび上がらせる。サービス精神満点のキャノン砲やスモークなどの演出も続いた。

演目と演目の合間に、菜々子も客席の通路や舞台上を何度も歩いてみた。首からぶら下げた計器にチラと目をやり、バインダーに挟んだ紙に数字を書き込む作業を続けた。

「サマになってるね。タイムキーパーの若い女の子みたいだよ」

昔っからクマやんは冷やかすのが好きだ。

「ハイハイ、人のことより熊田さんも自分の仕事をしていただけませんか」

菜々子はわざと丁寧に言い返す。

暗闇の裏動線をひとり進み、菜々子は音響室にたどり着いた。

音響の泉さんは、音響調整卓の前に、足を投げ出してくつろいでいる。ピアノ以外の楽器は持ち込みで、かつ舞台マイクなしで行われる音楽発表会のリハーサルでは、音響さんの出番がほとんどないらしい。

菜々子は、舞台演出に関する特別なリクエストを泉さんに伝えた。

「――どういうことかよく分かりませんけど、ともかく舞台の円山君に話をつなぎますよ。あとで葉村先生の方からも、そのリクエスト内容を詳しく説明してやってください。ご覧の通り、彼はいまフル回転中で余裕なしですから」

休憩時間、菜々子は長尾音楽教室の控室に回った。出演する児童を前に、明後日《あさって》の発表会に大地の出演が決まったことを涼子から伝えてもらう。子供たちが歓声を上げた。剛太と歩夢も「やったね！」「出られるんだ！」とハイタッチする。

「そこでみんなに、大切なお話があります」

涼子は手を叩いて子供たちの注意を自分に集めた。真剣な顔で、口元に人差し指を立てる。室内が静まると、涼子に促されて菜々子がゆっくりと語り始めた。

「大地君は、大きな病気と闘っています。つらく、苦しい治療を受けています。それでも負けないで、頑張っています」

菜々子は生徒たちひとりひとりを見つめた。

「今回は、その治療の最中ですが、発表会に出ることになりました。いまの大地君は、自分の病気と闘うことで精いっぱいです。だから、もしインフルエンザや風邪《かぜ》がうつると、死んでしまうかもしれません。その原因となるウイルスや菌はどこにでもあって、私たちの体にくっついています」

子供たちは、静かに菜々子の説明を聞いていた。

「ですから、皆さんにお願いがあります。大地君にウイルスや菌をくっつけてしまわないように、そっと遠くから見守ってあげてください。そして、特に少しでも咳が出る人は、必ずマスクをしてください。皆さんのお父さんやお母さん、おじいちゃんやおばあちゃん、家族や親戚の人たち全員に、そうお願いしてください」

菜々子は、静かに頭を下げる。

菜々子は、さらに会館の受付や他の部署も訪ね歩き、職員にも協力を要請して回った。

「どうかどうか、よろしくお願いします」

菜々子に付き添ってくれたクマやんの高い声が、それぞれの部屋で響き渡った。

夕方、菜々子はクマやんといっしょに大地の家を再訪した。本番前の練習用キーボードと当日の洋服を受け取る約束をしていたのだ。

応対に出た女性事務員が「聞いております。いまお持ちします」と答え、席を立った。

待っている間に、怒鳴り声が聞こえてきた。首を伸ばして声のする方を見ると、強面《こわもて》の男性従業員が少年の耳を引っ張り上げている。

「こいつ、とんでもないガキだ！　小学生のくせに工場荒らしか。警察行くか？」

――なんと、剛太ではないか。

剛太は段ボール箱を抱えている。その横で歩夢が、「違うの、違うんだ」と言いながら半泣きだった。

菜々子は二人に駆け寄ろうとした。だが、それに気づいた強面に、「ここは食品工場だ。部外者に入ってもらったら困るんだよ。おおい、帰ってもらえ！」と大きな声で一喝《いっかつ》されてしまう。

ちょうど戻ってきた女性事務員は、あわてた様子で「社長からの預かりものです」と菜々子にキーボードの大きな包みを差し出し、肩をすくめた。

「主任を怒らせたら、私、クビになります。どうか、すぐにお引き取りください」

菜々子とクマやんは事務員に強く促され、剛太のことが気がかりではあったが、従うしかなかった。後で剛太に連絡してみようと思いながら菜々子たちは工場を出た。

発表会の前日、大地は葉村病院が差し向けた患者搬送用の専用車に乗って立川病院から転院してきた。

大地はくったくのない様子で「こんにちは」と言い、用意された個室に入った。テーブルに置かれたキーボードをすぐに見つける。たまらなく嬉しそうな表情になった。

「キーボードや部屋の机も、全部、消毒してあるから。安心して、好きなだけ練習してね」

ＬＩＮＥでは、練習不足を気にする様子もあったのを思い出す。

「ありがとう！」

リラックスした大地の声が、心地よく部屋に響いた。

看護師が来て、体温をチェックする。熱は出ていない。ナースコールの場所や飲料水の場所などを説明するのを見ながら、菜々子は病室の扉をそっと閉めた。

いよいよ明日だ。

菜々子は、何度も見直した兄のリストをもう一度確認した。最後の項目の書き込みが完了したのは、ついさっきのことだった。
⑤観客からの感染リスクの排除　↓「マスク着用のお願い」のチラシ作成、関係者への周知、咳をする観客にマスク着用を求める。大地のステージで〈特効〉を稼働させる

日曜日。ついに音楽発表会の当日を迎えた。「玉手ジュニア・コンサート――玉手市音楽教室連合の集い」と書かれた大きな看板が市民会館の正面玄関に掲げられている。

菜々子は朝早くから会場入りして、大地の楽屋をアルコール消毒する。涼子やクマやんも会場の準備を進めていた。スケジュール表を細かく照合しながら、大地が他の発表者と接触しないよう、最終的な動線を決めた。他の子供が興味本位で大地の楽屋に来てしまうのも困る。大地のいる場所も教えない方針を再確認する。

「菜々子ちゃん、やるよね？」

背後から肩を叩かれた。案の定、長い髪を束ねた舞台の円山さんだった。菜々子に対してすっかりタメロだ。

「やりましょう。ステージで最初で最後の動作確認、お願いします」

三十分後、菜々子は再び葉村病院へ戻り、大地の体調をチェックした。熱はない。食欲もある。早朝の血液データも問題なし。きょうの発表会に出られる状態だ。

午前八時になった。病院の裏手にある駐車場へ大地を連れていく。

表の道路をはさんで向かいにある市民会館までは、歩いても二、三分の距離だが、感染リスクを最小限にするために車を使う。前を走る市道が工事中だったのも、車移動に決めた要因だった。工事現場の近くは、土壌に含まれているウイルスや菌が空気中を舞っている。そのなかを歩けば、病原物質を吸い込むことになる。しかも、通行人や何かにぶつかって怪我《けが》をする可能性もゼロではない。

大地が、車に乗る直前のことだった。車止めに足を取られた大地が、転びそうになった。ヒヤリとする。だが、さすが十二歳だ。跳ねるように体勢を戻すと、何ごとも無かったかのように車の中に入った。

「いま、転びそうになったでしょ？」

運転しながら菜々子は自分の手が震えるのを自覚した。血小板が少ない状態で頭を打てば、外傷性くも膜下出血が起きないとも限らない。

「バレた？」

大地は舌を出す。先が思いやられた。アクシデントの可能性は無限にある――菜々子は気持ちを引き締めた。

市民会館に入り、裏動線を使って大地を楽屋入りさせる。開演は十時なので、出演する他の生徒たちは誰もまだ来ていなかった。

大地の出演順は三番目だ。各教室を横断する形でプログラムを組み、小学校低学年から徐々に上手《うま》い上級生の順になる。大地の実力からすれば、本当はトリでもおかしくないと涼子に言われた。だが、この日のステージ上でピアノに最初に触れる演者が大地になるよう、菜々子が特別な編成を依頼したのだ。

隣の楽屋や裏動線の廊下が騒がしさを増してきた。九時半を回り、ホールを目指す来場者も増えてくる時間帯だろう。

来場客のマスク着用率をチェックするために、ホワイエへ回ってみよう——菜々子がそう思ったときだった。スマートフォンに着信があった。

「菜々子ちゃん？　ちょっとうまくいかなくってさあ」

円山からだ。特効装置の不具合を伝える電話だった。やはり、トラブルは起きる。

通話を終え、菜々子は大地に向き直った。

「いい、大地君？　十時十二分になったら出番の準備よ。この部屋を出て、奥の通路からステージまで、ひとりで行けるよね？　移動中はこの手袋をして、ドアノブや壁にも直接触らない。途中で誰かに会っちゃだめだし、話してもだめ。まっすぐステージへ、ね？」

「大丈夫だよ、菜々子先生。僕、ちゃんとやるから心配しないで」

菜々子は意を決して楽屋を後にした。大地を信じるしかない。

円山は、舞台袖の奥に並んだ特効装置群の前で、首をひねっていた。

「円山さん、何があったの？」

「まいったよ。二つの装置を急ごしらえで接続したもんだから、パイプのサイズがうまく合わなくて……」

「ガムテープでつなぐのじゃダメなの？」

「当然、何回もやったけど、ずれて漏れちゃうと、安全装置が働いて機械が止まるんだ。この位置だけ、ジャストフィット。そこからちょっとでもずれるとアウト。いや、まいったよ」

菜々子は、円山の手元をのぞき込んだ。ふたつのパイプは、サイズが違うだけでなく、片方は凹凸のついた蛇腹《じゃばら》状だった。

「じゃあ、私がその位置で押さえる！」

菜々子が言うと、円山の顔がぱっと明るくなった。

「菜々子ちゃん、助かる！」

円山から、パイプの先と先を受け取った。接合部分を両手でしっかりと合わせる。機械の振動に負けないよう、腰を落として踏ん張った。このポジションに張り付くと、かろうじて舞台は見えるが、客席は全く見えなくなった。

「テストはできない。一発勝負だからね、菜々子ちゃん」

初めて見る円山の真剣な表情に、菜々子はしっかりとうなずく。

「うん、頑張る。医者ってね、そういう勝ち負けの瞬間は結構多いの。そっちもよろしくね」

男の耳元でピアスが揺れるのが見えた。

十時になった。開演だ。

菜々子は舞台奥の特効装置の前から、わずかに見えるステージの中央を見つめていた。

客席は菜々子の視界から完全にはずれていた。小さな咳払いが聞こえる。いったい何人の人がマスクをしてくれているのだろう。

「――プログラム一番、柳沢《やなぎさわ》ボーカル教室、大島《おおしま》りりこさん」

場内アナウンスが、出演者の名を告げた。客席に拍手が響き渡る。

最初の演者は、小学二年生の女の子だ。涼子の電子ピアノの伴奏とともに、『メリーさんの羊』を歌った。

十時十二分になった。大地がひとりで楽屋を出る時間だ。もう出発しただろうか。動線は間違えていないか。気になって仕方がない。

続いて、歩夢が舞台に立つ。顎と肩にバイオリンをはさみ、弓を構えた。涼子の指揮で『きらきら星』を弾き始める。

兄の大地が、無事に舞台袖に到着し、スタンバイするのが見えた。マスクの位置を気にしながら、菜々子の姿を後方に認めて小さくVサインを送ってくる。

「無事に到着、よかった！」

そうつぶやき、菜々子も笑顔で何度もうなずき返す。

ステージの中央では歩夢が演奏を終え、客席に向かって頭を下げた。

大きな拍手が、菜々子の所まで鳴り響く。『きらきら星』は、初めて聞いたときに比べて格段にうまくなっていた。

歩夢が下手へと下がる。チラリと兄の方を見て、小さく手を振った。

そのタイミングで、菜々子は目の前の円山に合図を出す。円山はウインクすると、機器の操作を始めた。

大きな扇風機がファンを回転させ始め、舞台が風上になる。さらに、その隣に設置されたエアコンの室外機のように見える二台の特効装置が、わずかに振動し始めた。

「バブルとミスト――ぶっつけ本番のジョイントだ。菜々子ちゃん、最後の最後まで頼むよ～」

円山の口ひげが、激しく震えている。装置の動きのせいではなさそうだ。

菜々子は、装置と装置の間に両手を突っ込み、送風パイプを押さえた。自分の手が、特殊効果の動きを完全にサポートできているかどうかは分からなかったが、腰をかがめ、不自然な姿勢で機械の振動に耐える。

場内にアナウンスが流れた。

「入院中の生徒さんが病院から会場に駆けつけてくれました。治療の関係で、今はマスクをしていますが、本当はとってもカッコいい少年です。先ほどバイオリンを演奏してくれた歩夢君のお兄ちゃんでもあります――」

菜々子と円山が目と目を合わせ、うなずき合う。

アナウンスにタイミングを合わせるように、舞台から客席へとシャボン玉が舞い降りてきた。次から次へと、驚くほど大量に。客席からは歓声があがる。

シャボン玉は、大型ファンの力で静かに舞い上がり、舞台から客席へと風の波に乗る。それらがすべて、ホールの天井まで飛んで、客席の上空で弾《はじ》けて消える。

ただのシャボン玉ではない。

頼りなげな円球は、クリスタルに輝くものではなく、かすかに濁《にご》ったような色を帯びていた。

菜々子がリクエストした方法、つまり円山が形にした特効装置は、シャボン玉の中に無数のミストを閉じ込めて舞台から降らせるものだった。

これによって、舞台から客席にかけて空気中の「絶対湿度」が高まり、ウイルスの感染力を低下させる効果が出る。

絶対湿度とは、一立方メートルの空気中に含まれる水蒸気の量をグラムで表したものだ。近年の研究から、「絶対湿度が十一グラムを超える環境では、インフルエンザ・ウイルスの感染力は減退する」という論文が発表されていた。絶対湿度十一グラムとは、天気予報が伝える相対湿度で言えば、気温二十度で湿度六五パーセントに相当する。

当然ながら絶対湿度の上昇により、舞台上は結構な湿気を帯びる。あの施設点検の夜、水気を吸ったモップと雑巾で舞台清掃に悪戦苦闘した経験が、菜々子に対策のヒントを与えてくれたのだ。

「湿度九・五」

菜々子は、首に下げたデジタル温湿度計の計測数値を目で追う。

「十・四になったわ。順調よ、このまま行って」

円山の手で、装置の出力がフルパワーにまで上げられる。

「……きたきた、いいよお。手元計測で十一・二を突破！　水準クリア！」

バブルとミストの演出にファンの力が加わることで、舞台は風上になった。大地は、最も恐れられたウイルスの漂う客席から物理的にも隔絶されたのだ。

「――それではプログラムの番外、長尾音楽教室、木場大地君です。どうぞ！」

大地がステージ中央へ進み出た。

ところがその後、なかなか演奏の態勢には入らない。

大地はピアノの前に立ち、演奏もせずに客席を見渡していた。舞台の中央に直立するマスク姿のピアニスト。その光景は、まるで特別なパフォーマンスのようだった。涼子の合図で、ようやく大地はピアノの前に座る。だが、それでもまだ演奏に入らなかった。神経質そうに椅子に座り直し、また客席を見渡してはペダルの位置を確認する。続いて大きく深呼吸をした。大地は、極度に緊張しているようだ。

会場は、水を打ったように静まり返る。

そのとき、客席の中央から子供の叫び声が上がった。剛太の声だ。

「ネバ木場！　ネバ木場！　ネバ木場！」

ややくぐもりながらも大きな声が響く。ほかの子供たちも声をそろえた。ネバネバという言葉が会場に広がる。からかわれた大地は、さぞ悲しい気持ちになっていることだろう。そう思いながら、下手袖にいる歩夢を見る。すると彼も、兄に対して同じように大声を上げているではないか。

もう一度耳をそばだてる。

「ネバ・ギバア！　ネバ・ギバアッ！　ネバー・ギブアップ！」

なんと、剛太たちが口にしているのは声援だった。

会場の連呼に促されるように、大地は譜面に向き合った。

意を決した表情で、大地がピアノを弾き始める。優雅な指使い、繊細な音。

だが、菜々子には何の曲か分からなかった。何か旋律《せんりつ》が欠けているようだ。会場が再びざわつき始める。

「……あれは、マイナス・ワンです」

特効装置の前に立った涼子がつぶやいた。

本来なら二人で連弾する曲から、一人分のパートだけを弾いている状態だという。

じっと耳を澄ませているうちに、その曲は、『花は咲く』だと気づいた。

♪叶えたい　夢もあった
変わりたい　自分もいた

「三年前の発表会で、大地君がお母さんと連弾した曲です。今の大地君なら、フルで弾けるはずなのに……」

涼子によると、大地はあえてマイナス・ワンで弾いているのだという。

主旋律が聞こえ始めてきた。大勢の観客が歌詞を口ずさんでいる。

♪今はただ　なつかしい

あの人を　思い出す

やがて会場全体が、優しい主旋律で満ちた。

シャボン玉が舞台から客席へと次々と降り落ちる。

「あのころ、我が家は何も問題なかったのに……」

舞台袖で大地の父がうつむき、肩を震わせた。

大地の演奏が終わった。さざなみのような拍手が起こり、それは長いこと止《や》まなかった。

菜々子は特効のパイプから手を離した。舞台袖に向かう。どれくらいの人が協力してくれているだろう。大地の世話と特効のトラブルで楽屋と舞台裏に縛り付けられており、今日は客席の様子を見ることができなかった。

緞帳の端から、こわごわと客席をのぞき見る。

なんと、全員が青いサージカルマスクを着用していた。客席に座る数百人が、ひとり残らず……。

拍手の波の中で、最前列に座ったひとりの女性が、白いハンカチを目に当てているのが見えた。大地の家で目にした、あのポスターでやさしく微笑んでいた女性だった。

さまざまな難問をクリアして、なんとか無事に大地の演奏が終わった。

これで完璧に任務を果たした――そう菜々子が思ったときだ。

客席の後方から、パトカーの赤色灯のようなスポットライトが、場内を激しく駆け巡った。発表会の進行予定表にはない、イレギュラーな照明の演出だ。

なにかのトラブル発生を菜々子が直感した瞬間、今度はピンスポットが照度を高め、客席の中ほどで立ち上がった女の子の姿をしっかり捉えていた。

「今度は、何？」

その女の子は、大きな花束を持ってステージ目がけて歩み寄ってくるではないか。

生花は、緑膿菌などが付いているため、免疫力の低下した大地は避けなければならない。そのため、舞台だけでなく楽屋周辺の生花もすべて撤去してもらっていたというのに……。

女の子はあっという間に舞台下にたどり着いた。

大地が困ったような顔で、けれど両手を差し出しながら花束に向かって一歩を踏み出そうとする。

「待って！」

菜々子が大声で叫んだ。だが、声は届かない。遠くからそれを見ていたクマやんも、目を見開いたまま固まっている。だが、緑膿菌は大地に刻一刻と近づいていた。

絶体絶命——そう思った瞬間だ。菜々子の兄が、ステージ前に走り出た。

疑い深い兄は、感染対策のチェックをするため会場入りしていたのだ。ちょうど兄は舞台袖に張り付き、厳しく見張っていたところだった。

兄は、女の子の耳元に何かをささやいた。女の子は神妙な面持《おもも》ちでうなずくと、大地の前を離れて舞台端に向かった。

その姿をピンスポットが再び、しかし今度は静かに追う。

客席の異変に気づいた照明の三森さんが、調光室から光のアラームを発し、菜々子に注意を促してくれたのだ。泉さんが言う通り、玉手市民会館が誇る名人芸だった。

女の子の花束は、大地にかわって父親が受け取った。

菜々子は舞台横に控えていた影アナに素早く事情を説明する。

「お花、ありがとうございます！　実は大地君、病気の治療中なので、いまはお花に付いている弱い菌にも注意が必要だそうです。ですから、代わりにお父様が受け取ってくれました」

そつのないアナウンスが流れた。

大地の父親が、花束を高く掲げる。会場からはあたたかい拍手がわきあがった。

兄が菜々子に人差し指を突き出す。ひとつ貸し、という子供の頃からのサインだ。

兄の表情は厳しくはない。ここまで万全の態勢が取れていたのを評価してくれたに違いない。

大地を舞台から楽屋へ送り届ける。菜々子はそのまま倒れてしまいそうなくらいほっとした。

「演奏、よかったね。いま体調は悪くない？」

「大丈夫だよ！」

最後のハプニングも、結果オーライだ。

「そういえば花束くれた女の子、かわいかったじゃない?」

「いや、あれは、別に……ただの同級生の子で……」

大地が珍しくはにかんだ。

楽屋前の廊下に出ると、大地の父とクマやんが立っていた。

「葉村先生、熊田さん、本当にお世話になりました。ありがとうございました」

花束を抱えた父親は、頬を赤らめ感極まった様子だ。こういうときこそ、要注意だ。念を押す必要があると思った。

「お父さん、大地君の『演奏旅行』はまだ終わってませんよ。このあと、完全隔離で市民会館を出て、病院の個室へ戻ります。午後に権医会立川病院へ戻るまでは、ご家族も気を抜かないでください」

「あ、はい……」

「遠足の引率者みたいだなあ」

クマやんがまた菜々子をからかう。

「熊田さん、冗談じゃないですから。まずはお父さん、その花束を持ってご自宅へお帰りください。今から通路を消毒し直します」

「う、すみません。こんなところに花を持ち込んでしまって……」

大地の父親を見送った菜々子は、クマやんに向き直った。

「観客にマスクを配ってくれて、本当にありがとう」

とびきりの笑顔でお礼を言う。

「マスク？　俺じゃないよ」

クマやんは、きょとんとしていた。

「そうなの？　じゃあ誰が……」

菜々子は急いでホワイエへ回った。

そこには、思いがけない光景があった。白衣の上下に白帽子、ゴーグル、マスク、ゴム手袋に白長靴という感染防護服のスタイルで身を固めた男性四人が、大ホールの入り口に立っていたのだ。

大地の出番は無事に終わったものの、今もなおホールに入ろうとするすべての来場客に手のアルコール消毒を促し、サージカルマスクを配っている。

まるで、エボラ出血熱や重症急性呼吸器症候群《SARS》の感染防止策のような風景だった。

だが、よく見ると彼らの服装は、感染対策医療チームのものとは微妙に雰囲気が異なっている。白衣の胸元には「Kiba foods」の文字があった。

ひとりの男性が菜々子に近づいてきた。

「いやあ、あのときは分かんなくてよ……」

男性はマスクをはずし、恥ずかしそうな表情を見せた。

一昨日《おととい》、菜々子が木場フーズを訪ねたときに「主任」と呼ばれた強面の男性だった。

「どういうことだったんでしょう?」

「いやさ……」

主任は後頭部をかき、顔を赤らめた。

「あんときは剛太君と歩坊《あゆ》がマスクを盗んだのを、とっ捕まえたとこでさあ」

剛太は歩夢といっしょに工場に侵入して、工場用のマスクを段ボールごと持ち出そうとしていたという。納豆工場の入り口で菜々子が遭遇したのは、そこで剛太が取り押さえられた瞬間だったというわけだ。

「大地坊ちゃんのためだっていうんで、びっくりしちまってよ。それなら大人も協力しなくちゃってんで、青い高級マスクを買ってやったんでさあ」

主任をリーダーとする木場フーズの面々は、いつも工場で着用している白ずくめの作業服で市民会館に参集し、来場者ひとりひとりにマスクを配付してくれた。「感染防護服スタイル」は、相当、アピール効果が高かったようだ。なにしろ大ホールの来場客全員にマスクを着用させたのだから。

発表会の日の午後、大地は発熱することもなく権医会立川病院へ戻った。

数日後、宇佐美へ電話で問い合わせると、大地の治療は順調に進んでいるとのことだった。

「宇佐美先生、これからも大地君をお願いします。絶対、治してくださいね」

宇佐美は小さく咳払いした。

「葉村先生、医師が絶対なんて言葉を使うべきではありませんよ。彼のケースも治せるとは思いますが、再発を完全には否定できませんから」

小児白血病は、癌の治療で最も高い成果があがっている。だが、一〇〇パーセントでないことは菜々子も理解している。

「……ええ、そうですね。宇佐美先生のおっしゃる通り」

そうなのだ。不確実性の高い医療では、「絶対」などということはない。

「ところで葉村先生の取った感染防止策について詳しく教えてください。あれも論文に書けって部長に指示されまして」

宇佐美はすっかり権医会立川病院の医師の声に戻っていた。

菜々子はあとから資料を送ると告げ、静かに電話を切る。

凝《こ》った首を回しながら、「ヘイヘイ、かしこまりました」とつぶやいた。

翌週。菜々子は市民会館へ新しい依頼の打ち合わせに行く。正面エントランスには、来週末に開かれる玉手市産業まつりと菊花展《きっかてん》のポスターが何枚も並べて貼られていた。

「せんせーい！」

歩夢と剛太の声がした。図書室で勉強した帰りだという。ついこの間会ったばかりというのに、さらにたくましくなって見える。

「来月、サッカー大会があるんだけど、大地も出させてくれない？」

剛太が両手を合わせた。

「いくらなんでも、それは無理よ」

菜々子は苦笑する。

「でもいつかきっと、大地君は皆とサッカーできる日が来るから、待っててあげて」

「絶対？」

また絶対か――。医療に絶対はない。それは身に染みていた。

苦しいところを乗り越えるエネルギー源は、言葉だと思っている。たとえば山登り。あともう少しで山頂に到達する直前、リーダーが言うセリフは決まっている。

「あとちょっと。絶対に感激するから」

もう十分に綺麗《きれい》な景色だと思うが、そして、あとちょっとが、ちょっとであった例《ためし》はないのだが、へたりこみそうな気持ちを吹き飛ばしてくれる。苦しい治療を頑張ったら、どんな景色が待っているか。苦しい治療に耐えたら、どうなるのか。

「絶対によくなるから」

この言葉は、患者の治ろうという力を引き出してくれる。いや、生きる力を引き出すと言ってもいい。毎日の診療で、ずっと肌で感じてきたことだ。

絶対かどうかなど医師の自分にも分からない。けれど、どんなに正確な情報であっても、患者の心に届かなければ意味がない。患者を鼓舞《こぶ》できなければ、いっしょに「治療」という山には登ってもらえないではないか。

だがあるとき「先生が、絶対などと言わなければ……」と、菜々子が担当した患者の両親に責められた。訴訟を受け、さらに病院の臨床研究チームからは外された。「絶対」などと口にする軽率な医師は切り捨てられたのだ。

言ってはならない——そうは思った。けれど、今日だけは解禁する。

「うん、絶対に。大地君には力強い応援団がふたりもいるから、絶対に大丈夫」

剛太と歩夢の二人は、顔を見合わせた。それから「ネバギバ大地！」と叫ぶと、笑い声をあげながらホワイエを走り抜けて行った。

その日の夜、菜々子のスマートフォンが鳴った。

「菜々子先生、次の抗癌剤治療《ケモ》の日程が決まったよ」

大地からだ。声は明るい。化学療法ができるくらい、正常な血球が増えたのだ。

「順調でよかった！　教えてくれてありがとう。ほっとしたよ。治療、頑張ってね」

八〇パーセント前後が完全に治癒するとは言え、白血病治療の道のりは平坦ではない。抗癌剤治療を受けるとは、吐き気や高熱、ふらつきといった、さまざまな副作用と闘う日々が始まるということでもあった。

「うん、僕、頑張るよ」

大地の声が、急に大人びて聞こえた。菜々子は、思い切って尋ねる。

「どうして無理に発表会に出たの？」

大地は、間髪を入れずに答えた。

「お母さんに聞かせたかったんだよ」

大地の少し荒くなった息遣いが、スマートフォンの向こうから聞こえる。

『花は咲く』──かつて母親と連弾したその曲に乗せて、大地は母親に離婚しないでほしいと訴えたかったのか。隣に座ってよ、お母さん──そう大地は会場の母親に語りかけたのだ。

「お母さん、戻ってくるといいね」

菜々子は、声が湿っぽくなってしまうのを咳払いでごまかす。

「違うよ、先生。僕、お母さんを励ましたんだよ」

大地に勘違いを指摘され、菜々子は戸惑った。

「一ヵ月前、お母さんから電話が来たんだ。やっぱりオーストリアの仕事をあきらめきれないから行くって。でも、どこにいてもお母さんはあなたのお母さんよ、って」

スマートフォンから聞こえる声が、ほんの少し小さくなった。

「お母さん、すごく泣いてた。だから、僕なら大丈夫だよって安心させたくて弾いたんだ。じゃないとお母さん、行かないって言い出しそうだったから」

大地の母はピアニストとして海外で活躍するチャンスを得た。その出発は来月だという。だから、だったのか。あのとき発表会に出てあの曲を弾くことを、大地が何よりも優先したかったのは。

「先生、ありがとう。僕もお母さんみたいに世界で活躍するピアニストになる。だから治療、頑張ります」

ふっきれたような大地の声。抗癌剤治療のつらさに立ち向かう気力は、あの舞台のおかげでもあったのだ。菜々子は、大地の支援を引き受けてよかったと改めて思う。

「ところで先生、どうしてスタンプとか使わないの?」

大地がLINEの話を始めた。

「うん? 面倒だし……」

「先生って、女子力低いね。彼氏には、ハートとか使った方がいいよ」

大地の生意気な声に、笑いがこみ上げる。

「あはは。アドバイスありがとう」

大地が退院するときには、ハートだらけのLINEを送ってあげよう。菜々子はひそかにそう決めた。

第三話　転ばぬ先の、その先に

「うへえ……」

さっきから葉村菜々子は言葉が出ない。

「きょろきょろしてないでさあ、何飲む？」

クマやんに連れてこられた店は、「ブラック・ドール」という名のバーだった。青梅線の玉手駅前から続く細い通り。シャッターを下ろして久しい書店と洋品店の何軒か先に骨董《こっとう》と古着を扱う店が並び、その向かいにできた雑貨屋の地下にある。

急な階段を下り、店に入って驚いた。洞窟のように薄暗くて細長い店内、カウンターにはフィギュアがずらりと飾られている。ロボコン、仮面ライダー、キューティーハニー、ウルトラマンなどに混じって、モンチッチやシルバニアファミリーの動物たち、それにバービー人形が胸元の開いたドレス姿で客と向き合っていた。

菜々子は店を見回し、もういちど「へええ」とうなる。

「じゃ、まずは生《なま》でいい？」

十一月中旬ではあったが、仕事のあとはやっぱりビールだ。

「うん」

赤坂にある権医会中央病院を辞めたときは、桜が七分咲きだった。あれから八ヵ月。木枯らしが吹く東京郊外の実家に戻り、兄が院長を務める病院を手伝っていた。

「おやクマやんが女性同伴なんて珍しい。彼女？」

カウンターの向こうからマスターのとんでもない邪推が飛ぶ。おしぼりで顔を力任せに拭《ぬぐ》う隣席の男、熊田久満はただの中学の元同級生だ。地元教育委員会に勤務する彼の依頼で、菜々子は玉手市民会館のステージに立つ出演者の医療支援《サポート》を請け負っていた。今夜も診療終了時間にクマやんがやって来て、「一杯おごるから、相談に乗って」と呼び出されたのだ。

ロビンちゃんのイラストが描かれたタンブラーからビールを一口飲み、菜々子はクマやんに小声で尋ねた。

「ねえ、ここってオタクの店なの？」

クマやんは何も答えず、目の前の人形を引き寄せた。それは、菜々子も子供のころから親しんだ「ルリちゃん人形」だ。クマやんはルリちゃんの髪をなで、スカートをくるりとまくり上げた。

「まさか、クマやんにそんな趣味が……」

菜々子の冷たい視線に気づいたクマやんは、顔をさっと赤らめる。

「違う、違う——この人形、郷土館の裏手にある工場で作られたものだなって。ほら、背中のここ、刻印があるだろ」

クマやんはルリちゃんをカウンターの隅に立たせると、カバンから紙を引っ張り出した。

「で、ステージ・サポートの依頼内容だけどさ。まずはこのチラシ、見てくれる？」

大きな文字で「タマテ・トーイ創業記念祝賀会」とある。地元ゆかりの玩具メーカーの催事案内だった。中央には女性の写真が配されている。朝倉悦子《あさくらえつこ》——「ルリちゃん人形の生みの親」として、マスコミにもたびたび登場する著名な経済人だ。七十歳に達しているが、年齢を感じさせない華やかな顔立ちをしていた。会場は市民会館のレセプションホール、開催日は年明けの一月十日となっている。

「祝賀会って……」

「今や全国的な企業に成長したタマテ・トーイだけど、創業の地を大切にする思いは変わらない。毎年、正月には有力株主や取引先、地元関係者、業界紙の記者ら約三百人を招いて、立食パーティーをするんだよ」

クマやんが待ってましたとばかりに説明を始めた。

「故郷に錦を飾る、お得意様感謝祭ということね」

「それに加えて、経営方針を発表する場でもあるな。決算期を前に、会社としては重要な経営イベントらしいよ」

いつになくクマやんは真面目な表情だ。

「ふうん。私は何をすればいいの？」

「たぶん、急病人の対応といったところだと思う。市長のお供で来週月曜にタマテ・トーイ本社に挨拶に行くから、菜々子も都合つけて」

手帳を開く余裕も与えないほどの勢いだった。「市長のお供」に力がこもっている。菜々子は、その場でスケジュールを押さえられた。

「本番は年明けだから、年末年始はのんびりできるよ。ま、今日はどんどん飲んでよ」

クマやんは、マスターに向かって手を挙げた。

「じゃあ私も、おかわりお願いしまーす」

菜々子がタンブラーを掲げたとき、目の前でルリちゃん人形がコロリと転んだ。

青山《あおやま》通りを八ヵ月ぶりに歩く。ブランドショップの立ち並ぶ華やかな通りは、ケヤキ並木が黄色から紅《あか》に染まっている。タマテ・トーイの本社はこの先、ラグビー場の向かい側にあるはずだ。

どんよりした雲の下に、権医会中央病院の豪奢《ごうしゃ》な病棟群が見えた。こちら側を向いているのは東病棟だ。菜々子の胸に苦い思いがよみがえる。

――その女性患者は、東病棟の五〇四号室、四人部屋の入り口左手のベッドに横たわっていた。

「こんにちは。担当医の葉村菜々子です」

初めて診察した日、梨花《りか》はゆっくりと口を開き、「ああ」と「はあ」の中間の声を大量の空気とともに出した。

二十四歳の彼女は交通事故で運ばれてきた患者だった。

ゴールデンウィークの最中、彼氏と二人乗りしていたバイクがガードレールにぶつかり、十五メートルくらい飛ばされた。ヘルメットは被《かぶ》っていなかった。

脳挫傷《のうざしょう》により、梨花は一時、命も危ぶまれた。脳手術などの治療を経て何とか意識を回復したものの、後遺症で運動機能が著しく低下した。

特に小脳の損傷が激しかった。小脳は、筋運動の調整を司《つかさど》る。そのため梨花は、呂律《ろれつ》の回らないしゃべり方をし、ふらついてひとりでは歩けない。ひとことで言えば、ひどく泥酔《でいすい》したような状態だ。スタッフに体を持ち上げるように支えられて、何とか脚《あし》が前に出るレベルだった。

脳手術の一ヵ月後、梨花はリハビリテーション病棟に移された。同時に菜々子は内科の担当医として、定期的に彼女を回診するようになった。

べったり寝ている——それが梨花に会ったときの第一印象だった。人は横になっても、自分の力で体のどこかを支え、緊張を保っているものだ。けれど彼女は、重力にまったく逆らえないように見えた。

頭上のネームプレートには「影浦《かげうら》梨花」と書かれ、その脇にこの主治医である菜々子の名前が書き添えられていた。それを見ながら、「これからは二人三脚だね」と言ったのを二年たった今も鮮明に思い出す。

しかし、その日から二ヵ月後の八月、取り返しのつかないことが起きてしまった。

それは——。

タマテ・トーイの本社前に着いた。菜々子は頭を振って、感傷にふけるのを強制終了する。立派なオフィスビルを見上げた。タマテ・トーイは、その五フロアを占めている。

地下二階の車寄せに回ると、いつになく緊張した表情のクマやんの姿があった。公用車でやって来る市長をここで迎え、タマテ・トーイの社内へ案内する段取りだ。

「来たっ」

黒塗りの車が到着し、少しお腹の出たメガネの男性が降り立った。小林俊二《こばやししゅんじ》市長だ。菜々子は頭を下げた。

その直後、タイヤがこすれる音を立てながら、オフホワイトのシックな車が後方に止まった。

後部座席のドアが開き、髪を大きくアップにした女性が顔を出す。朝倉悦子社長だ。助手席から飛び出した男性社員が駆け寄る。身のこなしが素早く、切れ者の秘書という印象だ。

車の外に立った悦子は大きくふらつき、秘書が支えた。雰囲気は若々しいが、古希《こき》を迎えて足元には不安があるようだ。

「ここの照明、まぶしすぎるわね」

悦子は目を細め、小林市長に手を振る。香水の香りが周囲に広がった。

「小林さあん、お久しぶり」

「朝倉社長、ご無沙汰しております」

小林市長は、小柄な体を窮屈そうに折り曲げて頭を下げた。

市長と悦子、それに菜々子とクマやんは秘書の案内で右端のエレベーターに乗った。タマテ・トーイの役員フロアに直結する専用エレベーターだという。悦子はずっと秘書の肩につかまっていた。

社長室に通される。中には二人の中年男性がいた。

「副社長と専務よ」

立ち上がった二人と名刺交換をする。朝倉誠《まこと》副社長と仙波《せんば》哲也《てつや》専務だった。名前から察するに、副社長は朝倉社長の息子だろう。

「懐かしいですねえ」

社長室には、歴代のルリちゃん人形やルリちゃんハウスがディスプレイされていた。小林市長が口元を緩める。

「おや、市長もルリちゃんで遊ばれたことがおありですか？」

朝倉ジュニア――副社長が愉快そうな声で尋ねる。

「ええ、私には姉が二人おりまして、よく遊びましたよ。おっ、ルリちゃんファミリー用の食器も全部揃《そろ》ってるんですね」

「その食器セット、よく見てちょうだい」

悦子に言われ、小林市長がミニチュアの皿やカップを手に取った。クマやんは脇で首を傾《かし》げている。のぞき込んだ菜々子は、「あっ」と声を出した。

「どの器にも小さな穴が……」

「そうです。万が一、子供の喉に詰まっても空気が通るための工夫です。これは弊社のおもちゃ、すべてに共通させている配慮です。昔、他社製の粗悪品で不幸な事故が起きたことがありましたからね」

仙波専務が険しい表情で説明した。

悦子が満足気にうなずく。

「こっちの人形の靴はカラフルでキャンディみたいに見えるでしょ。でもね、もし子供たちが口にいれても吐き出すように、苦い味が付いているのよ」

「細かな配慮をしてるんですねえ」

クマやんが感嘆の声を上げた。

「玉手市を発祥の地とする企業は、やはり志が違いますね。御社が業界で一目置かれる理由がよく分かります。亡くなった先代の社長が旧・玉手町で工場を開いたのは今から四十六年前。奥様が社業を継がれてから、もう三十五年にもなりますか。ご子息も立派に副社長をお務めになり、玉手市にとりましても頼もしい限りです」

「市長にそこまで持ち上げられると、くすぐったいわ。でもね、ルリちゃん人形やPブロックがヒットしていた頃とは違って、今はおもちゃが多様化しましたでしょ。ITとデジタルの次は、AIや仮想通貨にどう対応していくか……」

Pブロックとは組み立て玩具《コンストラクション・トイ》のひとつで、横から見るとアルファベットの「P」の形をしたブロックを組み合わせて遊ぶ。あらゆる角度に結合できるよう工夫されたブロックは、菜々子も子供の頃によく遊んだ記憶がある。

仙波専務が、眉《まゆ》を寄せて話に割り込んできた。

「それに、玩具メーカーが何をどうやろうにも、少子化による市場規模の縮小という現実がございまして、経営環境は実に厳しい。玉手市には創業の地として、生産ラインの一部を残しておりますが、いつまで持ちこたえられるか……」

「何をおっしゃいますか。タマテ・トーイさんでしたら、また大ヒット商品を生み出すと信じていますよ。そのあかつきには是非、市内の工場拡充もご検討いただけましたら……。いやいや厚かましい戯《ざ》れ言《ごと》が過ぎました。いずれにしましても、これからも玉手市をどうぞよろしくお願い申し上げます」

謝辞を兼ねた「陳情《ちんじょう》」を終え、小林市長は機嫌よく社長室を出ていった。

「じゃあ、副社長と専務は仕事に戻ってちょうだい。私ね、こちらの先生にちょっと相談したいことがあるのよ」

悦子がクールに言い放った。副社長と専務が何も問い返せずに出ていくと、社長はドアにカギをかけるよう秘書に命じた。社長室には、悦子と秘書、菜々子とクマやんだけになった。

「さっそくだけど熊田君、本題に入っていいかしら？」

「もちろん、どうぞ。そのために今日はウチの専属医を連れてきましたから」

クマやんが、自由に使ってくれと言わんばかりに菜々子の肩を叩いた。

「……ご相談したいのは、足のことなの」

朝倉社長は声を震わせた。頬が揺れ、完璧な化粧の下から隠しようのない老いの影がのぞく。

「ご覧の通り、ひどく足がふらつくんです。私、病院は嫌いなの。膝の痛みくらい、静かにしていたら自然に治ると思って。確かに痛くはなくなったんだけど……」

膝痛《しっつう》は、高齢者なら珍しくない。だが悦子の場合、安静にする期間が長過ぎたようだ。しばらく体を動かさないでいると、筋肉が萎縮《いしゅく》し、関節も固くなってしまう。筋肉を使わなかったために生じる状態で、医学的には廃用《はいよう》症候群と呼ばれる。

「それでね、実は二ヵ月前から歩行器を使い始めたの。人の目があって歩行器が使えない場所は、秘書の肩を借りていますけど」

悦子は唇を噛《か》んだ。

「ルリちゃん人形、新合金ロボ、ゴージャス戦隊――若々しく生命力あふれる商品を売る会社のトップが歩行器で歩く姿なんて、誰にも見せられない……」

秘書によると、会社では地下駐車場からエレベーターと専用通路を使って移動しており、社長の歩行が不安定なことは関係先はもちろん社内にもほとんど知られていないという。

「葉村先生、お願い。祝賀会の壇上で、私がちゃんと自分の足で立ってスピーチできるようにしてください」

悦子は真顔になって菜々子の目を見つめた。年明け早々の本番まであと一ヵ月半しかない。そんなことが可能な状態だろうか。

「まず、お体を診させていただけますでしょうか」

菜々子は、その場で簡単な診察を行った。起立能力、歩行能力、バランス能力、いずれも不良だ。

「これまでの病歴や、血液検査の結果などはありますか？」

秘書がすぐにタブレット端末を操作してデータを示してくれた。社長の健診記録はしっかり把握しているようだ。それらの数値から、悦子が糖尿病、高血圧、脂質異常症、慢性心不全、膝関節症など、さまざまな病気を抱えていることも判明した。これらの疾患が廃用症候群を増長させる遠因にもなったはずだ。ひとたび転倒すれば、疾患の合併により、すぐさま重篤な結果を招くことも懸念《けねん》された。

「歩行は極めて不安定ですね。いつ転倒してもおかしくない状況ですから、誰かに支えてもらいながら歩くか車椅子を使う方が安全です。歩行器の使用も賢明な選択です。脅《おど》かすわけではありませんが、転倒したら大変なことになるかもしれませんので」

まずは安全第一だ。だが、悦子は引こうとしない。

「私は会社の広告塔なの。だから、自分の足で歩けなくなったら引退だと決めていた。でも、今はその時機じゃない。もう一度、社長として訴えなければならないことがあるの」

思いつめたような眼差しだ。

「どうしても演壇に立たなければならないのですか」

クマやんが尋ねる。

「そう、どうしても。あなたたちに言っても仕方のないことだけど、この会社が間違った方向に行こうとしているのを押しとどめなくてはならないの。実は、専務を中心とする一派は、アメリカの投資ファンドへの身売りを考えているらしい。そうなれば、昔のおもちゃは製造中止になり、今後は開発費のかからないライセンス商品ばかりを作ることになるはず。息子──副社長もそれに引きずられているみたいね。でも私は絶対に反対よ」

悦子が苦々しい表情で机を叩いた。副社長と専務を部屋から出したのは、こうした対立があったからなのか。

「おもちゃの基本はね、本当に子供が喜ぶかどうか、なの。それには、オリジナル商品の開発に尽きると考えている。テレビでおなじみのキャラクターを刷り込んだライセンス商品を与えれば、子供たちが喜ぶって？　そんなばかな。私は年頭の祝賀会で、オリジナル路線の継続を宣言するつもり。今後の経営方針を内外に発表する大事な場だから、堂々とした姿でスピーチをしたいのよ」

菜々子は悦子に手を握られた。ものすごい握力で。

「最初は売れないおもちゃでも、改良して育てることが大切なの。それがなきゃ、おもちゃ作りなんてつまらないじゃない。私は自分の足で歩きたい。歩いてみせるわよ。社長の座にしがみつくためじゃなくて、会社の未来を思うから。物作りの本当の楽しさを社員に残したい。お願い。私をステージに立たせてちょうだい」

傍らに立つ秘書が、痛々しそうな顔で見つめている。

「――では、祝賀会の実務的な打ち合わせは別室で」

秘書の誘導で、クマやんと菜々子は社長を残して部屋を出た。階下の会議スペースへ移動すると、そこには催事担当の若手社員が来ていた。

クマやんが慣れた様子で市民会館の平面図を広げ、こまごまとした内容を詰めていく。招待客数とVIP名簿の確認、受付の設置場所や横看板の大きさ、ブッフェのメニューと屋台の手配、ステージの高さと動線、テーブルの数と配置などなど。菜々子はそれをぼんやりと聞きながら、ため息をついた。催事の具体的な内容を聞けば聞くほど、危険なことだらけだ。悦子の依頼内容は非現実的としか思えなかった。

「まだ忙しいかね？」

打ち合わせが終わりかけたところに、先ほどの仙波専務が厳しい顔つきで入って来た。

「あ、専務。今、終わったところです」

催事担当の社員が席を空《あ》ける。専務はそこへ浅く腰かけ、菜々子に向き合った。

「社長はステージに立つと言っていますが、いかがでしょう。社内のさまざまな事情を考慮すると、トップにリスクを冒してもらいたくないんです。私自身としては副社長を代役にと思っています。葉村先生の方からも、社長に『無理するな』と言っていただけるといいのですが……」

ていねいな言い方だが、要するに「社長にスピーチさせたくない社内事情がある」と示唆《しさ》されたように聞こえた。菜々子が戸惑っていると、クマやんも困惑の色を浮かべて答えた。

「そのへんは御社で調整してください。プログラムの中身について、私たち会場側はどうこう言えませんので……」

専務が少し恥ずかしそうにうなずいた。

「おっしゃる通り、私どもで調整すべきことです。ただ、何しろ社長は頑固でこちらの言うことを聞いてくれません……。いや、失礼しました。ご放念《ほうねん》ください。お時間をお取りして申し訳ない」

屋外は寒さが増していた。路上では数人の男女が道行く人に黄色いビラを配っている。

「お願いしまーす！」

「子供のためのおもちゃを作りましょう！」

手渡された紙には、「外資への身売り反対！」「Pブロックの製造中止反対！」などと大書され、発行人は「タマテ・トーイの経営を正す有志の会」と記されていた。

「昔はゆったりした会社だったのに、結構ギスギスしてるみたいだな」

クマやんは空を仰いだ。木枯らしにあおられ、ケヤキの葉擦れが心をざわつかせる。

菜々子は、悦子の話を思い返した。

会社の経営も、業界のこともよく分からない。けれど、「おもちゃの基本はね、本当に子供が喜ぶかどうか、なの」と言った悦子の熱意には感じるところがあった。

医療現場でも同じだ。訴訟リスクに萎縮して守りの医療をする風潮がある。患者さんの喜び――そこにまっすぐ取り組んでいた頃、菜々子の毎日は、医師として充実感にあふれていた。あれから二年ほどしか経っていないのに、ずいぶんと昔のことのようだ。

「朝倉社長をステージに立たせる」

菜々子は、無性に社長の思いを叶《かな》えたいと思った。

「菜々子、熱くなるのはいいけど……大丈夫か？　会場が混乱するような事故は困るよ。それに仙波専務は、朝倉社長にマイクを握らせたくないようだし……」

菜々子は首を振った。

「私は今日、朝倉社長から依頼を受けた。彼女はもう私の患者《クライアント》なんだよ。『診療に従事する医師は、診察治療の求《もとめ》があつた場合には、正当な事由がなければ、これを拒んではならない』って、知ってる？　ステージに立つための治療をしてほしい——と患者が求めるなら、私はそれを全力で支えたい」

あえて医師法第十九条「医師の応召義務」を定めた条文を引きながら、菜々子は武者震いした。本当に大切な何か——悦子はそれを守るために、自分の身を顧みずに祝賀会のスピーチに臨もうとしているのだ。黙って見ていることなどできない。

「私、断然あの社長を応援する！」

中央線と青梅線を乗り継いで玉手市に戻ると、雪が降っていた。

こっちは雪か——。タマテ・トーイ本社のある青山ではそんな気配もなかったのに。玉手駅の改札口を出たとき、クマやんのスマホが鳴った。

「今、移動中なのでかけ直し……えっ！」

電話を終えたクマやんは、途方に暮れた顔をしていた。

「え、市長が右足首を骨折した？」

翌日、菜々子は地下鉄・乃木坂《のぎざか》駅からほど近い南青山リハビリセンターの待合室にいた。

ここは、個々人のニーズに応じてマンツーマン型のリハビリ訓練を施す専門施設で、周辺の病院からも広く患者を受け入れている。

大事な患者のリハビリを託すのは、心から信頼できるこの施設と決めていた。突然の車椅子生活を強《し》いられることになった小林市長のためではない。朝倉社長のミッションの強力な支えとなってくれると思ったからだ。

訓練室にはこの日もさまざまな患者が来ていた。脳梗塞の後遺症で手足に麻痺《まひ》を抱えた高齢の男性、利《き》き腕の骨折から立ち直ろうと懸命な女子テニス選手の姿もある。誰もが社会復帰をめざして、あるいは生活力の向上のために、リハビリに取り組んでいるのだ。リハビリテーション医の指示の下で、実際の訓練を担当するのは理学療法士《PT》や作業療法士《OT》だ。PTは、「起き上がる」「座る」「歩く」といった基本動作の回復をめざし、OTは応用動作と社会適応、たとえば料理や食事などの能力回復をめざす。

菜々子は権医会中央病院に勤務した経験から、このセンターに優秀なPTがいることを知っていた。しかも、ここはタマテ・トーイ本社と目と鼻の先だ。

「菜々子先生、お久しぶりです」

顔なじみになっているセンター長の医師が、にこやかに手を振ってくれた。

「大川《おおかわ》先生、忙しいところありがとう。実はね、頼みがあって……」

菜々子は悦子の事情を話し、歩行訓練をしてもらいたいと切り出した。

「ほら、あの優秀なPTさん、まだいるんでしょ？　彼に頼めないかな」

大川は、形のいい弓なりの眉をひそめた。

「うーん、彼は今、結構混んでるんだよ」

「お願い！　それと、これはお土産《みやげ》。多摩の地酒持って来たよ」

菜々子は両手を合わせる。四合瓶《びん》は、実家に出入りする酒屋が特別に分けてくれた希少酒だ。

「……祝賀会まで、たったの六週間か。仕方がない、できるのは彼しかいないな。じゃあ早速、明日センターに来てもらってよ」

「さっすが、大川先生、男だね！　サンキュー」

翌日から悦子は、南青山リハビリセンターで歩行訓練を開始した。リハビリによって脚力を上げ、正月明けの創業記念祝賀会に臨むというプロジェクトがスタートしたのだ。

約二週間は、あっという間に過ぎた。悦子は毎日午前中にリハビリセンターへ通い、訓練を受けている。菜々子もできる限り様子を見守ってきた。しかし、歩行能力はなかなか改善しない。足取りはいまだに不安定だった。

「何がいけないんだろう……？」

クリスマスムードの高まりをよそに、菜々子は夜、病院の図書室にこもっていた。歩行障害や高齢者の転倒事故、その予防やリハビリについて、手当たり次第に専門書を読み直す。ただ内科とは違い、専門外の科は百パーセントの自信を持てない。大学病院なら同期の整形外科医をつかまえて尋ねられるが、ここではそうはいかない。

菜々子は整形外科の専門書を閉じた。

兄の専門は整形外科であり、転倒骨折の症例には詳しいはずだ。やむを得ない。ここは相談した方がよさそうだと判断する。

ところが、だ。話を聞いた兄は、顔を真っ赤にして宙をにらんだ。

「また、やっかいな仕事を引き受けたもんだな。高齢女性を転倒させたらどうなるか、お前も知ってるだろ？　骨折後に脚の筋肉が弱って寝たきりになったり、肺炎になったりする。実際、交通事故よりも転倒事故で死ぬ人の方が多いんだよ」

「もちろん、そんなことは知ってる。社長本人にもくわしく説明した。だけど、自分で歩いて演壇に立ちたいと当の社長が言ってる。信頼を寄せてくれる患者が、命をかけて祝賀会で話したいって医師に訴えているの」

「その社長、頭がおかしいんじゃないか。そんな妄言《もうげん》にそそのかされて、何かあったら、お前とウチの病院の責任になるんだ。そこのところをよく考えろよ」

兄は渋い顔をしたままだった。

南青山リハビリセンターに通う悦子の朝は早い。菜々子がいつ見に行っても、黙々と訓練に取り組んでいた。若いＰＴとともに、脚の筋力アップやバランストレーニングなどに懸命だ。だが、壁に貼られたカレンダーの日付はすでに十二月二十日。本番まであと三週間しかない。この日、思い詰めた表情で平行棒の間を歩く社長に、菜々子は声をかけられずにいた。

大川医師が姿を見せた。彼は歩行訓練中の悦子をちらりと見ると、顔をしかめた。

「思ったようには回復しないね。朝倉さんも頑張ってくれているんだけど……。まだ転倒の可能性は高いね」

「そんな……」

大川も腕組みをして、天井を仰いだ。

「何か阻害要因があるのかな。年齢だけじゃないと思うんだけど」

大川が小さく首をひねった。

「……なるほど。もう一度チェックし直してみます」

ここまで改善が思わしくないことを考えると、もっともな指摘だった。「歩けない理由」を年齢や膝関節症に限定してしまうわけにはいかない。

葉村病院からの紹介状を作成し、センター近くの総合病院で核磁気共鳴画像法《MRI》の検査を行った。正常圧水頭症などの疾患も確実に除外すべきだと思ったからだ。また、最近の血液検査の結果も改めて精査し、異常の見落としがないかを確かめた。

結果的には、すべてシロだった。足の骨も再度検査してもらうが、歩行に影響するほどの変形や小さな骨折もみつからない。外反母趾《がいはんぼし》や浮き爪なども認められなかった。念のため眼科を受診してもらったところ、白内障の指摘はあった。だが軽度で年齢相応だ。病院から服用を指示されている薬もすべてチェックするが、ふらつきが生じるような処方は見当たらなかった。

その日も菜々子はリハビリセンターを訪れた。

小学校の講堂くらいある広々とした訓練室内を見渡す。年齢も性別もさまざまな患者が集まり、少しでも自立し、社会復帰するために懸命に訓練に励んでいた。その姿を見ているだけで、菜々子も胸が熱くなり、思わず自分の足や腕に力が入る。

悦子も悲壮な顔をして平行棒を往復していた。なぜ効果が上がらないのか……苦しい気持ちで悦子の不安定な歩みを見つめていたときだった。

菜々子の腰部に何かが触れた。リハビリ患者の体と接触したのかと一瞬思ったが、続いてするすると円を描くように尻を撫《な》でられた。

振り返ると、すぐ後ろに車椅子に乗った男性がいた。八十歳はゆうに超えている。

男性は菜々子と目が合うと、ニヤリと笑った。

「あんた、ルリちゃん人形よりグラマーだな」

「なっ……」

そこで若い女性PTの声がした。

「綾部《あやべ》さん、サボってないで歩行練習に来てくださあい」

男性は、車椅子をくるりと方向転換させた。

綾部という男性の言いぐさにもあきれたが、嬉しそうにPTに両手を振る姿を見て怒るのを止めた。きっと認知症なのだ。理性の力が弱まり、破廉恥《はれんち》な行為を抑制できなくなっているに違いない。

「あーっ」

悦子の大きな声がした。

床に倒れ込みそうになった彼女を、PTがギリギリのタイミングで支えた。

「朝倉さん、平行棒の外では歩行器を使ってください」

PTが困り果てた表情で頼んでいる。

「ちっとも良くならないじゃない！　パーティーにも歩行器で出ろってことなの？」

悦子の声が響き渡った。他の患者の視線が集まる。リハビリに進歩が見られず、いら立ちを隠せなくなっているのだ。

「朝倉社長、大丈夫ですか？」

駆け寄った菜々子が肩に手を当てると、悦子はふっと表情を緩めた。

「私の足はもうダメなんじゃないの？　私、どうせ歩けないんでしょ？」

先ほどの荒々しい声とは対照的な、消え入るような声だった。

私、どうせ歩けないんでしょ――。前にも一度、受け持ち患者が同じ言葉を口にしたことがあった。菜々子は、東病棟の梨花を再び思い出す。

――年齢の近い女性同士という気安さもあってか、梨花は菜々子にプライベートなことも話すようになった。好きなブランドや俳優、恋人のこと、歌手になる夢があったことなど。

「わた、しね、アニメ、すきなの」

「そうなの！　一番のオススメは何？」

「え、わん。えわん、げ……」

「ん？」

梨花との会話には時間がかかり、ときには辛抱が必要だった。けれど最後まで意思の疎通が図れないことも少なくない。

枕元には、写真が数枚飾られていた。そのなかの一枚に、髪の長い女性が花束を抱え、大きな口を開けて天真爛漫《てんしんらんまん》に笑う姿があった。目の輝きからつやつやとした小麦色の肌にまで、女性は健康的な美しさに満ちている。

残っている。

「これ、わ、た、し」

梨花はそう言って微笑んだ。ベッドに横になる彼女の髪は数センチの長さに切られ、顎や頬には傷痕が生々しく残っている。

「この写真、大きな花束ね。お誕生日だったの？」

菜々子は複雑な気持ちを隠しながら尋ねた。

「プロポー、ズ、され、た日」

彼女はさらに嬉しそうに笑った。

梨花にプロポーズをした相手とは、事故を起こしたバイクの運転手、玉置謙二《たまきけんじ》だ。彼自身の負傷は足の骨折だけで、二週間で退院した。その後は二、三日に一回、杖《つえ》をついて気ままにふらりと見舞に現れる。そのたびに梨花が歩けないことにイライラとした態度を見せ、「しっかりリハビリしないとダメじゃんか！」と叱《しか》りつけるのだった。

単なる骨折と脳挫傷とでは、障害の程度が全く異なる。梨花は、命があっただけでも良かったと言えるほど重傷だった。ベッドから起き上がれるようになるまでにも、相当な努力を要した。そこからさらに訓練を続け、少しずつ立位《りつい》に慣れてきたところだった。

「恨んでないの？　彼のこと……」

それは医師として、患者に尋ねてはいけないことだったかもしれない。だが、杞憂《きゆう》だった。

「ぜーん、ぜん」

彼女は笑った。さらに続けて、思いがけないことを言った。

「ケンちゃん、カッコ、いい、でしょ」

確かに茶髪で長身の姿は目を引く。いつも黒い革のジャケットを羽織っている。ただ、常に周囲を威嚇するような目つきは「カッコいい」を少々超えていると思われた。

ある日、病院内の訓練室を通りかかった菜々子は、ふらついてうまく歩けない梨花の足を謙二が杖で小突くのを見た。

「やめてください」

梨花の体を支えていたPTは、押し殺したような声で抗議した。逆上した謙二は、梨花の動かない足めがけて杖をさらに大きく振り上げた。

とっさに菜々子は梨花と彼氏の間に割って入った。

「そんなふうにしてもリハビリは進みませんよ。もっと優しくしてあげてください」

謙二は噛みつくような声を出した。

「こうしなきゃ、コイツは分かんないんすよ！」

思いやりのない彼氏に、そもそも重大な事故を起こして平気な顔をしている彼氏に、菜々子は腹が立って仕方がなかった。

梨花をここまで傷つけたのは自分のくせに、なぜもっと優しくできないのか。リハビリが進まない彼女を叱りつける前に、謝罪と励ましの言葉をかけるべきではないのか。

「彼氏、厳しいね」

謙二が帰ったあと、夕方の回診で梨花にそう声をかけた。

「いい、の。ケンちゃんは、私のために、叱って、くれ、てるの」

入院から三ヵ月が経った頃だ。謙二が梨花のもとを訪ねる頻度が急に減った。

「私が、歩けないから……。新しい彼女が、できたのかな。歩けないから、仕方ないかな」

珍しく梨花がしょげていた。

彼女はリハビリを休むようになった。今日は頭が痛い、吐き気が強い、お腹の調子が良くない、などと理由をつけて。言語機能は一定の回復を遂げていたが、身体機能は訓練を中断すると達成レベルを維持できない。梨花の脚の筋力はみるみる落ちた。二週間前は立ち上がれるようになっていたのに、もはやそれも難しい。

「菜々子先生、私、どうせ歩けないんでしょ？」

そんなことはない。臥床《がしょう》しかできなかったのが、立位保持までできるようになったのだ。二十四歳と若いし、新しい補助器具も開発されてきている。そうした事情を菜々子は、「まだまだ可能性がある」という言葉で説明した。けれど、彼女のまなざしはうつろだった。ならば、もう一歩踏み込んで励ますしかない。

「歩けるようになって、彼を驚かそうよ！」

そう言った瞬間、梨花の表情が変わった。

「本当にできる？」

真剣なまなざしだった。

「……リハビリを続ければ、歩けるようになるの？」

菜々子はうなずいた。

「よくなるよ」

「絶対？」

彼女は探るような目をしていた。

「絶対。絶対によくなる」

翌日から梨花は、再び訓練室に通うようになった。謙二はまったく姿を見せなくなったけれど、梨花は熱心にリハビリに取り組み、ゆっくりとだが、何とかつかまり立ちができるようになった。

そこから先は——今は思い出したくない。

「どうせ歩けないんでしょ？　いくらやっても、もうダメなんでしょ？」

悦子が潤む目で菜々子を見つめた。

「まだ諦めるのは早いです」

成果の上がらないリハビリは本当につらいものだ。けれど、ここで止《や》めてしまってはすべての努力が無になる。

「どうして？　きっと無理よ」

言葉とは裏腹に、悦子の目は自分の思いを否定してほしいと強く訴えていた。ここで支えなければ。大切な何かを守るためにも——。

「頑張ってリハビリを続けましょう、朝倉社長」

菜々子は悦子の手を取った。

「本当に歩けるようになるの？」

悦子が真剣な目で見つめ返した。

「大丈夫です。歩けるようになります」

「絶対？」

一瞬言葉に詰まったが、菜々子は腹に力を込める。

「絶対、です」

それを聞いた悦子は、黙ってうなずいた。そして再び平行棒の間を慎重な足取りで歩き始めた。


クリスマスが過ぎ、世間は年の瀬の彩《いろど》りを濃くしていた。創業記念祝賀会は二週間後に迫っている。だが、悦子のリハビリは相変わらず遅々として進まない。

この日、菜々子は玉手市民会館を訪れた。タマテ・トーイ本社の催事担当チームが会場の下見に来るというので、菜々子も午後の病棟回診を抜け出して参加したのだ。

「では実際にレセプションホールをご覧いただきます」

案内役のクマやんが、全員に祝賀会の設営プランを配った。

図面を見ながら、悦子の歩行距離や立ち位置を確認する。

思った以上に長い距離の歩行を強いられることが分かった。しかも、本番ではテーブルの間を縫い、大勢の来場客を避《よ》けながら歩くという厳しい条件が加わる。当日は演壇の前にスロープを敷設するにしても、四十センチの高低差はハードルのひとつだ。リハビリセンターの訓練室のように障害物のない広々とした場所で、平らな床面だけを歩くのとは訳が違う。

「……ここって、思ったより使いやすそうなホールですね」

若手社員の楽観的すぎる感想に、次長クラスの中年社員が厳しい声で応じる。

「いや、壁紙もカーペットもだいぶ年季が入っている。都心のホテルとは大違いだ」

「では、ボロ隠しの効果も考えて、場内の照明は抑え気味にと――」

社員たちの会話を耳にしながら、菜々子はぞっとした。ミッションの達成は困難かもしれないと不安が増す。

その日の夕刻、葉村病院の菜々子のもとへ来訪者があった。驚いたことに、タマテ・トーイの朝倉ジュニアと仙波専務だ。

院長室で兄とともに面会すると、朝倉副社長はいきなり頭を下げた。

「これ以上、母に無理をさせないでください。もう引退すべきタイミングなのです。母は祝賀会の壇上に立たせず、スピーチは私がやります」

菜々子が困惑していると、兄が二人に愛想よく応対した。

「まあまあ、お座りください。どういうことでしょう？」

リスクを嫌う兄は、菜々子にこの仕事から手を引かせたいはずだ。援軍が来たとでも思っているに違いない。

「はっきり申し上げます。葉村先生には、社長の無茶に加担しないでいただきたい」

仙波専務がきっぱりとした調子で言ってきた。

兄は、神妙な顔で「なるほど」とうなずく。

「でも、朝倉社長は少しずつですが、歩けるようになっています。まだ転倒リスクはありますけど、これからもリハビリを続ければ……」

菜々子の説明をさえぎって専務が強い口調で言った。

「止《と》めてください、と申しているのです。転倒するリスクがあるのなら、祝賀会の出席にドクターストップをかけていただきたい！」

菜々子は絶句した。すると、専務はますます興奮して続けた。

「だいたいリハビリなんて無意味です。あんなもんがうまくいくとは思えませんよ。

相手は老人なんだから、車椅子に乗れれば十分でしょう」

兄が表情を変えた。

「何を言うんですか！　リハビリテーションというものは、すべての患者にとって社会復帰の第一歩です」

意外だった。兄の横顔はすっかり整形外科医のそれになっている。

副社長と専務が顔をこわばらせた。仙波専務が押し殺したような声を出す。

「会社経営の将来がかかる節目のイベントなんです。その辺の事情も考慮して、ストップしてほしいと申し上げているわけで……」

兄は即座に答えた。

「リハビリテーションは、患者が次の人生を生きるための希望です。その機会をあなたたちは取り上げるのですか？　我々の仕事は転倒リスクを最小限に抑えることであり、依頼主はあくまでも朝倉悦子さんなのです。社内のご事情については、社内で相談してください」

その通りだ。患者の意向を無視して勝手に治療を中止することなどできない。菜々子は心の中で兄に拍手を送った。

「――お分かりいただけたら、どうぞお引き取りください」

夜、院長室をのぞいた。兄はカルテの整理をしている。

「兄貴、忙しいところごめん。さっきはありがとう」

兄は、無言のままカルテから目を離さない。

「私、驚いたよ。兄貴なら、中途半端に歩かせるのは危険だからリハビリを止《と》めろって言うかと思った」

しばらく沈黙が続いた後、兄は頭を上げた。

「ほら、これ読めよ」

兄はそう言って、デスクの片隅に置いてあったビジネス誌を手渡した。

菜々子は兄の示したページに目を通した。

「骨肉争うタマテ・トーイ」という見出しの特集記事だった。自力経営を主張する社長と、アメリカの大手投資ファンドに株式の大半を売却して事業の再構築《リストラ》を図り、経営の安定を模索する専務が対立。長男である副社長も専務派と見られ、社内は経営の行方をめぐるさまざまな「噂《うわさ》」に振り回されている――と伝えている。

「あの会社、内情はなかなか大変そうだな。つまり、誰がステージに立つかというのは、社長の体の問題ではなく、社内の主導権争いということだ。お前、とんでもないものに巻き込まれたな」

兄が苦い顔をする。

「それでもお兄ちゃんの考えは、リハビリを続けさせる方向だよね？」

「当然だ。医療に会社の派閥闘争、というか家族間のトラブルを絡《から》ませるのは許せない。患者の生きる権利を守るのが俺たちの役目だから」

兄は、昔から正義感が強かった。横断歩道の黄色い旗が多摩川の川辺に打ち捨てられているのを見つけたときは、わざわざ回り道をして学校のそばにある横断歩道まで返しに行った。給食費が払えないことでいじめられていた同級生を家に連れてきて、いっしょに宿題をしたり本を読んだりもした。普段は病院経営者として世間の評判や信用を気にする兄だが、今日は整形外科医の良心が勝《まさ》ったようだ。

「ただし――」

兄は厳しい表情で菜々子を見据えた。

「朝倉悦子さんがちゃんと歩けると思うな。転倒して当たり前の患者だと発想を切り替えること」

兄は、書架から分厚いカタログを抜き出して菜々子に手渡す。

「一番、いいのを注文しなさい」

「ヒッププロテクター」の項目を見せられた。衝撃吸収パッドを組み込んだ介護用の装具で、股関節の外側にある大転子《だいてんし》などの骨を包むように保護し、転倒時の大腿骨頸部骨折を予防する。

「今は、安全効果が高くて装着しやすい良い品があるから」

パンツ型やベルト型などの種類があり、腰回りに正しく装着すれば、転倒時の衝撃を三五〜六五パーセント吸収できる。このプロテクターを使用したことで、骨折事故の件数が五分の一に減少したとする介護施設のデータもあるという。

菜々子は兄に手を合わせた。


「お正月早々に悪いわね」

菜々子は正月二日に悦子の自宅を訪れていた。「ヒッププロテクター合わせ」のためだ。病院と取引のある介護用品業者に無理を聞いてもらい、見当をつけたプロテクターをメーカーから取り寄せて確保したのが大晦日《おおみそか》。さすがに元日はリハビリを休みにして、翌日午後のアポを取った。

「素敵なお家《うち》ですね」

国立《くにたち》市の住宅街にある邸宅の外観は、半円の曲線でできたグリーンの屋根に赤い窓枠。おもちゃのような楽しさが感じられる意匠《いしよう》だった。お手伝いの女性に通された応接間は、どこか工房のようでもあり、展示場のようでもあった。

壁は棚でぎっしりと埋まり、さまざまなおもちゃや資料が並べられている。見たことのあるおもちゃもあれば、そうでないものもあった。

「暇さえあれば、夫も私も、新しいおもちゃのことばかりでね」

悦子は「夫はとっくの昔に亡くなったのに、家の中はそのまま」と寂しそうに微笑んだ。

菜々子が言葉を継げずにいると、悦子が「さあ、やりましょっ」と声を上げた。

「そのヒップ何とかっていうの、見せてちょうだい」

菜々子はヒッププロテクターを大きなリュックから取り出す。薄くても反発力の大きい高機能タイプを中心に、サイズも違えて数種類あった。

「お召し物との相性もありますから、祝賀会当日に着る予定の洋服を見せていただけませんか?」

悦子に案内され、寝室へ移動する。大きなクローゼットがある部屋だった。中には華やかな衣装が並んでいる。

「このスーツか、こちらのドレスにしたいと思っているんだけれど」

候補となる服に着替えてもらいながら、ヒッププロテクターを装着した。

「……なるほど、ドレスなら全く気づかれないわね」

悦子は全身を鏡に映し、満足そうにうなずいた。プロテクターは下着の上から巻くベルト型のLサイズに、洋服はゆったりめのドレスにすると決めた。

「葉村先生、お忙しい？　お茶でもいかが？」

悦子はお手伝いの女性に「お茶を」とささやく。リビングには、お節《せち》料理が小さなお重《じゅう》に用意されていた。

「ここ数年は年始客もなく、寂しいお正月なの。ちょっとだけ付き合って」

悦子はお屠蘇《とそ》を飲みながら、会社やおもちゃに対する思いを語り始めた。

「会社を始めて、経営がようやく軌道に乗った十一年目、夫に胃癌が見つかったの。末期だった……。私が社長を継いだのは、三十五歳のとき。葉村先生のちょっと上くらいね。当時七歳だった息子は、父親の死後、ほとんどしゃべらなくなった。自分の子供が大変な状況なのに、他人の子供のおもちゃなんて作っている場合じゃないでしょ？　夫が亡くなる前に手がけていたおもちゃを完成させたら私、社長を辞めるつもりだった」

そこで悦子はちょっと言葉を切り、「先生はお若いんだから、もっと召し上がって」と促す。さらに「この黒豆、上手に煮えているわね」と、そばで控える女性をほめた。

「夫が最後に世に送り出そうとしていたおもちゃ、それがPブロックなの。あれは遊ぶ側からのヒントが先行したおもちゃで、設計が難しくてね。社員が一丸となって完成させてくれたときには、ああ、これで辞められると思った。だけど、そのおもちゃで息子が生き生きと遊ぶのを見て、はっとしたの。これは、すごいおもちゃだって。大人も夢中になる楽しさがある。そのおもちゃのおかげで、私と息子はいつの間にか、以前のように笑って過ごせるようになっていたのよ」

夫の企画したおもちゃは、子供と妻の心を救ったのだ。

「そんな思いで社長は、おもちゃ作りを続けてこられたのですね」

悦子の仕事は、家族に対する愛情そのものだと感じた。

悦子は満足そうにうなずき、初春の陽が差す庭の木々へ視線を移す。菜々子も誘われるように窓辺に目をやった。

そのときだ。悦子が、卓上の丸い宝石箱を引き寄せるのに気づいた。ふたを開けて手を動かし、せわしなく口元へ運ぶ。そうして、屠蘇から切り替えた緑茶を口に含む。

宝石箱ではなく、ピルケースだった。お茶を飲みながら、悦子はたくさんの錠剤を飲んだ。以前に処方を確認したときには、昼薬はなかったはずだ。

「新しい薬が増えたんですか？」

悦子は首を振った。

「これはサプリメントよ。海外から取り寄せてもらってるの」

嫌な感じがした。

「何のサプリメントですか？」

悦子は少し恥ずかしそうな表情をした。

「先生には笑われるかもしれないけれど、若返りのため。ストレスを取ってよく眠れるようになるから、心身ともに若返るんですって」

「――パッケージを見せていただけませんか？」

社長は、オレンジ色の箱を持ってきた。中の瓶には、錠剤が半分くらい残っている。

商品名に覚えはない。菜々子はスマホを取り出し、海外医薬品の情報提供サイトで検索をかけた。

サマリーのトップに薬剤分類が表示される。「Anxiolytics, Benzodiazepines」

——悪い予感が的中した。その「サプリメント」は、ベンゾジアゼピン系の抗不安薬であると判明した。なかでも日本では認可されていない強力なタイプだ。副作用として体のふらつきを招き、歩行障害や転倒率の顕著な増加をもたらす。

一向に改善しなかった悦子の歩行障害は、その薬の副作用による可能性もあると考えられた。

「ただちにサプリメントを減量して、中止する方向に持っていきましょう。そうすれば、歩けるようになるかもしれません」

菜々子の説明に、悦子は「このサプリが、まさかそんな……」と驚いた声を出した。

もうひとつ確認したいことがあった。薬の入手先だ。

「あれは、もう四ヵ月くらい前になるかしら。秘書が熱心にすすめてくれて。アメリカの子会社を通じれば簡単に取り寄せられるって……」

薬の服用中止後、悦子の歩行状態は急速に安定し、本番を五日後に控えた一月五日には不安なく歩けるまでに回復を果たした。

「この調子ならいけると思う。大丈夫そうよ」

ミッションの成功が見えたことを、菜々子は明るい声で兄とクマやんに報告する。

ところが、だ。あろうことか翌六日の夜、悦子は自宅で転倒した。骨折はまぬがれたものの右膝前十字靭帯損傷《ひざぜんじゅうじじんたい》、つまり右膝にひどい捻挫《ねんざ》が認められた。重傷だった。

葉村病院の病室のベッドに横たわった悦子は、放心したように天井を眺めていた。

「……残念ですが、社長。祝賀会でスピーチしていただくのは無理と判断させていただきました」

背後で声がした。現れたのは、仙波専務だった。大きな赤い花束を入れた紙袋を手に提《さ》げ、冷たい笑みを浮かべている。

「創業記念祝賀会での社長スピーチは、健康上の理由から無理であり、副社長にお立ちいただくという代替プランを用意しました。当日、社長にはお休みいただきます」

「仙波さん、あなた何を言い出すの……」

「当社の従業員・役員規程第七十二条の定めです。『会社は次に掲げる者を就業させない——傷病《しょうびょう》等により、産業医または総括安全衛生管理者が就業不可能と認定した者』。労働安全衛生法に基づき、会社の安全・衛生を統括する総括安全衛生管理者は、私に委嘱《いしょく》されております。社長には、怪我が回復するまで業務から離れていただきます」

悦子は言葉を失い、ただ唇を震わせていた。黙って頭を下げた仙波専務は、花束をベッドに置き、そのまま回れ右をして病室を後にした。

「仙波さん！」

菜々子は思わず声を上げ、仙波を追いかける。ナースステーションの前で追いついた。

「どうしてそんな冷酷なことをおっしゃるんですか？　朝倉社長があんなにもリハビリを頑張っているのは何のためか……」

仙波は小さなため息をついた。

「社長が開発者として優秀だということは分かっています。でもね、経営はきれいごとじゃダメなんです。社長の年齢が高いほど売り上げは落ち、赤字企業が増える。理由は過去の成功体験にとらわれて、頑固でわがままだからです。ちゃんと若い人の考えに耳を傾ければ、会社はまだまだ伸びる。朝倉社長は、おもちゃ作りには熱心かもしれませんが、将来の業績が見通せないのでは、取引先にも顔向けができません。それに、社員ひとりひとりの生活がかかってるんです」

専務は一気に話し終えると、花束を入れていた紙袋を両手でグシャリとつぶした。

翌朝一番、菜々子は南青山リハビリセンターを訪ねた。リハビリ医の大川に会い、悦子のリハビリ・プランを組み直してもらうためだ。だが大川からは、「本番まであと三日だろ？　強引にリハビリを進めても無理だよ」と、すげない回答しかもらえなかった。

「やっぱりダメか……」

リハビリセンターの長椅子に座り込み、菜々子は動けずにいた。訓練中の患者たちが、いつもと変わらず目の前を行き交う。最後の希望を失った思いだった。

ひとり、車椅子から立ち上がろうとしている高齢男性が気になった。足元がやや頼りない。だが、男性は自分の車椅子の後方に回ると、持ち手を支えに腰を伸ばして姿勢を正し、ゆっくりだが確実に歩き始めた。年齢は、悦子よりずっと上だろう。無人の車椅子を押す形で、すいすいと実にスムーズに歩を進めている。

よく見るとその男性は、例の「尻撫で」じいさんだ。以前にここで姿を見たときは、ほとんど歩けなかったのに――。

「だめですよ！」

尻撫でじいさんは職員たちに取り囲まれ、見る間に車椅子へ乗せられた。

「ちょっと目を離すとすぐ遊んじゃう。転んだら大変なことになりますよ」

はっとして菜々子は立ち上がった。カバンからタマテ・トーイ創業記念祝賀会の運営資料を引っ張り出す。招待客リストのページに、三役をはじめとする玉手市役所の幹部が名を連ねているのを改めて確認した。

心にひらめくものがあった。これなら、いける——菜々子は興奮を抑えつつ悦子に電話をかけた。

「分かったわ。先生のプランに乗りましょう。と言うか、乗っていただくわ」

「朝倉社長、このアシスト・プランはご内密にお願いします。当日のサプライズにしましょう」

菜々子はそう言い添えた。

一月十日は、珍しく穏やかな陽気だった。いよいよイベントの当日だ。正午の開会に先立ち、菜々子は朝早く玉手市民会館を訪れた。会場にはすでに催事担当チームをはじめとするタマテ・トーイの面々が集合している。仙波専務と社長秘書の姿もあった。レセプションホールの入り口で若手社員と打ち合わせをしているようだ。

ホール内は、ブッフェ用のテーブルに寿司や天ぷらなどの屋台も並ぶ。ホール正面の「タマテ・トーイ創業記念祝賀会」と書かれた大きな横看板の下には、金屏風《きんびょうぶ》を立てた高さ四十センチのステージが用意されていた。すっかり華やかなパーティーの雰囲気になりつつある。

　タマテ・トーイの社員たちがそれぞれの持ち場に散る中、悦子の秘書が菜々子に近づいてきた。

「葉村先生、専務からお聞きになったと思いますが、今日のスピーチは社長にかわって副社長が行う段取りでいきます。このたびは、大変お世話になりました」

　どういう心境なのだろう。秘書は、晴れ晴れとした様子にも見えた。

「いいえ、どういたしまして。今日は、多彩なゲストがいらっしゃるようですね」

　菜々子はそれだけを言って、関係者通路へ抜けるドアを押し開けた。

　通路の先には楽屋や控室が並ぶ。菜々子は一番離れた位置にある控室の前に立った。周囲に誰もいないことを確かめ、ドアを素早く開ける。部屋の奥で、車椅子に乗った悦子がにっこりと微笑んだ。会社にも秘書にも知らせないで車を手配し、国立市の自宅から玉手市民会館まで悦子に来てもらうのは、案外気をつかう作業だった。

「先生、よろしく。私、死んでもスピーチをするわよ」

　開会の時間が迫ってきた。

「会場へ移動しましょう」

菜々子は車椅子を押して、悦子を控室から廊下へ移動させる。別室からはクマやんの押す車椅子が現れた。二台の車椅子はともに廊下を進んでいった。ホールへと続く通用扉の前で、時刻を確認した。午前十一時四十五分、開会の十五分前だった。菜々子は悦子に声をかけた。

「今からが本番です、社長」

菜々子の介助で座面から何とか立ち上がった悦子の前に、クマやんがもう一台の車椅子を移動させた。その車椅子には、男性の姿があった。悦子は後方に立ってハンドルをしっかりとつかんだ。

「今さらだけど、地元ってありがたいわよねえ」

そう言って悦子は、息をつく。

「企業と地元は、長年にわたるお付き合い。お互いさまですよ、朝倉社長」

悦子が押す車椅子に乗った男性——玉手市の小林市長は、右足にギプスをはめたまま笑顔を見せた。

菜々子は、レセプションホールの下手側、会場の中ほどに位置する両開き式のホールドアを押し開ける。照明が抑えられた場内は、すでに大勢の招待客でごった返していた。いくつもの丸テーブルでは歓談の花が咲いている。仙波専務や副社長は、ステージの上手袖にいた。

悦子は、市長の乗った車椅子を押しながら静かに入場した。

「おお、朝倉社長だ！」

周りにいる人々から、大きなどよめきが起こった。

「小林市長も……。雪の日に転んで足を骨折したと聞いていたが」

客のささやきをよそに、車椅子は軽やかに進み出した。車椅子の自重と市長の体重が支えとなり、悦子の足取りはしっかりして見える。歩行障害を抱えているとは誰も思わないだろう。

深いグリーンの光沢あるドレスはライトに映《は》え、優雅に揺れた。ホールの少々くたびれたカーペットは毛足が短く、車椅子の車輪の邪魔にはならない。悦子はゆっくりとステージ前に向かっている。菜々子はステージ脇の壁際に立ち、車椅子の行方を見守った。

会場のざわつきにタマテ・トーイの社員たちが気づいた。菜々子のそばで、仙波専務が催事担当の社員に問いただしている。

歩行障害のある患者は、歩行器を使うと歩みが安定する。杖の原理と同じく、体が垂直方向の支えを得るからにほかならない。歩行器の代わりに車椅子を使っても同様だ。ただ、カラの車椅子では前輪が持ち上がってウィリー走行の状態になってしまう。かと言って誰かが車椅子に乗ると、今度は押し進めるのが困難になる。両方の難点を解決する方法が、電動アシスト車椅子だ。中高年女性の間で爆発的な人気を博した電動アシスト自転車の構造を参考にした、福祉業界のトレンド商品である。

市長に乗ってもらった車椅子は、内蔵モーターの駆動力にすぐれ、ごく軽い力で押せると評判の機種だ。車椅子のハンドルを押す人の姿勢を支えつつ、力はほとんど必要としないため、結果的に、介助者である朝倉社長の自然な歩行をサポートすることができた。

「電動アシスト車椅子か。こりゃ、なかなかのスグレモノだな」とクマやんがつぶやいた。

「メーカーではこういう使い方は推奨していないけどね」

悦子の歩みを見守りながら、菜々子は舌を出した。

「葉村先生、何のまねですか！　社長には休んでもらうと話しましたよね！」

人垣をかき分けるようにやって来た仙波専務が、菜々子の鼻先に立って抗議した。

「朝倉社長は、市長の介助者として参加されたまでです。お休みを利用されて、ね」

菜々子の答えに、専務はあっけにとられた様子だ。

「それと、社長は今日、来場者に向けて一言ご挨拶をされたいようです。開会前のお時間を少しいただいて――」

「な、なにい！」

仙波専務が激しくいきり立つのが分かった。

下手側からテーブルを三つ縫うように中央へ移動し、ゆるやかなスロープを登って高さ四十センチのステージに立つ――。念入りに確認した動線に従って、社長は進んでいた。

ステージ上では、演台の大きな花の前で正面に向き直り、市長を乗せた車椅子につかまったままスピーチをする予定だ。自分の足で立ったまま、五分間……。

社長の足取りは安定している。ステージにつながるスロープまで、あとテーブルひとつを回るだけだった。

「おい君、何とかならんのか！」

ステージ袖にいる専務は、傍らに回った社長秘書に言った。命令とも懇願ともつかない物言いだった。秘書が一歩退き、インカムを口に近づける様子が見えた。

直後に会場の照明が一気に明るさを増した。ほの暗い場内が昼間の明るさに包まれ、悦子の体が不安定に揺れる。

「危ない！」

あっと思う間に体が傾き、悦子は前のめりになるように床へ倒れ込んだ。

会場から悲鳴が上がった。市長の車椅子は何ごともない。駆け寄った菜々子は、悦子の体をチェックした。

右膝の痛みが少し増したようだ。だが、骨折はない。装着したヒッププロテクターの効果があった。それだけではなくリハビリを継続したことにより、転倒時の対応力が格段に増していた。訓練は無駄ではなかったのだ。

「ひとりで立たせて」

菜々子の助けを拒否し、悦子は自力で立ち上がろうとした。

レセプションホールは静まり返る。悦子は脂汗《あぶらあせ》をかき、それでも車椅子の車輪につかまり、何とか身を起こそうともがいている。低い場所から少しずつ高いところへ手をつき、徐々に体を起こしてゆく方法は、リハビリセンターで何度も練習してきた。リハビリ前ならそんなことはできなかっただろう。岩山を少しずつよじ登るように、じりじりと上へ上へと手を伸ばし、ついに悦子は立ち上がった。

けれど、そこまでだった。市長の車椅子を押そうとするのだが、膝の痛みのため力が入らない様子で、車椅子は一センチたりとも動かせない。

クマやんが、そして副社長の誠が駆け寄った。

悦子はふたりに両脇を支えられて会場を一歩ずつ進み、ついにスロープを登った。その姿に静かな拍手が広がる。演台の花の前に椅子が用意され、悦子はその席に座った。

「ご来場のみなさん、お騒がせして申し訳ありませんでした。社長の朝倉悦子でございます。本日は祝賀会の開会前に、一言だけご挨拶を申し上げたいと思い、やって参りました……」

悦子がワイヤレスピンマイクを通して語り始めた。いくつもの丸テーブルに人々が輪を作っている。

「私は、弊社が自立経営を続けることを目指し、今日まで努力してまいりました」

来場者すべての視線が壇上に注がれた。

「各種の報道等を通じ、さまざまな噂がささやかれています。弊社が米国企業に買収されるとか、主要事業を売却するとか……。いずれも非公式な話に過ぎず、役員会では検討もしておりません」

ステージの袖に立つ副社長が腕組みをした。仙波専務は傍らに回って下を向く。

「ただ、弊社の経営がどのような道へ進むにしても、忘れてはならないことがあります。それは、おもちゃを生み出す発想であり、子供たちへのいたわりであり、遊び手が喜ぶおもちゃを作り続けていこうとする強い意志です」

悦子は一息入れて、ゆっくりと会場を見渡した。足のことばかりに目を奪われていたが、その優雅で威厳のある雰囲気に菜々子は息を呑《の》む。

「皆さまにご愛顧いただいている弊社のおもちゃには、その三つが揃っています。Pブロックは先代の社長が最後に企画を手がけた商品ではありますが、『どんな方向にもつながるブロックがほしい』と最初のヒントをもたらしてくれたのは、幼かった頃の息子、副社長の朝倉誠です。ルリちゃん人形の世界を支えるミニチュアの食器や靴、生活用品の数々は、子供たちの誤飲を防ぐ工夫を施しています。そんな、いたわりのアイデアを出してくれたのは、専務の仙波哲也です」

そこまで言うと、悦子は悲痛な表情になった。

「仙波はその昔、悲しい事故で二歳のお嬢ちゃんを亡くしています……。誤飲事故を引き起こした〈ままごとセット〉は、製造国もメーカーも突き止められなかったと聞いています」

会場は静寂に包まれた。仙波専務は、まっすぐ前を向いている。

「自分の足で立って歩く。会社の長として、いつまでもそんな姿をお見せしたい――

それが、昨日までの私の見栄《みえ》でございました。ところが、先ほど醜態《しゅうたい》をさらしたように、ここに来て、足腰が言うことをきかなくなってしまいました。多くの方の支えがないと、もう立ち上がることもできないのです」

再び場内を見渡した悦子は、おだやかな笑みを浮かべた。

「私が唱える自立経営にしても、振り返ればそれは、副社長、専務、そしてひとりひとりの社員が努力を重ね、ご支援をくださる多くの皆さまに支えられてきた歩みにほかなりません。だからこそPブロックも、ルリちゃん人形も、長年にわたって子供たちに愛され続けている。私は今日、そのことをお伝えしたくて参りました」

専務が唖然《あぜん》とした様子で悦子を見つめている。副社長は口が半開きだった。

「守るべきものを守り続ける……そのためにも経営の第一線を後進に譲るべきときが来たと今日、実感した次第です。私は今期限りでタマテ・トーイの社長を退く決意を固めました」

予想外の言葉だった。顔を見合わせる来場者が多い。

「発想力の朝倉誠に、いたわりの仙波哲也に、そしてすべての従業員に、私はタマテ・トーイの将来を託します。このチームワークがあれば、弊社は今後も、絶対に、絶対に輝き続けます。皆さま、新しいタマテ・トーイをよろしくお願いいたします」

場内に拍手が響き渡る中、悦子は椅子に座ったまま動けずにいた。

副社長の誠が駆け寄った。怒ったような表情で、社長に肩を貸す。

「なんで、そこまでして……」

ピンマイクが声を拾っていた。消え入る男の声は、「……おかあちゃん」と聞こえた。

専務はステージ上の母子のやり取りに見入っていた。

「タマテ・トーイに乾杯！」

開会前の社長挨拶に続き、定刻の五分遅れで正式に始まった創業記念祝賀会は、誠副社長による型通りのスピーチを経て懇親会に移った。松葉杖をついた小林市長が乾杯の音頭《おんど》を取ると、場内はお祭りムードに彩られる。

着ぐるみルリちゃんファミリーの面々が、各テーブルを回って招待客にお酌《しゃく》をしている。ステージ上では、新合金ロボやゴージャス戦隊のキャラクターショーが披露された。あっという間に予定した二時間が経過し、会は賑《にぎ》やかなうちにお開きとなる。

その間、悦子は、副社長の押す車椅子に乗り、来場客の間を笑顔で行き来していた。

車椅子とともに菜々子が会場を進むと、向こうから杖をついて男性が歩いて来た。

なんと、驚いたことに例の尻撫でじいさんだ。いつもとは違う上品なスーツに身を包んでいた。

「ここへ来てよかった。いい投資先が見つかった」

場違いに思える人物は、遠慮する様子もなく悦子と仙波専務に話しかけてくる。

「おい、あれ、大日《だいにち》投資顧問の綾部徳之助《とくのすけ》会長。兜町《かぶとちょう》の老師だ」という来場客のささやきが耳に入った。言葉を失った菜々子がその顔を見つめると、尻撫でじいさんはウインクをして去って行った。

車椅子に乗った悦子の前に、仙波専務が立った。対立していたふたりの接近に、周囲の空気がピンと張り詰めた。

「私も、おもちゃ作りに命をかけてきました」

専務は、天井の灯りを見上げた。

「それなのに……いつからカネのことばかり考えるようになったんでしょうね」

専務が悦子の足元にひざまずいた。

「社長、辞任は考え直してください――」

すべての客が帰り、がらんとした会場では数人のスタッフが片付けを始めている。

菜々子は暗澹《あんたん》たる心持ちで悦子の控室へ向かった。悦子を転ばせてしまったという思いが胸を突く。ミッションは結果的に「失敗」の形で終了したのだ。

「申し訳ありませんでした」

菜々子は控室でお茶を飲む悦子に詫《わ》びた。

「何を言っているの。先生のサポートがあったからステージに立てたのよ」

悦子は菜々子の手を取り、優しく撫でてくれた。

「『絶対に歩ける』と言ってもらったから、苦しいリハビリを最後まで頑張れたの。先生は気にしなくていいのよ。ありがとう」


半月後、菜々子は旧奥多摩街道沿いに立つ「玉手だるま市」にいた。クマやんに付き合って、市民会館の事務室に飾るだるまを買いに来たのだ。タマテ・トーイの仕事のおかげで、年末年始の休みはほとんど吹っ飛び、久しぶりの休日気分だ。

街道にずらりと並ぶだるまは、どれも趣がある。

「これがいいんじゃない？」

「いや、もっと大きいのがいい」

「じゃあ、あれは？」

「大きさはいいけど、眉の形がいまいちだな」

クマやんは変なこだわりがあり、なかなか決まらない。

「それより菜々子、今朝はニュース見たか？」

休日の寝坊癖はとっくに知られている。クマやんがスマホの画面を菜々子に示した。

「……これ、か。朝倉社長、やっぱり辞める決断を」

――タマテ・トーイは二十四日、朝倉悦子社長が退任し、副社長の朝倉誠氏が社長に就任する人事を発表した。あわせて同社は大日投資顧問から二十億円の出資を受け入れて資金調達し、本業の玩具製造を経営の主軸に据えながらも、新規事業として介護ロボット市場へ進出すると表明、投資ファンドへの身売りを見合わせ、米ベンチャー企業との提携交渉を近く開始する――と経済紙のサイトが伝えていた。

クマやんが眉を寄せ、「それと、これは確証があるわけじゃないが……」と言い出した。

「市長の車椅子を押していた朝倉社長がなぜ転んだか、今頃になって気になることがある」

「どういうこと？」

「照明だよ。打ち合わせの段階では、ホールの照明は薄暗いレベルに落としておくことになっていたよね。ところが、朝倉社長がステージにたどり着く直前、突然、一〇〇パーセントの出力になった」

暗い場所は歩きにくいが、明るすぎる場所も歩行障害を引き起こす。特に白内障患者は、光をまぶしく感じて転倒事故を起こすケースがある。タマテ・トーイ本社を訪れたときもそうだ。車寄せに当たる照明の下で、悦子は足を取られそうになった。

「専務が秘書に何らかの指示を出していたんだ。秘書なら社長の健診データを細かく知っているし、白内障の症状も把握していたはず」

「サプリメント」と称する抗不安薬を悦子にすすめたのも秘書だった。経営方針をめぐって社長と専務が敵対するのは想像できる。だが、最も身近で信頼すべき秘書が敵方の企み《たくら》に加担するとは……菜々子の膝が、細かく震えた。

「社長交代か……」

クマやんが感慨深げにつぶやいた。

閉会の際、副社長と専務は、辞意を表明した社長を翻意《ほんい》させようとしていたが、結局はひっくり返らなかったのだ。

「私があんなに絡《から》まなきゃ、あそこまでぶつかり合うこともなかったかも」

「そうじゃないよ、菜々子。タマテ・トーイの経営陣は互いに気持ちをぶつけたからこそ、最終的に分かり合えたんだと思う。それも手助けできたんだから、ステージ支援をやった意味はあったんだよ」

ぶつかることで分かり合える――。

菜々子の体に再び震えが走った。今度は、武者震いだった。

「立ち向かわなければ、ならないのかな」

思い出したくない過去の出来事、それは……。

あの日、権医会中央病院に出勤すると、梨花が亡くなった事実を知らされた。早朝、梨花は車椅子のままエレベーターで病院の屋上へ行き、フェンスにつかまりながら車椅子の上に立ち上がって柵を乗り越えた。飛び降り自殺だった。

「患者に対する主治医の言葉に、重大な過ちがあった」

しばらく経《た》ってからだ。「自殺は菜々子の言葉に原因がある」と家族に訴えられたのは。「絶対によくなる」と叶わぬ希望を持たせたから、娘は自殺したのだ、と。院内に設けられた調査委員会の席上でも、医師は「絶対」などと言うべきでなかったと叱責《しっせき》された。

裁判では結局、菜々子の言葉が自殺の原因になったとは認められないとする判決が出た。

だがある日の口頭弁論で、原告側の弁護士から梨花の母の携帯電話に残されたメッセージを聞かされた。「お母さん、絶対なんて、嘘《うそ》だった」と泣きながら訴える梨花の声が入っていた。それを聞いた瞬間、自分がまるで嘘つきか詐欺《さぎ》師に成り下がったように感じた。

梨花は分かってくれていると思っていた。けれど——。何かが菜々子のなかで崩れた。何もかもリセットしたいと思って病院に辞表を出したのは、その翌月だった。

自分の部屋に飾るミニだるまを買おうと思い立った。沿道に座り込み、大小さまざまに並ぶ縁起物へ手を伸ばす。そのうちの一つに指先がふれ、道の上をコロリと転がる。ゆっくりと弧を描いてだるまは起き上がり、菜々子と正面から向き直った。

「明日も晴れるな」

大きなだるまを抱えたクマやんが、いつの間にか横に立っていた。

「何言ってんだか、下駄《げた》占いじゃあるまいし。なら、晴ればっかりになるじゃない」

それもいいなと思いながら、菜々子は急に笑いが止まらなくなった。こんなに笑ったのは久しぶりだ。寒空はどこまでも青く、雲ひとつなかった。

第四話　春歌う

時計を見ると、午前二時だった。真っ黒な空に浮かぶ三日月がやけにまぶしい。葉村菜々子は、ベッドの上に半身を起こした。嫌な汗をびっしょりとかいている。

苦しさが消え、体の力が抜けていった。雑然とした部屋は、どこといって変わった様子はない。遠くで救急車の走る音が聞こえる。まさか自分が呼んでしまったのかと記憶を探るが、すぐに音は遠ざかっていった。背中に寒気が走る。まだ四月だというのに。

このところ週三回は夜中に息苦しさで目が覚める。平穏な生活であるのに、なぜだろう。

約一年前に赤坂の権医会中央病院を辞め、葉村病院《じっか》を手伝ってきた。当院で初めての女性医師ということもあり、信頼を寄せてくれる患者もできた。ステージの出演者を医療面から支える仕事にもチャレンジし、感謝されている。毎日が充実していた。

ただ、引っかかっていることが一つだけあった。

権医会中央病院で梨花が自ら命を絶った件だ。遺族の起こした裁判が終わり、菜々子に責任はないとされた。けれど、梨花の言葉がいつまでも心に刺さっている。

絶対なんて、嘘だった――。

菜々子にとって「絶対」は、つらい記憶を呼び覚ます特別な言葉だ。あえて言えば、タブー。普段は意識の底に沈んでいるけれど、何かがあるたびに、澱《おり》のように浮かび上がる。そうした夜は、決まって目が覚めた。

新しいロングTシャツに着替えてから布団にもぐり込む。少しでも眠らなくては、と思いながら。

朝、スッキリしない頭を抱えて診察室に向かった。窓からはゆるやかな丘陵と多摩川が望める。葉村病院で働き始め、この景色にも慣れた。だがいまだに驚くのは、患者の出足が早いことだ。

早朝から待合室に座っているのは、菜々子の年齢の倍は優に生きてきた高齢の患者たちが多い。長く人生を歩んできた彼らにも、他人には言えないつまずきや触れられたくない過去があるに違いない。それも、ひとつやふたつではないはずだ。

そんなことを考えながら、一番上のカルテを手にする。パーキンソン病、七十六歳の女性患者だ。パーキンソン病は脳の一部が変性して、体の動きやバランスが悪くなってゆく疾患だ。何種類もある薬から患者の症状に応じた量や組み合わせを選ぶ。

診察室のドアが開き、夫に支えられながら患者が入ってきた。

「平野《ひらの》さん、調子はいかがですか？」

隣で夫が顔をしかめた。

「先生、ウチのやつを叱ってください。リハビリに連れてけ、連れてけって急にうるさく言いだして困ってるんですよ」

「平野さん、リハビリも決められたペースを守った方がいいですよ。疲労から思わぬ事故につながりますから」

「先生さ、あれ、知ってる？」

菜々子の言葉は無視されたようだ。

「あれって……何でしょう？」

患者は笑った。病気のために顔の筋肉の動きが悪くなる。そのため、表情も分かりにくくなるのだが、このときだけは確かに笑顔だと分かった。

「先生でも知らないことあるんだな。ほら、あの、何てったっけ、若いイケメン歌手の……」

「もしかして、川瀬春馬《かわせはるま》のことですか」

川瀬春馬という演歌歌手のコンサートが、今月末に市民会館で行われる。

「そうそう。だからよ、のんびりしてらんないんだわ」

「観《み》に行かれるんですね」

「観るだけじゃないのよ。ハグしなきゃなんないからさ」

「ハグ……」

「先生、そんなことも知らないの？　抱くってことよ。やだなもう、年寄りに何を言わせんのさ」

患者は、普段動きがぎこちない手をスムーズに上げて、菜々子の肩を叩いた。

「あ、はあ……」

「ハグがダメなら、握手で我慢するけどさ。私にもそのくらいの分別はあるのよ。だからさ、毎日、リハビリ頑張らないと」

患者はいきなり両手を突き出して、グーパーを繰り返す。しょっちゅう腰が痛い、来客がある、風邪気味だと、リハビリに来るのを避けていた患者が——。高齢女性がここまで春馬を楽しみにしているとは驚きだった。

あれは先週末のことだった。多摩川の川辺では桜が見ごろを迎えていた。

「おっ、やってますね。僕も呼ばれようかな」

菜々子が病院職員とともに花見酒を楽しんでいるところへ、するっとクマやんが合流した。呼ばれてもいないのに入り込み、自然に馴染《なじ》んでしまえるのは中学時代からの特技だ。

クマやんは、持参した自前のカラオケマイクで春馬の持ち歌『サクラよ、サクラ』を歌った。ちょっと音程がはずれている。それが笑いを誘い、場が盛り上がった。歌い終えたクマやんは、なめらかな口上で宣伝を始めた。

「皆様ご存じ、四月に入ると、今度は『チューリップまつり』が開かれます」

ここ玉手市は、桜以上にチューリップが町の名物だ。水田の裏作として栽培が始まり、今では六十種類、約四十万球のチューリップが咲き誇る。それを目当てに毎年、大勢の観光客でにぎわうという。

「急病人や怪我人など、何かありましたら葉村病院の皆様にはご迷惑をおかけするかもしれませんが、何卒《なにとぞ》ご協力をお願い申し上げます」

市の観光協会を代表するような言い方だが、クマやんの所属は教育委員会だ。

「よっしゃ、よっしゃ、クマ公、任せとけー」

顔を赤くした兄が、威勢のいい声を上げる。クマやんは、「院長先生の力強いお言葉、ありがとうございます」と、兄に向かって敬礼する。桜の花の下で、二人ともご機嫌だ。

「まつりの最終日に目玉イベントとして、『玉手市制二十五周年記念　ご長寿お祝いコンサート』を行います。サポート役に菜々子先生をお借りしたく、院長、どうぞご了承ください」

市民会館担当の市教委職員は、菜々子にいきなりミッションを提示してきた。兄が半分、酔いの醒《さ》めた表情になる。

「いつだ？」

「四月下旬の、日曜日です！」

「休日ならオッケー、オッケー。菜々子、しっかり協力してこーい」

再び酔っ払いの顔に戻った兄は、気前良く許可を出した。クマやんは大げさに頭を下げる。

「お兄様、ありがとうございますっ」

「ちょ、ちょっと待ってよ。コンサートって、それで私、何するの？」

「つまりな……」

クマやんによると、市制二十五周年を迎えた玉手市は、市民会館の大ホールに市民五百人を招き、記念式典とコンサートを行う。

そこまでは普通の話だが、招待客は全員が七十五歳以上の高齢者で、出演歌手は彼らに人気抜群の川瀬春馬だという。

「市の発展に寄与した大切なお年寄りに何かあっちゃいけないから、今回は出演者のサポートじゃなくて、来場者のサポートを頼みたいんだよ」

「来場者って、五百人全員ってこと？」

菜々子は呆然となる。

「詳細については、追って連絡するから」

そう言うとクマやんは、あっという間に隣の花見客のブルーシートのところに行ってしまった。再び靴を脱ぎ、場を沸《わ》かせながら上がり込んでいる。そこは市内の音楽教室に子供を通わせているママさんたちのグループで、市民会館のお得意様だ。何も考えていないように見えるが、クマやんは意外に策略家なのだ。

この日、菜々子の外来を受診した高齢の患者たちは、皆が申し合わせたように、春馬の話をした。

次の患者は八十四歳、高血圧の女性だった。このところ食欲が落ちていたが、昨日からよく食べているという。患者は「春馬に会うまで生きていたいから、頑張って食べなきゃね」と微笑んだ。

その次の七十八歳、糖尿病の男性患者は家に引きこもりがちだった。ところが今日は「女房がさあ、春馬のコンサートに着ていく服を一緒に買いに行こうって。これから久しぶりに新宿《しんじゅく》に出る」と張り切っていた。

普段の診療で話すことと言えば、「膝が痛い」、「元気が出ない」、「眠れない」、あるいは「子供たちと同居していても、日中は一人きり」とか、「スコアが面倒でゲートボールをやめた」、「飼い犬が死んでから食欲が落ちた」などなど。内容のほとんどは心身の不調と孤独についてだ。

「食べなきゃ、元気が出ませんよ」と言うと、「もう死ぬのを待っているだけですから、いいんです」などという答えが返ってきたものだ。

それが、今日の変わりようはどうだ。どの高齢患者も生き生きと春馬の話をするではないか。

「まさか、春馬ちゃんがこんな田舎《いなか》町に来てくれるなんてねえ。ありがたい、ありがたい」

八十二歳の女性患者は、「生きていればいいこともあるもんだ」と、これまで見たこともない満面の笑みを浮かべた。

「市の功労者なんて柄じゃないけど、せっかくだから行こうかな。孫が羨《うらや》ましがってんだよ。その、春馬って歌手の顔を拝《おが》んでくるかな」

白内障の手術を決意した男性患者が得意げに笑う。

「私ね、花束を渡す係に選ばれたのよ。ついでに握手してもらおうかしら」

そう言って舌を出し、少女のようにはにかんだのは八十八歳だ。

「春馬の来る日に備えて、筋トレを再開したのよ。コンサートに行けなかったりしたら、一生、後悔しちゃうでしょ」

ほっそりした七十九歳の患者は、腕立て伏せをする仕草をした。こんなふうにはしゃいでいる姿を見るのは初めてだった。いままでは元気が出ないと嘆くばかりだったのに。

高齢患者を元気にするには、どんな薬よりも春馬が有効なようだ。

「今日はまるで、春馬まつりでしたね」

午後の外来診療の終わりに、看護師がそう言って笑った。

午後は、春が終わってしまったのではないかと思わせるほど強い日差しだった。菜々子は着ていたコートを途中で脱ぎ、玉手市民会館へ急ぐ。これから春馬本人も参加してコンサートの打ち合わせがあるのだ。一年前に決まっていたベテラン演歌歌手が体調不良で出演キャンセルとなり、急遽《きゅうきょ》代役を探したところ、春馬のスケジュールが奇跡的に取れたという事情による。

少し早めに着いた。案内された事務室の机には、豪華な二段重ねのすき焼き弁当が置かれている。

「すごいですね」

軽食の用意があるとは聞いていたが、いつもの打ち合わせとは気合いの入り方が違った。

顔なじみの事務職員が打ち合わせの席に、お茶や資料、ボールペンなどを整然と並べていた。

「こちらの席が葉村先生です。隣には熊田さんと、舞台の円山さん。あちらに春馬さんとマネージャーさん、演出担当の方に座っていただく予定です」

彼女はふと手を止め、菜々子に怪訝《けげん》そうな顔を向けた。

「そういえば葉村先生はお出迎えに行かなくてよろしいんですか？」

そのとき、廊下でにぎやかな声がした。

数人の集団が部屋に入ってきた。小柄でよく見えないが、輪の中には川瀬春馬がいるようだ。派手な金髪の頭がチラチラと見える。

先導していたクマやんが、菜々子に気づいた。

「春馬さん、彼女が会場に付き添う医師です」

すらりとした体型の男性が中心から現れた。フィギュアスケート選手のような優しげな顔つきで、理想の孫を思わせる。なるほど彼なら高齢者を魅了するだろうと納得した。

春馬が菜々子の目の前を通り過ぎる。

「こんにちは。葉村菜々子です。よろしくお願いします」

チラリと視線が向けられた。三十一歳と聞いていたが、横顔が幼い。

「ふーん」

春馬は菜々子を一瞥《いちべつ》しただけで、けだるそうに席に着いた。

「お、弁当だ」

座った途端に春馬は嬉しそうな声を出し、すぐに弁当の蓋《ふた》を開ける。

「時間がタイトで、昼食がまだだったものですから助かります」

女性マネージャーが、少し恐縮したように頭を下げる。

「いやいや、喜んでいただけてよかったです。こういう若いエネルギーも高齢者を引き付けるのでしょうね」

クマやんが見せたことのないような愛想笑いをした。ほとんど歳《とし》は違わないのに、「若いエネルギー」とはよく言ったものだと感心する。

「もし足りなければ、私の分もいかがですか？　メタボでダイエット中なんですよ」

ここまで気を使うクマやんを見るのは初めてだ。

「ごっつあんです」

春馬は小さく手刀を切り、さっさと二つ目を受け取る。

「とにかく今、ステージが立て込んでいて大変なんです。この後も明日の公演に向けて北海道に入らなくてはなりませんし、食事の時間もままならなくて」

マネージャーが言い添えた。

「明日の夜の北海道といえば、『銀河〜星空のときめきコンサート』ですね」

クマやんの言葉に、マネージャーがうなずく。

「ええ、そうです。何があるか分かりませんので、コンサートは必ず前乗りするんです」

コンサートの前日には現地入りしておくという意味のようだ。

クマやんとマネージャーの会話が続き、和《なご》やかに食事は終わった。さて、いよいよ打ち合わせが始まるかと思ったときだ。突然、春馬が立ち上がり、部屋を出て行ってしまった。

「すみません、ちょっとだけトイレ休憩いいでしょうか？」

マネージャーが取り繕《つくろ》うように言った。

「あ、これは気づきませんで」

クマやんが頭を下げる。わずか十分ほどの弁当タイムだった。休憩の必要があるとは思えないタイミングだったが、この後が長いのかもしれない。菜々子も一応、トイレへ向かった。

春馬は玄関脇のロビーの椅子に座り、スマートフォンでゲームをしていた。菜々子と目が合ったものの、知らん顔でゲームを続ける。自由時間に何をしても勝手だろと言わんばかりだった。

「春馬さんはゲームがお好きなんですね」

席に戻った菜々子は、マネージャーに尋ねた。

「クリエイティブな気分を高めるには、ああいうのも必要なんです。すぐに終わると思いますので、お許しください」

格闘ゲームでクリエイティブか――思わず菜々子は苦笑する。マネージャーとしては、春馬の気分が最優先のようだ。

十五分ほどして春馬がようやく戻ってきた。無言で椅子に座り、足を組む。

「じゃ、早く済ませようか」

春馬がマネージャーに向かって言う。

「ちょっと……その言い方は何？　みんなあなたを待っていたのよ」

我慢しきれず、菜々子はつい口を出した。

「はあ？」

春馬が不快そうな表情で菜々子を見た。

「誰だっけ、この人？」

春馬が菜々子を指さし、マネージャーに尋ねる。

「コンサート客をサポートするお医者さんよ。今回のお客さんは、全員が後期高齢者だから」

春馬は「はぁーん」とうなずき、菜々子に向かって「まあ、頑張ってください」と言う。

「そうなんですよ」

すかさずクマやんが資料を開いて春馬に示した。

「こんなふうに、市を挙げての高齢者を集めたコンサートですので、どうぞよろしくお願いします」

「客がどんなでも、俺のパフォーマンスは変わりませんよ」

春馬は、少しイラついた声を出した。

クマやんがあわてた様子で取りなす。

「もちろん、それは承知しております。ただ、すでにお電話でお伝えしましたようにいくつかお願いがありまして、そこをご配慮いただけないかと思っているのですが」

「できることとできないことがあります。改めて説明してもらえませんか」

マネージャーは春馬の顔を見ながら答えた。どうやら春馬には何も伝わっていないようだ。

「まずは場内の照明なんですけど、安全確保のために公演中に客電《きやくでん》をいくぶん明るくさせていただきたいのですが」

春馬の表情がさっと変わった。

「お断りします。イメージぶち壊しですね。客席誘導灯で十分じゃないですか」

「公演中、客は座っていますから、暗くても安全面には関係ないはずですよね」

演出担当者も春馬に賛同した。菜々子は黙っている訳にはいかない。

「お年寄りは頻尿《ひんにょう》の方が多いんです。万が一、ホールの段床で転倒すると命にもかかわるリスクがあります」

その後いくらやり取りしても、結局、議論は平行線だった。

「ではどうでしょう、春馬さん。第一部と二部の間の休憩時間を少し長めにしてもらえませんか。高齢者は自分の座席を探すのも時間がかかるので」

クマやんが示した妥協案には、マネージャーが眉をひそめた。

「休憩を長くしても、お尻の時間は同じですよ。翌日の北陸《ほくりく》公演のために新幹線の予定があるので、全体の時間を長く取る訳にはいきませんから。その分、演目が少なくなってしまいますが？」

「中途半端な舞台をして、迫力不足になるのも心外ですが……」

演出担当者も渋い顔をする。

クマやんは、額や首の汗をおしぼりでぬぐった。

「それでは、別のお願いです。来場者の一生の記念になるので、ぜひとも希望者全員に向けて握手会をしてもらいたいのですが」

マネージャーと春馬は、呆れたように顔を見合わせる。

「それも時間的に難しいですね。握手はCDの購入者に限定させてください。それが業界の常識です」

マネージャーは当然のことのように言い切った。クマやんは黙り込んでしまった。

「では、高齢者の体調管理のために控室をひとつだけ開放していただけませんか？」

菜々子のリクエストに、マネージャーは再び顔を曇らせる。

「すみませんが、大勢のスタッフを抱えているので、三部屋とも必要なんです」

手帳を見ながら、彼女は首を左右に振った。

「楽器五人、コーラス四人、ミキサー二人、照明三人と、衣装とメイクのスタッフ各一人で計十六人になります。楽器や衣装を置く場所も必要ですから、三部屋を全部使ってもぎりぎりです」

たまりかねたように春馬が口を開いた。

「あのさ、素人《しろうと》の演芸会ではないんですよ。プロにはプロのステージ運営があるんです。あなたたち、本当にやる気があるんですか？　芸術性を無視して、老い先短い年寄りに気を使う必要性なんて感じませんけど」

客への思いやりが全く感じられなかった。菜々子は「お年寄りのアイドル」が、この程度の人間だったのかと落胆した。

「みんなあなたの大切なファンでしょ。さっきも言ったけど高齢者の転倒は、すごく危険なのよ。白内障で目がよく見えないお客さんもいるし、慣れない場所はいろんなものにぶつかりやすいから」

「これまでそんな事故は一件も経験していません。だよな？」

　春馬の問いかけに、マネージャーがうなずいた。

「それは、ラッキーだったわね。でも、これからも絶対に何も起きないと言える？　体調が不安定な人が集まれば、危険度は何倍にも跳ね上がるのよ」

　春馬が不快そうな表情でクマやんの方を向いた。

「この女医さん、神経質過ぎませんか。そこまでこっちは責任持てませんよ。まあ、おおよそ大丈夫なんじゃないですか」

「おおよそ？　あなた、それでもプロなの」

　菜々子は思わず立ち上がる。

「私は、絶対に大丈夫って言えるプロでいたいってことよ」

「はあっ？　意味が分かりませんね。嫌なら公演を止《や》めてもいいんですよ」

春馬が上目遣いで菜々子を見る。丁寧な言い方だが、完全に脅《おど》しだ。

「まます、すみません。菜々子、熱くなるなよ」

クマやんが割って入った。

「失礼な言い方をしてしまったかも知れませんがお許しください。素人の口出しであることは重々承知しているんです。地域の皆がとても楽しみにしているコンサートですので、是非とも成功させたくて言い過ぎてしまいました」

その後、菜々子の発言する機会はなく、円山と先方の演出担当者が中心になって打ち合わせが進んだ。

打ち合わせの最後に、春馬が菜々子をにらみつけた。

「女医さん、何にこだわってるのか知りませんが、『安全第一』じゃあ何もできませんよ。こっちだって命をかけたステージなんだから、客も命がけで来いって話です。補償問題が怖いなら、こんなタダで招待するイベントなんて、しなきゃいい」

春馬は冷笑しながら部屋を出ていく。再び菜々子以外のメンバーが春馬を見送りに後を追った。

「言いたいことは分かるけど、なんだか冷たい子ね」

菜々子は、部屋に戻ってきた円山に本音《ほんね》を漏らす。

「春馬ちゃんはね、もともとハードロック系だから、老人には縁がなかったんすよ。演歌歌手に転身したのは最近で、老人慣れしていないんじゃないかな」

円山は、「この業界、いろんなアイドルがいますからね。先生は気にしなくていいっすよ」と、菜々子の肩を叩いた。

「でも、高齢者の夢を壊したくないよな」

見送りからいつの間にか戻っていたクマやんも、話に加わる。

「そうよね」

菜々子も、春馬のステージを楽しみにしている患者たちががっかりするのを見たくはなかった。


数日後の夕刻、兄に嫌味を言われながら早めに病院を抜け出し、渋谷《しぶや》に着いたのは午後六時少し前。花束を胸に抱き、菜々子は公園通りにある小さなライブハウスへの階段を下りた。要領を得ぬままワンドリンク付きのチケットを買い、会場に続くドアを押し開けた。

鼻ピアスをした少女や、背中に羽の生えた女の子、虹色に染められた髪の毛の少年たちがぎっしりと立っている。呆然として見ていたが、すぐに気を取り直した。花束を高く掲げ、少年少女たちの間をすり抜けて会場の中央に進む。周囲から、不思議な生き物を見るような目つきで見られているのを感じる。

「ねえねえ、お姉さん、ひとり？」

髪の毛がぐしゃぐしゃの女の子が、菜々子に話しかけてきた。

「すごいね、その花束」

場違いな大きさだったかもしれない。

「うん、まあね」

このライブハウスで春馬が歌うと聞いたのだ。春馬の出番が終わったら花束を渡し、直談判するつもりだった。玉手市のコンサートで、主催側の条件をひとつでも受け入れてもらうために。

「ここって、出待ちとか難しいから、ステージ狙いがいいよ。誰狙い？」

そのときだ。目の前のステージで演奏が始まり、互いの声はかき消されてしまった。鼓膜《こまく》が破れる——いや、もっとひどい。大音量が鼓膜を貫通し、その奥にある耳《じ》小骨《しょうこつ》が一瞬で打ち砕かれた感覚だ。

フロアでは、少女たちが歓喜の声を上げて飛び跳ね、身をよじり始めた。大音響と絶叫が交錯《こうさく》し、満員電車三両分の若者たちの唾液《だえき》が飛沫となって室内に充満する。となんでもない所に来てしまった。

忍耐力の限界を感じた瞬間、演奏が終わる。ステージでは、次のバンドがチューニングを始めた。客が増えてきた。さらに人気のあるバンドのようだ。いきなり激しい曲が始まった。踊る客の肩がぶつかってくる。

三番目のバンドは全員が黒い衣装で、髪の毛が乱れた筆のように立っていた。最後の曲の終盤でボーカルがバーボンを口に含んだかと思うと、客に向かって派手に吹いた。それを数回繰り返す。黒筆バンドが舞台を去ると、前列の女性客たちも嬌声《きょうせい》を上げながら会場を出て行った。

随分と客が減った。フロアに空間ができ、初めてステージ全体を見渡すことができた。次に現れたのは、金色の髪を振り乱してシャウトする男性――春馬だった。

いや、ここでの名は春馬ではなく、ルマだ。

「ルマー、ルマー」

突然、隣にいる髪ぐしゃが、頭がおかしくなったのかと思うくらい何度も何度も叫んだ。

閑散としたフロアにシャウトが反響する。清澄《せいちょう》な歌声で高齢者の人気をつかむ川瀬春馬とはまるで別人だ。

「ルマはね、魂までは売ってないから」

息を切らしながら、髪ぐしゃはどこか誇らしげに言った。

「え？」

それからまた恍惚《こうこつ》の表情で話しかけてきた。

「ルマのバンド、三年前に解散しちゃったんだよ。でも、ルマはここでオリジナルを守ってる。ファンは減っちゃったけどね」

春馬の背景を初めて知った。

「そうなんだ」

「他のメンバーはアイドル路線で再デビューできたけど、ルマは演歌をやらされてる。もういい年だからって……」

髪ぐしゃは、悔しそうに唇をとがらせた。

「そっか」

「みんな、今のルマはイケてないって言うけど、私はそう思わない。ロックでも演歌でも、ルマの実力はすごいんだから」

再びステージに向かって彼女は「ルマー、ルマー」と声を張り上げた。ただ、そんな風に熱を上げているファンは彼女ひとりだった。

菜々子は春馬を見つめる。歌い終わったら駆けつけなければと、花束を胸に抱え直した。

「ねえねえ、それ、ルマに渡すんですか?」

「そうだよ」

「なんだ、お姉さん、分かってるね。ルマって、本当はナイーブっていうかさ、何の苦労もないお坊ちゃんだったのに。お堅い家で親に勘当《かんどう》されちゃって、でも自分の音楽のために頑張ってるんだよ」

そのとき、ステージで大きな金属音が響いた。春馬の姿が見えない。何かの演出か? いや、そうではなさそうだ。

「キャーッ」

「ルーマーッ」

会場のあちこちから悲鳴が起きる。ステージの中央で春馬が倒れているのが目に入った。バンドメンバーがそばに行き、続いて料理《フード》を配っていたスタッフも皿を放ってステージに駆け上がる。

「春馬!」

菜々子は医師と名乗りつつ、人をかき分けて春馬に駆け寄った。脈や呼吸を診ながら救急車を呼ぶようスタッフに指示する。

しばらくして、サイレンの音が近づいてきた。菜々子は春馬とともに救急車に乗り込む。リアハッチが閉められて車体が動き出したとき、菜々子が預けた花束を手にしたまま呆然と立つ髪ぐしゃの姿が道端に見えた。


結局、春馬との間でステージの運営をめぐる条件交渉が成立しないまま、本番の前夜となった。

「素人の演芸会ってさあ……あいつ、何様だよ」

クマやんが、珍しく日本酒を飲んでいる。青梅線の玉手駅にほど近い居酒屋。いつもは地元客ばかりだが、チューリップまつりの期間中で行楽客と思《おぼ》しきグループも多い。しかも今年はテレビの情報番組でも紹介されたおかげで、まつりの入り込み客数は急増したという。

「プロのアーティストなら、どんな条件でもテメエの芸術とやらをやってみろってんだ。なあ、菜々子」

からみつくような声で、菜々子にも日本酒をすすめてきた。

「いや、私はビールでいいから」

菜々子は断って、生ビールのお代わりを頼む。

「菜々子、心配するな。あんなヤツに頼らなくていいさ。休憩時間の延長なんか、なくて結構だ」

「どうするの？」

「まずはいつもより早めに開場して、来場者には先にトイレを済ませてもらう。簡易水洗トイレも中庭に設置した」

「なるほど」

菜々子はクマやんにお酒を注ぐ。

「あとはな、ホール内の案内スタッフを増員したよ」

「それ、助かる！」

迷っていそうな人を案内してもらうのはもちろんだが、足元が不安な人を誘導してもらえればより安心だった。

クマやんはどうだと言わんばかりに鼻の下をこすった。

「すごいじゃない。両方とも新規で予算がついたの？」

「まさか」

「じゃあ、どうして？」

「知りたいか？」

クマやんは言いたいくせに、わざともったいぶった言い方をした。

「教えて」

菜々子の声を待っていたと言わんばかりにクマやんは説明し始める。

「あのな、場内スタッフの方は音楽教室のママさんたちだよ。春馬の公演を見たいって言われてさ。ボランティアでお客の案内係をしてくれるならって言ったら、もう、集まりすぎて、断るくらいだったよ」

多摩川の川辺に繰り出した花見で、クマやんが音楽教室のママさんグループの集まりに上がり込んでいたのを思い出した。

「じゃあ、簡易トイレは？」

「同期の防災安全課のやつに頼み込んで、防災用のを八基回してもらった。ほら、小学校の入学式で、菜々子に怒鳴られて小便もらした藤浦《ふじうら》だよ」

クマやんはニタリと笑みを浮かべ、「これがプロの技ってもんよ」と力こぶを作ってみせた。

そんな武勇伝、菜々子の記憶にはなかったが、安心の材料が少し増えたのは何よりだ。けれど、来場者用の休憩室は確保できておらず、握手会の参加者制限もそのままだった。翌日のミッションが気になり、その夜はのんびり昔話をすることもなくお開きとなった。

よく晴れて気持ちのいい日曜日だった。コンサートの当日を迎え、菜々子は準備のためにに早めに会場入りした。

「記念式典で登壇される方はステージにお集まりくださーい」

インカムの具合を確認しながらホール内を進む。舞台の上ではリハーサルが進められていた。

「足元に貼《は》ったこのテープの位置でいったん立ち止まって、それから司会者の合図で順番に渡してください。代表者の挨拶が終わったら、全員そろって頭を下げて……」

高齢者十人ほどが、進行役の指示を真剣に聞いている。第二部の冒頭、玉手市からのご長寿記念品をステージの上で受け取るとともに、観客を代表して春馬に花束を渡すという式次第《しきしだい》になっていた。

「お茶を飲み過ぎないようにしないと。トイレに行きたくなったら大変だな」

ひとりの高齢者が緊張した声でつぶやく。

「中庭に簡易水洗トイレもありますから、休憩時間に行くようにお願いします」

進行係がトイレへの行き方を案内した。

菜々子はリハーサルを終えた花束贈呈者の体調確認を始める。

「皆さん、今日の体調はいかがですか」

「いやあ、昨日は興奮して眠れなかったわ。でも大丈夫。今朝、いつもより食欲あったし」

興奮した様子の女性は、ガッツポーズをした。

十人を代表してあいさつするのは八十歳の小山田聡《おやまださとる》だ。

「特に小山田さんは、開演前にお手洗いへ行っておいてくださいね」

小山田は、妻の手をしっかりと握っている。ほほえましいと言うより、余裕をなくしている様子だった。

「いや、大丈夫です。昨日から水分を控えていましたから、ご迷惑はかけません」

その口調は、思いのほかしっかりしており、少し安心する。

一方で小山田の妻、咲枝《さきえ》は落ち着きがなく視線も合わない。小山田が妻の手を固く握っているのは、別の理由があると菜々子は察した。見知らぬ場所での徘徊《はいかい》防止——

咲枝には、軽い認知症がある様子だった。

「僭越《せんえつ》ですが小山田さん、奥様のケアはいかがされます？　会場のスタッフが奥様に付き添うこともできますよ」

菜々子の問いかけに、小山田は丁寧に頭を下げた。

「ありがとうございます。でも、家内は私じゃないとダメなもので、よそ様に預けるわけにもいかんのです。なに、皆さんのお世話をいただかなくても、じきに落ち着くと思いますので」

続いて菜々子はクマやんと会場内を点検して回った。特に転びやすい場所や、迷いやすい場所は見当たらない。開演一時間前となり、観客も集まり始めた。

ホワイエから関係者通路に入ると、音響機材を入れる大型のアルミトランクの上に腰かける春馬の姿があった。スマートフォンでまたも格闘ゲームをしている。

「葉村先生さあ」

目礼して通り過ぎようとしたところ、ふてくされた表情で春馬が声をかけてきた。

「何？」

菜々子は立ち止まる。クマやんが心配そうにこちらに向かってきた。

「あのさあ、この間の客電はのんでやるよ」

春馬はぶっきらぼうに言った。菜々子は腰に手を当てる。

「それだけ？」

春馬はかすかにフンと笑った。

「あとは何だっけ？　俺、記憶力悪いからさ」

菜々子が口を開こうとしたところで、「春馬さん、メイクお願いします」とスタッフから声がかかった。

「ま、思い出したら、な」

春馬はすっと背中を向け、控室へ向かった。それだけだった。だが、菜々子と春馬のやり取りを聞いていたクマやんは、目を瞠《みは》った。

「どういうことなんだ？　場内照明の件は、一歩も譲ろうとしなかったのに」

菜々子は小さく笑った。

「これがプロの技ってとこかしら」

クマやんは一瞬、ポカンとなった。だがすぐに表情を引き締めると、「とりあえず今の話、運営スタッフに伝えてくる」と駆け出した。

開演十五分前になろうとしていた。ところが、会場の入りは半分にも満たない。

「今日のお客さんたち、出足が遅いですねえ」

運営スタッフが気をもんでいた。クマやんが方々に電話を入れて調べたところ、原因はチューリップまつりにあることが判明した。今日は日曜で行楽日和《びより》、まつりの最終日でもある。都心部から家族連れを乗せたマイカーが殺到して周辺道路は大渋滞に陥り、市民会館前を通る路線バスや地元市民の車が身動き取れないのだという。

舞台の袖に立つと、幕の陰から春馬が客席をのぞいていた。クジャクの羽が刺繍《ししゆう》された派手なステージ衣装を着ている。だが、明らかに顔が引きつっていた。

「これだから老人は当てになんないんだよ……。もう会場に来なくていいから、CDだけ買っとけってんだ」

ぶつぶつと暴言を吐き続けている。その直後、クジャクの羽が、ブルブルと震えたように見えた。春馬は異常に速く、荒々しい呼吸を始める。

「春馬っ、大丈夫、春馬っ」

マネージャーが春馬の背中をなでている。

「くそっ、手が……しびれてきた」

先日、ライブハウスで菜々子が目撃したのと同じ発作《ほっさ》だった。

「葉村先生、春馬を助けてやってください」

やはり発作は、過換気症候群《かかんきしょうこうぐん》によるものだった。強いストレスや精神的不安、極度の緊張などで、過呼吸を起こす疾患だ。その結果、血液を酸性に傾ける二酸化炭素が過剰な呼吸によって排出され過ぎてしまい、血液がアルカリ性に傾くことにより、手足のしびれや筋肉のけいれんなど各種の症状が現れる。

「春馬君、分かる？　葉村よ。いっしょに呼吸するわよ」

菜々子は春馬に駆け寄った。目を合わせ、ゆっくりと深呼吸する。

「息を吐くときは、五秒以上かけてゆっくりね」

春馬は「無理だ」と小さく叫び、浅い呼吸を繰り返した。

「お客さんは渋滞で遅れているだけ。ちゃんと来るから心配しないで。コンサートはちゃんと予定通りにできるわよ。さあ、安心して」

春馬の体を包み込むように抱きしめる。呼吸はまだ荒い。

「お客さんはみんな、あなたを孫のように思っている。ね、気持ちを楽に……」

菜々子は自分も大きな深呼吸をしてリズムを示す。春馬の呼吸が菜々子の動きに同調してくる。

「分かる？　あなたの存在そのものが大切なの。だから、何があっても大丈夫よ、安心して」

菜々子は春馬を抱いたまま、背中をさすった。

「タブーかもしれない。だけど言うね。あなたは大丈夫。絶対に、大丈夫」

春馬は、徐々に落ち着きを取り戻した。

乱れた呼吸をコントロールするため、菜々子が春馬と息を合わせていたのは五、六分だったろうか。この間、インカムには来場客の誘導情報が続々と寄せられた。

〈遅延到着の市内循環バス、全員が入場終えました、どうぞ〉

〈北回り系統は二台が同時到着。今、客入れ中です。案内の応援よろしく〉

舞台袖でも、客席のざわめきが感じられるようになった。菜々子は体の向きを少し変え、幕の端から客席が見える位置を確保した。そうして、「ほら」と春馬を促した。

「よ、よかった……」

春馬は、菜々子の腕の中で目を見開いた。遅れて到着した観客たちは着席を果たしつつある。大ホールは客でいっぱいになった。

開演五分前を知らせる1ベルが鳴る。通常なら客電を一段階落とすタイミングだが、今日は明るいままだ。ここからは、座席に着いた観客ひとりひとりの顔までも見える。あそこには夫婦連れ、ひとつおいて女性のグループ。その間の空席が、いま埋まった。

——なるほど、これだったのか。菜々子の頭にひらめくものがあった。

すっかり顔色のよくなった春馬は、メイク直しのために控室へ戻った。

「菜々子、春馬さんは大丈夫なのか？」

クマやんが不安げな様子で待ち構えていた。

「もう落ち着いたからね。ちょっと休めばステージは問題ないはず」

ライブハウスで倒れたときもそうだった。春馬は救急車の中で急速に回復し、すぐにステージへ戻って二度目の公演をこなした。

「いったい、何が原因だったんだ」

「彼の場合は、客の入りが悪いと強いストレスに襲われるの。それが引き金《トリガー》になって発作を起こした」

「そ、そんなことで……」

菜々子はあの晩、春馬から過去の発作歴を詳しく聞き出した。その結果、春馬の発作は、客席に空きが目立ったり、聴衆の反応が悪かったりと、舞台上でネガティブな体験をしたことが引き金になっている事実が判明した。第三者には小さな出来事だが、春馬にとっては大きなストレスで、発作の恐怖が絶望感をさらに強める。今日の場合も同じだった。

「過換気症候群は、几帳面《きちょうめん》で神経質な若者に多いの。しかもこの発作、芸能界ではけっこう報告例がある。昨年末、アイドルグループのメンバーが歌番組の放送中に倒れて大騒ぎになったの覚えてない？　過呼吸を起こした体験や、パニック障害と診断されたことを告白する芸能人もいるよ」

「あいつ、そんな繊細な人間には見えなかったけどな」

クマやんは、唇をとがらせて首をひねった。

「ヒントはあったわね。ステージの条件を変更するのに春馬君が激しく抵抗した理由がそれよ。ただ私たちは、その意味に気づかなかった」

「抵抗した理由って？」

「あくまで、推測だけど……」

公演中に場内が明るいと、舞台から客席の動きがすべて見えてしまう。空席や客の反応が目に入ってくることは、春馬にとって強いストレスになる。だから照明を落としておきたかったのよ。加えてコンサート会場での拘束時間の延長や、観客に相対する握手会も心理的な負担になる。だから、万が一の発作に備えて控室は独占しておきたかった――。

「そこまでストレスがかかるものなのか……ふうむ」

クマやんがうなったとき、インカムに進行担当の声が入る。

「では、2ベル入れまーす」

「ご長寿お祝いコンサート」の開演を告げる鐘が、ホールに鳴り響いた。

「本日はお日柄もよく、当市を長年にわたってお支えくださった功労者の方々をこうしてお迎えできましたことは誠に喜ばしく……」

ステージでは小林市長の挨拶が始まった。

「……さて、私も、もう少し若ければ、今日の皆様がお待ちかねの方と人気を二分したのではないかと思うのですが」

場内に笑いが起きる。舞台に上がる直前、「挨拶は少し長めにお願いします」と市長本人に頼み込んだ。春馬の回復を万全にするためだ。小林市長は少し困った顔をしていたものの、要望に応えてくれている。「有権者」を引き付ける力が十分にあるトークはさすがだ。

「では皆様、ごゆるりとお楽しみください」

市長が袖に消えた。当初の予定より五分長い挨拶だった。

「ご来場の皆様にご案内いたします。公演中は携帯電話の電源をお切りください。写真撮影はご遠慮ください。また、ホール内を移動の際はお足元の段差にくれぐれもお気をつけください。長時間、座った状態から急に立ち上がりますと、ふらつく場合がございます。皆様どうぞ、その場でも適度に体を動かしてください……」

菜々子のリクエストで、一般的な注意事項がゆっくりとアナウンスされる。これも時間稼ぎが狙いだが、加えて実際に観客のためでもあった。さりげなく高齢者のためのアドバイスを忍び込ませてある。ただ、菜々子が一番大切だと思っていた「脱水にならないよう水分は随時補給してください」と書いた部分は削られ、「ホール内での飲食はご遠慮ください」という文章に差し替えられてしまっていた。

いずれにしても、スローなアナウンスでさらに一分を得る。春馬はなんとか休息を取れただろう。

「では、皆様お待ちかね、『玉手市制二十五周年記念　ご長寿お祝いコンサート』の始まりです」

華々しい音楽とともに幕が開いた。だが、舞台の上に春馬の姿はない。やはり発作のダメージから回復するには時間が足りなかったのか……。

その直後だ。ホール後方のドアが大きく開かれ、春馬が前方に向かって駆け下りてきた。クジャクの羽がきらめき、躍動する。大歓声が沸き起こった。

春馬が勢いよく舞台の中央に駆け上がり、さっそく人気の持ち歌『銀河の空と君の瞳』を歌い始める。

「ハールちゃーん」

高齢女性の甲高《かんだか》い声があちこちから聞こえてきた。

春馬は一曲目を終えると、さらに二曲目、三曲目と歌い上げていった。それから短いトークに入る。

「こんにちは、川瀬春馬です」

場内に「おー」という歓声がわき上がる。

「こんなにたくさんの方とお会いできて、今日は最高です。どうぞ最後まで楽しんでいってくださいね」

落ち着いた春馬の声に、菜々子はほっとした。いつもの営業トークかもしれないが、春馬の体調はよさそうだ。それに、高齢の客たちも、いまのところ問題はない。

客席の中央付近で、立ち上がった人がいた。近くの案内係がそばに行き、トイレへ誘導する。客電は明るめの調整になっていたが、それでも足元に影があって転びそうになる。別の案内係が素早く駆け寄った。ヒヤリとしながらも、菜々子は舞台袖から全体を見守る。列ごとに案内係がいるおかげで、対応は万全だった。

春馬好きのママさんボランティアが大勢いて、本当に助かったと改めて思う。

春馬が再び歌い始める。同じ演歌ではあるのだが、こぶしをきかせた歌もあれば、しっとりとしたバラード調もあって飽きさせない。いずれも力強く、そして哀愁に満ちていた。

第一部の最後の歌が始まった。

春馬の名を世に知らしめたヒット曲『風ひやり』だ。

♪風ひやり　叶わぬ夢　泣きたい俺は　ひとりきり
雲ゆらり　届かぬ声　約束残し　君はもう

ライブハウスで知った春馬の過去と歌詞がどこか重なる。深い孤独と悲しみが伝わってきた。

「いよいよ、休憩時間だな」

クマやんがそばに来て、菜々子にささやいた。

「うん」

菜々子は緊張する。大勢の客がトイレに殺到したり、自席へ戻るときに階段などで転倒する危険が大きいのが、この休憩時間だからだ。

幕が下りた。休憩を告げるアナウンスが流れる直前、菜々子はトイレへ向かった。

案《あん》の定《じょう》、女子トイレの前にはすぐに長蛇の列ができた。

「お手洗いは中庭に増設してあります。ご利用くださーい」

ボランティアの女性が案内するが、簡易トイレは狭いから嫌だとか、なかなか思ったようにはさばけない。

「こちらの方の奥様が、トイレから出てこないらしいのですが……」

ボランティアの女性が、不安そうな表情を浮かべた高齢男性とともに菜々子に声をかけてきた。

嫌な予感がした。

「トイレの個室はチェックした？」

「いえ……」

トイレに入ってみると、ひとつの個室のドアだけ、ノックに応答がない。錠前の表示は赤い印になっており、押しても開かない。何度か強くノックをするが、やはり反応はなかった。耳を澄ますと、中からかすかに人の声がした。

「たす……け……て」

菜々子はインカムを通じ、警備室への連絡を要請した。女性警備員が駆け付けてくる。

ドアを開けると、痩せた女性が前屈《まえかが》みで動けなくなっていた。頭が便器と壁板の間に挟まっている。

「大丈夫ですか」

「は……い。トイレの水を流そうとしたら、目の前が暗くなって、気づいたらもう動けなくて……」

一過性意識消失発作、いわゆる失神を起こしたようだ。一時的に意識を失い、壁に沿って倒れたのだろう。警備員の助けを得て壁板をたわませ、そっと頭をはずす。額に擦《す》り傷ができていた。

菜々子はその女性に病院を受診するよう促した。額の傷を手当するためではない。失神には不整脈や心臓弁膜症、大動脈解離《かいり》など、命にかかわる疾患が隠れている場合もあるからだ。

ひとつハプニングは起きたが、その他は問題なさそうだ。席が分からずに迷っている人も、案内係に誘導されており、大きな混乱はなかった。

あと数分で休憩時間が終わる。第二部は、記念品と花束をそれぞれ受け渡すセレモニーで幕を開ける段取りだ。

「……第二部の最初に、少しお時間をいただきます。はじめに、本日ご来場の皆様全員に、市からご長寿をお祝いする記念品をご用意させていただきました。代表としてお受け取りいただく十名の皆様、どうぞ舞台中央へお進みください」

司会者の声に合わせて、例の十人が上手から順に歩み出る。舞台中央に立った小林市長が、ひとりひとりの名前を読み上げ、記念品の包みを渡す。そのたびに会場から声援も上がり、中には笑顔で手を振る人もいた。

菜々子は、小山田の妻・咲枝とともに舞台袖に立った。小山田に代わって彼女の手を握りながら、セレモニーを見守る。

「……続きまして花束の贈呈です。本日の良き日、玉手市のステージに駆けつけてくださった川瀬春馬さんに、観客全員、いえ、市民すべての熱い感謝を込めて、花束をお贈りいたします」

再び、先ほどの代表十人が姿を現した。舞台の上手、色とりどりのチューリップで作られた豪華なスタンド花の両脇に勢ぞろいする。

「会場の皆様、いま舞台を飾っているカラフルな花々は、玉手市名産のチューリップです。この中から、春馬さんのために特別に選ばれた花をお贈りします。それでは、チューリップの贈呈です。どうぞ——」

司会者の紹介に続き、大きな拍手が起こる。

十人それぞれがチューリップの花を二本だけ手にし、順番に春馬へと歩み寄った。ひとり、またひとりとチューリップを渡しては下手側へ回る。春馬の手元に、二十本の花から成るブーケができあがった。集められた花は、色彩豊か……ではない。チューリップは白と赤のみだった。

「あれれ、二色だけなんですかあ？」

春馬がおどけながらも不満そうな様子を見せる。場内がざわついた。

「続きましてご長寿お祝いコンサート観客代表の小山田聡さんより、春馬さんへ一言ご挨拶です」

小山田がマイクの前に進み出た。

「親愛なる川瀬春馬さん。今日は本当にありがとうございます。あなたの歌声から、私たちは生きるエネルギーをもらいました。今年はぜひ、この赤と白の花にちなんで――紅白歌合戦の出場を勝ち取っていただきたいと思っています」

拍手が鳴り響き、春馬も笑顔を返す。

「きれいに咲いた花を見ているとつい忘れてしまいますが、チューリップの球根は土の中で育ちます。春馬さん、あなたのファンは、大地の土です。激しく冷たい雨も土が受け止めて、花のための力になります」

　そう言って小山田は会場に向かって手を広げた。

「だから春馬さん、たとえつまずいても、またゆっくり立ち上がって咲けばいい。ファンはそれだけを願っているんです」

　小山田が舞台を去っても拍手が鳴り止まない。春馬は何度も「ありがとう」と叫んでいた。

「小山田さんのスピーチ、心にしみました」

　舞台袖で小山田と妻を引き合わせた。菜々子は、感動を伝えずにはいられなかった。ステージ上では第二部の出し物、昭和のヒット曲メドレーが展開されている。

「はあ……ありがとうございます」

　重責から解放されたはずの小山田の顔が、まだ暗い。彼は思い余ったように口を開いた。

「実は私、心臓が強くないんです。ステージの雰囲気に酔ったみたいで、ちょっと疲れたと言いますか……」

　小山田の告白に、菜々子は驚いた。

　昨日から「迷惑をかけたくない」と水分を摂《と》るのを我慢するような人が、「疲れた」と口にするとは、よほど体調が悪いに違いない。どこかゆったり座れる場所で小山田を休ませなければならなかった。

菜々子は小山田を立たせてみた。移動は問題なさそうだ。咲枝も不安そうな表情で一緒に立ち上がり、夫の上着の裾を握りしめる。

小山田夫妻を連れ、菜々子は人気《ひとけ》のないところを探した。だがロビーはホールに入れなかった客たちであふれていた。

どこか、どこか人のいないところに……。控室前の通路は、どうだろう。確か小さなソファーがあったはずだ。

「足元に気をつけてくださいね」

小山田夫妻を誘導し、控室へつながる関係者用のドアを開けた。

思った通り誰もいない。だが、当てにしていたソファーは撤去されていた。大きな機材の搬入で邪魔になったのだろうか。途方にくれたとき、控室のドアに貼られた紙が目に入った。

もともと「川瀬春馬様」と書かれていた紙が裏返され、下手くそな文字で「お客様休憩室」とあった。その脇には、「どなたでもどうぞ〜」と小さく書き添えられている。

「春馬の字？　案外やるじゃん」

菜々子はひとりつぶやいた。

半信半疑でノブを回す。ドアはすんなりと開いた。

小さなソファーとテーブルが置いてあるだけでがらんとしており、誰もいない。咲枝は、「寒い、寒い」とエアコンを操作し始めた。

卓上には、クマやんが出演者のために用意した飲み物やお菓子が残されている。

「助かった……」

ソファーに夫妻を座らせた。

「やれやれ、人心地つきましたよ。先生、ありがとうございます。気分がよくなってから妻と席に戻ります」

小山田は菜々子に微笑んだ。

「よかったです。脱水ぎみのようですので、少しずつでも飲み物を飲んでおいてくださいね」

菜々子は水とスポーツ飲料のペットボトルを小山田の目の前に置いて部屋を出た。

菜々子がホールに戻ると、春馬は電飾つきの派手な着物に身を包んで熱唱していた。声もノリも、さらにパワーアップしている。

「今日は、ばあちゃんやじいちゃんのことを思い出しました。久しぶりに田舎に帰ろうかなって思ってます」

第二部は、随所にはさんだトークで会場をしんみりさせたかと思えば、客席へ下りて観客にマイクを向けるなどの大サービスぶり。第一部のオープニングで見せたクールさとは大違いだ。

何が春馬を変えたのか――。

「花束贈呈の挨拶がよかったんだな」

クマやんが「なるほど」とつぶやく。

「つまずいても、またゆっくり立ち上がって咲けばいいという、あの挨拶よね」

「小山田さん、見てたんだ。春馬さんが発作を起こすところを」

「え？」

「あの奥さん、認知症があるだろ。花束贈呈のリハーサルが終わった後、迷ってまた舞台に来ちゃったんだよ。小山田さんが奥さんを連れ戻しに来たときは、ちょうど開演の直前だった」

まさに、舞台上で春馬が過換気症候群の発作を起こしたタイミングだ。あの挨拶の言葉は、倒れてもなおステージに立とうとする春馬の姿を見て生まれたのか。つまずいても、またゆっくり立ち上がって咲けばいい——菜々子は心の中で小山田の言葉をもう一度かみしめた。

第二部の最後は、大ヒットした『春、春、春馬ロック』だ。観客全員が手拍子を打ち鳴らし、スタンディングオベーションとなる。「ハルちゃん、サイコー」という声があちこちから飛ぶ。「ご長寿お祝いコンサート」は、華やかにフィナーレを迎えていた。

引き続き、ホワイエで握手会が始まった。ＣＤ販売のブースに人だかりができる。受付でインカムを返却した菜々子は春馬のブースの脇に立った。ＣＤを手にした客が係員の誘導で春馬のいるブースへ次々と移動し、行列ができた。

「これじゃあダメですか？」

シミだらけのワンピースを着た女性が、バッグの中から大事そうに何かを出した。以前に買った「春馬手ぬぐい」のようだ。

春馬が何と言うだろう——菜々子はヒヤヒヤした。だが、春馬はにこやかに「いいよ、いいよ」と言い、女性の手を握る。さらに春馬は大きな声で叫んだ。

「CDを買ってない人も、どうぞー」

周囲のスタッフが驚いた表情で顔を見合わせた。

聞きつけた客がいっせいに握手会のコーナーをめざす。

「押さないでよ」

「そっちがぶつかったんだろ」

八十代後半と思しき白髪の女性が春馬にだらだらと話しかけ、いつまでも手を離さなかった。

「独り占めするなー」

後ろから怒鳴り声がするが、女性は全く意に介していない。

「段取りヘッタクソだなあ」

スタッフに悪態をつく客も出てきた。

客同士のいざこざ、はた迷惑な自称ファン、暴言を吐く客たち……。混乱した状況に、春馬の精神状態は大丈夫だろうか。菜々子は再び、過呼吸の発作が心配になった。

しかし、当の春馬は明るい笑顔で握手を繰り返している。額に大粒の汗を浮かべ、汗だくで一所懸命な男の姿だった。

これなら大丈夫そうだ――そう思ったとき、ひとりの女性が菜々子の視界に入った。

花束贈呈のセレモニーのあと、小山田と一緒に「お客様休憩室」で休んでいるはずの小山田の妻だった。

「あれっ、咲枝さんですね。どうしたんですか」

咲枝は、行列する人の周囲を落ち着かない様子で歩いていた。またご主人とはぐれてしまったようだ。

ホワイエを見渡した限り、小山田の姿はない。認知症の妻を案じ、その手を舞台上でもしっかり握っていた夫が、人混みの中で彼女をひとりにするとは思えなかった。

「まさか――」

嫌な予感がした。

「咲枝さん、行きましょう」

咲枝に不安を抱かせないように、穏やかな口調で話しかける。それから菜々子は咲枝の手をやさしく取った。ホワイエからホール脇の関係者通路に進み、春馬が用意してくれた「お客様休憩室」へと急ぐ。

楽屋通路の前は、ステージから引き揚げてきたバックバンドやコーラスグループ、さまざまな機材や衣装ラックを移動させるスタッフでいっぱいだった。

「すみません、ちょっと通してください」

なんとか一番奥の控室にたどり着く。「お客様休憩室」の貼り紙が残るドアを開けると、誰もいない部屋の中から熱気が押し寄せてくるのを感じた。

「あっつい！」

温度を下げようとエアコンのリモコンを手にする。運転は「暖房」、室温は「三十二度」と、極端に高く設定されている。今日は六月中旬並みの気温で、エアコンをいれるなら「冷房」が適当であるはずなのに。

「何よ、これ」

そういえば最初に部屋に入った際、咲枝が「寒い、寒い」とリモコンを操作していたのを思い出す。

あわてて設定を変更している最中にリモコンを落としてしまう。それを拾った時、テーブルの下に人が倒れているのを発見した。小山田だ。

「どうされましたっ。小山田さん、分かりますかっ」

返事がない。意識がもうろうとし、腕が異常に熱い。体温は四十度くらいありそうだ。半開きの口から乾いた舌が見えた。テーブルの飲料水は、どれも手が付けられていなかった。脱水症とともに熱中症も起こしたに違いない。診察の最中に、小山田の体が小刻みに震え始めた。痙攣《けいれん》が起きている。重症だった。インカムを返してしまったのを菜々子は激しく悔やんだ。

「誰か、助けてください！」

その場で大声を上げる。廊下で作業していたバックバンドのメンバーが気づいてくれた。

「会館のスタッフに、すぐ担架を持ってくるように言ってくださいっ」

救急車を呼ぶよりも、目の前の葉村病院へかつぎ込んだ方が早いと判断した。

「菜々子ちゃんの病院でいいの？」

なぜか舞台の円山が立っている。

「連れて行ってやるよ」

小柄な円山が、ひょいと小山田を抱き上げた。

「これでも昔は、もっと重い舞台装置も運んでいたからね」

菜々子にウインクした円山は、「道を空けてー！」と叫んで通路に向かう。さっきまでの混雑が嘘のように消え、円山と小山田のための道がさっと作られた。

「円山さん、待って！」

円山が小山田を抱えたまま振り返る。

「ちょっと我慢してよ」

菜々子はペットボトルの水を口に含み、円山の両腕に抱えられた小山田へ勢いよく吹きかけた。繰り返すこと数回、水しぶきが男二人の体を濡らした。

「冷たっ、やってくれるね、菜々子ちゃん。じゃあ、行くぜえ」

長い髪を揺らしながら、円山は力強く一歩を踏み出す。いつも裏方に徹する円山が、このときばかりは舞台に立つ主演俳優に見えた。

菜々子は二人のあとを追いながら、スマートフォンで兄に電話した。急患の受け入れ準備を整えてもらうためだ。続いてクマやんにも連絡し、咲枝を連れてきてほしいと伝えた。あってはならないことだが、もしかすると、このまま小山田は亡くなってしまうかもしれない。

「こっち、こっち」

兄や看護師たちが救急外来の入り口で待ち構えていてくれた。

「やだ、この患者さん、びしょ濡れじゃない」

ストレッチャーを持ってきた若い看護師が驚いた声を出す。

「菜々子先生に水を吹きかけられました」

円山の言葉に、師長は大きくうなずいた。

「体温を下げるための救急処置よ。日本救急医学会の熱中症診療ガイドライン通りね」

兄の見立ても、脱水と熱中症が重なった状態だった。

決して楽観はできない。熱中症では毎年千人前後の人が亡くなっている。その約八割が高齢者で、屋内で倒れたケースが半数を占めるのだ。

首や腋《わき》の下、鼠径部《そけいぶ》を氷嚢《ひょうのう》で冷やす。太い血管が体の表面に近い場所にあり、効果的に体を冷やすことができる場所だった。

看護師が、小山田のポーチから「お薬手帳」が見つかったと教えてくれる。他院にかかり、利尿剤が処方されていた。

「これが原因ね」

会場で小山田は菜々子に「心臓が強くない」と打ち明けた。慢性心不全の患者には、しばしば利尿剤が処方される。体内の余分な水分を取り除くことで、血液量を減らし、心臓への負担を軽くするためだ。しかも小山田は昨日から飲水を控えていたと話していた。その状態で咲枝が部屋の温度を高く設定し、さらに脱水が進行、汗が十分に出なくて体温を下げられず熱中症になってしまった——と考えられた。

「菜々子、どう？」

クマやんが咲枝とともに処置室に到着した。

「まだ……分からない」

血圧も上がり、顔色が良くなってきたものの、小山田はなおもぐったりしている。

「原因は？」

「熱中症」

「まさか！　まだ四月だよ」

クマやんが目を丸くした。

「熱中症は冬でも起きるし、死亡例もある。それに、春先は暑さに対する体の適応力が低い上に、意外に気づかれずに進行するから、重篤《じゅうとく》になることもあるのよ。認知症の患者がエアコンの温度設定をミスして脱水症を起こす事故も結構あるし」

菜々子は答えながら、小山田の状態を観察する。ベッドの上で顔を左右に動かしていた。咲枝が「お父さん」と呼びかける。小山田はふっと開眼したが、すぐにまた眠るように目を閉じた。予断を許さない状況だ。

処置室で菜々子は、小山田に点滴を開始した。同時に、深部体温が三十八度台に下がるよう腋の下や鼠径部など、体の中心部を冷却パックで冷やし続ける。

水分補給が急務ではあったが、慢性心不全の持病があるため点滴のスピードが速すぎると心臓に負担をかけてしまう。慎重に点滴を調整しつつ経過を見守った。

突然、処置室のドアが開く。看護師たちの悲鳴のような叫び声が耳に飛び込んできた。

「何ごと?」

振り返った菜々子も驚く。そこに立っていたのは春馬だった。

「どうして……」

明日の北陸公演のため、春馬は東京駅に直行しているはずだった。打ち合わせのときは、あれほど前乗りにこだわっていたのに。小山田を心配して来てくれたのか。

「時間、大丈夫なの?」

「大丈夫だよ。俺のコンサートで死人が出たら、もっと困るし」

春馬は、ふと何かを思い出した様子だ。

「あのさ、先生。タブーって何なのさ?」

タブー。開演直前、過換気症候群の発作を起こした春馬に、「絶対に、大丈夫」と声をかけたときに出た言葉だ。

「あ……、医師たるもの、軽々しく絶対なんて言うもんじゃないって言われたことがあったから。医師の言葉としてはタブーっていう意味よ」

伝わったかどうか分からない。ただ菜々子は、それ以上、言葉を継げなかった。

「ふーん」

春馬は口をつき出したまま、首を傾《かし》げる。

「俺はいいと思うよ……絶対って」

春馬はそう言って髪をかき上げた。

「それにさ、つまずいても、またゆっくり立ち上がって咲けばいいじゃん」

菜々子はふいにわいてくる涙をこらえる。

ベッドに横たわる小山田を見つめ、春馬はしばらく黙っていた。傍らには咲枝が目を閉じて座っている。

春馬は花束と色紙を小山田の枕元に置き、一礼した。

「優しいね、春馬君。見直した」

菜々子は春馬に笑いかける。春馬は照れたように口をゆがめた。

「そういうの、いいからさ。絶対……」

「ん？」

「絶対、このじいさんを治せよ」

菜々子は大きくうなずき、ガッツポーズを返す。

目の前に見舞客がいることに気づいたのか、咲枝が深々とおじぎをした。

「どちら様か存じませんが、主人のことをお気に留めていただき、ありがとうございます。今日はこんなことになってしまいましたけど、本当はこれから、夫婦でコンサートに行く予定だったんです……」

咲枝は雄弁だった。認知症の症状はまだら状態で、しっかりしている部分は驚くほどしっかりしている。

「とってもね、いい歌を歌う、若い歌い手さんのショーなんです。主人と二人で聞いていますとね、生きる希望がわいてくるんです……。ほんとに楽しみにしていたんですけどね……」

ドアに向かった春馬の耳が、真っ赤になっていた。

春馬が処置室から出ると、再び看護師たちの声がざわめく。病院の正面玄関には、白の高級乗用車が横付けされていた。マネージャーやスタッフに囲まれた演歌歌手は車に乗ると、あっという間に視界から消えた。

治療の結果、小山田聡は徐々に意識を回復し、ことなきを得た。

五月下旬、菜々子とクマやんはチューリップまつりが行われた地を再訪していた。間もなく始まる田植えに先がけ、チューリップの球根を掘るイベントが行われていた。球根は毎年こうして市民ボランティアの手で掘り上げられ、選別や乾燥、貯蔵の作業が行われてきたのだ。

「菜々子、その格好、いったい何モンだよ」

クマやんが菜々子をからかう。

菜々子は顔全体が日陰になる農作業用の帽子をすっぽりとかぶっていた。日に焼かないようにするには、こうするしかない。

「ほら！　出てきた」

「わぁ、でっかい！」

あちらこちらで歓声が上がる。

大勢の人の中に小山田夫妻の姿を見つけ、菜々子は軽く会釈した。咲枝は菜々子が誰か気づかない様子だったが、にこやかにお辞儀を返し、再び土に向かった。

「お年寄りのアイドル、どうしているかな」

クマやんにそう話しかけた瞬間、どこからか春馬の歌が聞こえてきたような気がした。

第五話　届けたい音がある

多摩川から初夏の香りがする。葉村菜々子はその青臭い匂いに懐かしさを感じながら、取水堰《ぜき》の上流にある中学校に向かって川沿いをひたすら歩いていた。目の前を行く人の大きな背中が揺れている。

思えばこの一年、ひょんなことから市民会館での医療支援《サポート》に関ってきた。会館のステージに立つ人たちの思いはさまざまだが、熱い心は同じだ。医師としてできることがあるなら協力したい。多少の困難はあっても乗り越えたい。そう思うようになったのは、目の前を息切らしながら歩く中学の同級生、玉手市教育委員会・文化企画課に勤めるクマやんのおかげだ。

夕暮れどきの向かい風が、多摩川の土手に生い茂る草を鳴らす。

目指しているのは玉西《たまにし》中学校の体育館だ。そこで和太鼓のチームが、来月の初公演に向けて練習しているという。今回、菜々子がサポートを依頼されたチームだった。

クマやんが勢いをつけて体育館の扉に手をかける。遠雷のような音を立て、鉄製の引き戸はゆっくりとスライドした。

アリーナの中央を見て菜々子は息を呑んだ。ボロボロの毛布や古タイヤがあちこちに積み上がり、中高年の男女がてんでに立っている。医学生時代にボランティアとして参加したアフリカの難民キャンプが思い起こされる。彼らは木の棒で毛布や古タイヤを叩いていた。

ボコボコ、ボコボコ。

ダカダカ、ダカダカ。

体育館に、こもった音が響く。

「なに、これ？」

クマやんは平然としたまま答えない。

体育館にいるのは、見たところ五十代から七十代くらいの男女十人ほどだった。皆が手にしているのは、太鼓のバチのようだ。

ボコボコ、ダカダカ、ボコボコ、ダカダカ……。

衣類乾燥機のドラムの中にでも放り込まれた気分になってきた。

騒音が少し和らいだ隙《すき》に、今度はもっとストレートに尋ねてみる。

「この人たち、何してるの？」

「何って……練習だよ」

クマやんが怪訝な顔をした。

「いつもこんな……」

再び声がかき消され、会話にならない。

今日は、医療支援の依頼をしてきた「万世《まんせい》太鼓」の練習を見に行こうとクマやんに誘われていた。だが、想像していた太鼓の練習風景とは全く違った。

万世太鼓のメンバー十二人は、全員が慢性疾患を患っていると聞いていた。高血圧、脂質異常症、糖尿病、慢性閉塞性肺疾患《COPD》、関節リウマチ、痛風、狭心症、前立腺肥大など多岐にわたる。というのもこの和太鼓集団は、玉手市の「慢性病市民講座」に参加した元受講生たちが、健康維持のために作った自主サークルなのだ。万世太鼓という名前には、〈慢性病〉に負けず〈太鼓〉で元気になろう——との意味が込められているらしい。

四年前に結成されてから、公演歴はまだない。駅前商店街の盆踊りでお囃子《はやし》に加わったり、春のチューリップまつりで短い曲を披露したりした程度だとクマやんは解説してくれた。

「なにしろ、みんなシニアの病気持ちだからな。ステージ衣装よりイボ痔《じ》一生、カーテンコールよりナースコールのメンバーたち。御身大事で、練習は二の次なんだ」

クマやんは聞いたことのないダジャレを連発し、ニヤリと笑う。

「でも、思ったよりは元気そうに見えるけど」

クマやんが肩をすくめたとき、七十歳くらいの男性が右手をあげて立ち上がった。

「俺、ちょいタイム」

髪の短い女性が同時に立ち上がり、彼のために鉄扉《てっぴ》を開ける。五十歳くらいだろう。メンバーの中では若く、はつらつとした女性だ。

「何度もヘルプさせて悪いな、ミワちゃん。イッツ・ショータイムでよ」

「じゃなくて、シータイムでしょ。行ってらっしゃい、ゼンさん」

二人の掛け合いに少し笑いが起きる。ダジャレはこのグループの文化のようだ。

「あの女性がグループ代表の美和《みわ》さん。ついでに言っておくと、美和さんの持病は高脂血症、ゼンさんは前立腺肥大症で頻尿がある」

クマやんが耳元で教えてくれる。

振り返った美和と視線が合い、会釈《えしゃく》する。慈母観音像を思わせる優しい雰囲気だ。

そのとき、部屋の中ほどに様子のおかしい男性がいるのに気づいた。しゃがみこんだまま両手を床につき、肩で息をしている。菜々子は思わず駆け寄った。

「息苦しいんですか」

痩せた白髪の男性は首を左右に振った。返事をする余裕はなさそうだった。

異変を察知したのか美和も飛んできた。男性の背中をさする。

「タバさん、張り切りすぎじゃないの。肺気腫《きしゅ》にアクセル全開は禁物でしょ」

「俺な、肺気腫じゃなくて、COPD」

「分かった分かった、カッコいい病名よね」

皆が笑った。こんな状態でも笑いが起きるのかと菜々子は驚く。タバさんという男性の脈をとってみる。異常に速い。低酸素状態になっているようだ。

「いつもこんな風になるんですか」

タバさんは、「大丈夫、じっとしていれば、すぐに良くなるはず」と言いつつ、息を切らしている。少しずつ回復してきてはいるが、ここまでひどくなるのなら、一時的にでも酸素を使った方が良さそうだ。次回は酸素ボンベを持参しよう。念のため、吸入薬や点滴もあった方がいい。

「葉村病院の菜々子先生ですよね？　すみません、ご挨拶もしないうちに早速ウチのメンバーを診ていただいて。私、万世太鼓の代表をしている橋口《はしぐち》美和と申します」

そこまで言った直後に美和は、「あらら、ココさん、大丈夫？」と大声をあげた。傍らでひどく太った女性が、白いランニングウエアの両脇をピンク色に染めている。腕を上げてもらうと、腋の下に水泡ができていた。バチを振る動作で腕とシャツが擦《す》れあい、靴ずれのようになったのだ。一部は皮がめくれて、じんわりと出血している。

「痛くないの？」

「そういえばヒリヒリするわあ。筋肉痛と思ってた」

「鈍感なやっちゃなあ」

かすれ声でからかったのはタバさんだ。息切れは治まったようだ。

美和がガーゼと絆創膏《ばんそうこう》を持ってきて貼《は》る。

消毒薬や傷薬も要《い》りそうだ。

背後でゴロゴロと音がして鉄の引き戸が開いた。

「痛《い》ってええ」

五十代と思われる男性が、顔をしかめて入ってくる。左の足を引きずっていた。

「ニヨさん、遅かったのね。どうしたの？」

美和が男性に肩を貸す。

「いつもの発作が起きちゃって。車も運転できねえしさ」

「病院へ行かなくていいの？」

「明日でいいよ。いつものことだし」

ニヨさんと呼ばれた男性は美和に支えられながら、空いているスペースに座った。

歩み寄って男性の足を見た。左足の親指の付け根が腫れている。痛風発作だ。

痛風は、血液中の尿酸濃度が高い人に起きやすい。溶けなくなった尿酸は結晶化し、関節の内面に沈着する。その結晶を白血球が攻撃し、炎症を起こす物質が放出される。これが痛みや腫《は》れの原因であり、痛風発作だ。

「痛風ですね？」

「ああ、そうだよ。テテテ……」

見知らぬ菜々子に少し怪訝そうであったが、痛みでそれどころではないようだ。

いったいこんな状態でも太鼓を打てるのだろうか。菜々子は手帳とペンを出した。

「酸素に吸入薬、点滴、消毒薬、傷薬、それに鎮痛薬、と」

アリーナの隅っこでは、横になっていた男性がムクリと起き上がった。

「タカさん、頭痛は治ったの？」

美和に声をかけられた六十歳くらいの男性は、「ああ」とうなずき首をぐるりと回した。

「本打ちやるからって、無理しちゃダメよ。高血圧は怖いんだってよ」

血圧計も必要だ。菜々子は再び手帳に書き留める。

美和が壁の時計に目をやった。

「本打ち五分前。準備してください」

メンバーたちが、バチを打ちつけていた毛布を次々と剝《は》ぎ取っていく。厚手の毛布の下から姿を現したのは、本物の大太鼓だった。古タイヤは壁際へ押しやられる。代わりに、小ぶりの太鼓が倉庫から運び込まれた。

「あれが附締《つけしめ》太鼓。鋲《びょう》がいっぱいついているのが長胴《ながどう》太鼓っていうんだよ」

クマやんは得意そうに説明する。

「よく知ってるね」

「ま、二年前から通ってるからな」

時計の針が六時四十五分を指した。

「始めっ」

美和の発声とともに、太鼓の音が館内に響く。ボリュームは十倍以上に跳ね上がった。さっきまでの濁《にご》った音とは違い、澄んだ音が共鳴し合っている。

「すごいっ、いい音だねっ」

中央でひときわ張りのある音を出すサムライヘアーの男性がいた。まだ五十代前半だろうか。この集団では若い。バチを扱う慣れた手つきも見ていて気持ちよかった。

「惚《ほ》れそうだろ？」

クマやんが目ざとく言ってくる。菜々子も「うん、カッコいいね」と応じた。

「彼、瑛太《えいた》さんっていうんだよ。このチームではダントツの腕なんだ」

クマやんはちょっと自慢気に顔を上げた。

「本当にいい音」

菜々子は再び繰り返す。大音量なのに、不思議にとても心地いいのだ。

けれどクマやんによると、この音こそが悩みの種だという。和太鼓の音は遠くまで響くため、どこで練習していても騒音の苦情が舞い込む。玉西中の体育館を借り受ける際も、学校側との話し合いの結果、実際に太鼓を打てる時間は一日に十五分だけという取り決めになった。

「ガード下で電車が通ったときと同じくらいの音量になるからなあ。彼らもかわいそうだけど、市民生活も守らなきゃならないし、折り合う地点をさがした結果だよ」

つまり最初は消音のため、太鼓に毛布を掛けていたのだった。

本打ちの練習も終わりそうな頃、メンバーの女性が「もう無理！」と叫んだ。苦しそうな表情で太鼓の前から離れ、床に転がる。

「シーちゃん、大丈夫？」

小太鼓を打っていた美和が立ち上がり、菜々子も駆け寄った。女性は肩を押さえている。

「五十肩なんです……」

「サバ読むなよ」

誰かのヤジが飛んでくる。

彼女はそろりそろりと腕を持ち上げた。腕が水平まで持ち上がったところで「イタタ」と顔をしかめ、再びうずくまる。

湿布《しっぷ》や氷嚢もあった方がよさそうだ。手帳のリストは膨《ふく》れ上がる一方だった。

――怒濤《どとう》のような十五分間が過ぎた。ただ、太鼓の音に力強さはあるが、演奏が揃っているとは言えない。むしろバラバラだった。それでも菜々子は、大きな拍手を送った。メンバーの表情がぎこちなく緩む。美和が額の汗を拭い、菜々子に向かって敬礼をした。

「リズムがうまく合ってなかったところ、注意しようね。あと、腕を上げるときは、ピシッと伸ばさないとカッコ悪く見えるし、音のズレにもつながるから」

美和がその場で、本打ちの欠点を次々と指摘する。しかし、メンバーの反応は乏《とぼ》しい。あまりピンと来ていないのか。てんでに床に座り込み、「終わった、終わった」とざわついている。

美和は構わずに続けた。

「……それと、改めて皆さんに紹介します。今日、市教委の熊田さんと一緒に練習を見てくださったのは、葉村病院の葉村菜々子先生です。菜々子先生には、来月の初公演に向けたサポートをお願いしました。何かあったら、すぐに相談して、体調を万全にしてください。去年は痛恨のドタキャンになったから、汚名返上しないとね」

皆がバチを打ち合わせる。にぎやかな拍手になった。

「先生、よろしくお願いしまーす」

「さっそく診察受けようかな」

「お医者さんつきなら安心だね」

いやいやいや、安心など全くできない――菜々子は心のなかで叫びつつ、クマやんに目線を送る。菜々子の気持ちを察したらしいクマやんは、うろたえたように目をそらした。が、すぐに市職員の顔に戻って話し始める。

「えー、皆様、お疲れさまでした。毎度、熊田です」

親しみのこもった笑いが起きる。

それもそのはずだ。七月の「玉手夏まつり」の関連イベントとして、「青少年教育文化プログラム・万世太鼓見参！」と題した公演を市民会館で行うことは早くから決まっており、クマやんは何度も練習の見学に来ていたという。だからメンバーとは顔見知りだ。いや、それどころか一年前に同じ企画があったものの、メンバーの体調不良で急遽中止となっているから、二年越しの付き合いになる。

「皆さんのお体のことが心配でしたので、強力な助っ人を用意しました。これで公演は成功間違いなしです」

そんな安請け合いしないでよ——菜々子は元同級生をにらみつける。

一言を求められ、菜々子はおずおずと口を開いた。言うべきことは言うしかない。がっかりされても仕方がないと覚悟を決める。

「皆さんのご体調を拝見したところ……残念ながら大丈夫とは言えません。病状管理が難しいことに加えて激しい運動……。市民会館の大ホールで単独公演を張るとなると、これから相当な練習が必要だと思いますし、精神的なストレスも体にのしかかってくるでしょう。誤解を恐れずに言えば、命を縮める危険もあります」

菜々子は、床の上で体を休めるメンバーの顔を見すえた。

「無理して単独公演の開催を目指さなくとも、マイペースで太鼓の演奏を楽しむ方が安全……それが私の正直な感想です」

ざわめきが消え、メンバーがあっけにとられたように押し黙った。クマやんは泣きそうな顔を向けてくる。

「……やっぱり、そうでしょうな」

誰かがあきらめの声を出した。

「私ら病気持ちなんだからさ、生きてるだけで御《おん》の字よ。何も無理して……」

クマやんがあわてた様子で両手を広げた。

「いやその、つまり葉村先生が言いたいのは、皆さんに安心して演奏していただくためには、事前のしっかりした健康管理が必要だということです。今日はそれが分かっただけでも進歩です。市民による市民のためのステージ、それこそ市は最も重要と位置づけています。どうか皆さん、公演の実現に向けて頑張りましょう」

「瑛太、お前はどう思うんだ？」

高血圧のタカさんが、片隅で膝を抱える男性に水を向けた。だが、クマやんがダントツと評したサムライヘアーの瑛太は、無言のままだった。

どんよりとした空気の中で、皆が一様に下を向いた。

——言いすぎてしまったか？　菜々子の胸にわずかな自省の念がよぎる。

そのとき美和が両腕を上げ、バチを構える姿になった。

「みんな、見せてやろうよ！　病気持ちでもやれるって」

力強い声だった。皆の目がさっと輝く。

「そうだね。病気があってもステージに立ってみたい」

別の女性も大きな体を揺らしてバチを掲げる。

「よーし、俺もやってやるぜ。イテテ」

痛風のニヨさんが足を踏ん張ったとたん、顔をしかめた。

「お前の健康管理がいちばん心配なんだってば！」

誰かの声に笑いが起きたところで、美和が一歩前に進み出た。

「菜々子先生、このとおりです。来月の初公演に向けて、どうか万世太鼓のサポートをお願いいたします」

美和が深々と頭を下げる。

意気込みは分かる。だが、それが逆に体に負担をかけることにつながりかねない。

「少し時間をください」と返事を保留したまま、菜々子は体育館を後にした。

玉西中学校からの帰り道、日はとっぷりと暮れていた。往路の急ぎ足と打って変わって、色彩が失われた土手の上をとぼとぼと歩く。

「さすがに二年続けてドタキャンできないんだよなあ」

クマやんの声が背後から重くのしかかる。

依頼を引き受ければ、メンバー全員の体調コントロールが菜々子の責任になる。公演日のサポートをするだけではない。慢性疾患の患者十二人の病状を全て把握し、しかもステージ当日にベストの状態に持っていくのは簡単なことではない。

「菜々子、聞いてくれるか」

クマやんは早口になった。

「持病もある、日々の仕事もある、年も取っている、そういうどこにでもいる中高年の市民がステージに挑戦するっていうところに大きな意味があると思うんだ。市民を勇気づけ、夢を与えるイベント。これこそ市民ステージの役割だし、俺たちにしかできないことだと思う。何とか成功させてやってくれないか」

クマやんの気持ちは分かる。だが、まずは健康あっての市民活動であるはずだ。

「あのメンバーの体調は、かなり厳しいよ。医師として無理させられない」

「ずっとあたためてきた企画なんだよ。万世太鼓のメンバーが病気と闘いながら打ち続けていることを来場者にも知ってもらい、みんなで健康の大切さを考えるきっかけにしたい。どうか協力してほしい」

いつになくクマやんの声が真剣だった。これは断れない——そんな気持ちにさせられた。

「……分かった。たった一ヵ月ちょっとでどこまで安定させられるか、私にとっても挑戦だけど」

やるなら明日からだ。菜々子は万世太鼓の稽古にとことん付き合う覚悟を決めた。

「橋口瑛太さん、どうぞ」

まさにその翌日のことだ。菜々子の外来を受診したのは、サムライヘアーの瑛太だった。美和が付き添っている。

「先生、公演のサポートを引き受けてくださり、ありがとうございました。今日からどうかよろしくお願いいたします。で、あの、主人なんですが……」

「あ、ご夫婦でしたか。いかがされました」

美和が少し恥ずかしそうにほほ笑む。

「ほら、あなたから説明して」

美和に促され、瑛太が「ええと」と束ねた髪のあたりをかく。

「太鼓の稽古中、やけに疲れやすくて困っているんです。どうにもつらくて、立っていられないことも……」

もともと瑛太には、潰瘍《かいよう》性大腸炎の既往《きおう》歴があり、権医会立川病院に通院していた。ただ現在のところ明らかな腸炎の症状はなく、病状は安定していた。だが、数カ月前から急に倦怠《けんたい》感が続くようになり、今度は糖尿病と診断されたのだという。

菜々子は質問をはさみたい気持ちを抑え、瑛太と美和の話に耳を傾けた。

「ちゃんと薬を飲んでいるんですが、たいして稽古もしないうちにシャツがびっしょりになるくらい汗をかいちゃって」

「しかも主人、薬を飲んでも血糖値はちっともよくならないんです」

美和が唇をとがらせる。太鼓集団の代表とはまた別の顔だ。

「主治医の先生には、店番中に商品をつまみ食いしているんじゃないかって叱られました」

「店番、と言いますと？」

夫妻は、多摩川の玉手橋近くで、「玉手橋マート」という名の小さな食料品店を開ていない。

「主人にはちゃんと食事制限をさせています。薬の飲み忘れもないし、運動も十分している。それなのに、大の大人に向かって、つまみ食いしただろうなんて……」

美和は、悔しそうな表情をした。

「だから私、その分からずやの医者に言ってやったんです。主人の血糖値が下がらないのは先生の治療が悪いからなんじゃないですかって」

瑛太が右手を額に当てる。

「こんなふうに女房が怒っちゃったもんですから、ちょっともう、あっちの病院に行きづらくなりまして」

「なるほど」

事情を聞きながら菜々子は、権医会立川病院の診断に疑問を抱いた。

「このままではチームにも迷惑をかけてしまうので、何とかしていただけないかと」

瑛太は困り果てた様子で眉間《みけん》にしわを寄せた。

「高血糖の原因は、別にあるのかもしれませんね。まずは再検査をしましょう」

最初から診断し直した方がよさそうだ。特殊な項目も含めた血液検査を菜々子はオーダーした。

夕刻、菜々子は玉西中の体育館へ救急医薬品を持ち込んだ。十二人のメンバー表を手に、ひとりひとり持病を尋ねて書き込む。まずは病状把握からだ。

幸い、今日は大きな問題もなく稽古が進んでいった。

休憩時間、美和が菜々子に麦茶をすすめる。

「稽古場と病院と、今日だけで二度もお世話になって、ありがとうございます」

「詳しい検査結果は今週末に出ますから、また受診するようにご主人に伝えてくださいね」

美和が「はい」と真剣にうなずく。古タイヤを叩く鈍い音が響くなか、菜々子は腕時計に目をやった。

「早く本打ちの時間にならないかなって思っています。不思議ですね」

菜々子はそう言って美和に笑いかけた。本心だった。

「先生、それＤＮＡです」

「ＤＮＡ？」

「ええ。和太鼓の音は日本人のＤＮＡを刺激するそうです。だからお祭りでは、太鼓を人集めに使うんです。何か楽しそうなことが起こりそうだなって、日本人ならワクワクしちゃうでしょ」

美和は嬉しそうに話した。

「先生、お世話になってます」

瑛太が会話に入ってきた。ひどく疲れた顔をしている。

「美和、悪いけど俺、先に帰って休むわ」

菜々子に目礼し、瑛太は額や首筋の汗を何度も拭《ぬぐ》いながら体育館を出て行った。

瑛太のいない本打ちは、昨日とは違って音に勢いがなかった。タイミングのズレも余計に気になる。何となくしまりのない稽古が終わった。

帰り道、菜々子はタカさんの車に乗せてもらった。車のない美和と、痛風の足がまだ痛むニヨさんも一緒だ。

「最近の瑛太、様子がおかしくないか？」

ハイビームで走る対向車をやり過ごし、運転席でタカさんがつぶやく。

妻の美和は何も答えない。夫の体調を心配しているのか、それとも今後の稽古に思いをめぐらしているのか。

「瑛太にちゃんと食べさせてるのか？　二人分食っててんじゃないのか」

ニヨさんが場違いに明るい声を出す。ふくよかな美和に比べ、瑛太は痩《や》せていた。

「そんなことならいいんだけど」

美和は少し笑ったものの、すぐに深刻そうな表情に戻る。

「今日の瑛太、本当にフラフラしてたなあ」

ハンドルを握るタカさんが心配そうに言う。

「ここでいいわ。ありがとっ」

車が停止するのと、美和が後部座席から飛び出すのは、ほぼ同時だった。居ても立ってもいられない様子だ。美和は後ろも振り返らず、家へ向かって駆けていく。

「美和さん……」

菜々子は車中で思わずつぶやいた。美和の体が揺れながら遠ざかる。その先に古びた商店があった。軒先《のきさき》の看板に当たる灯《あか》りで「玉手橋マート」という店名が読める。

「あそこが美和さんの……」

「夫婦だけでやってる店だけど、場所はいいし、手作り弁当とイートインのラーメンが好評らしくてね」

立地は奥多摩《おくたま》湖に続く吉野《よしの》街道の起点近くだ。駐車場が広く、週末になるとさまざまなバイクに乗ったツーリング客の集合場所になるという。

「瑛太のやつ、太鼓をやめるなんて言い出さないだろうな」

タカさんが低くつぶやいた。

「……それじゃ俺たち、やっていけないんじゃないの」

ニヨさんが情けない声を出す。太鼓の技術に関しては瑛太がずば抜けており、メンバーは瑛太を手本に演奏できるようになったという。

「あいつが抜けたら、公演どころか万世太鼓は解散かもな」

ウインカーのカチカチとした音がやけに耳に障《さわ》る。看板の灯りが消え、あたりは暗闇の中に落ちた。


三日後、菜々子は診察室で血液検査のデータを前に腕組みをした。

「やっぱり1型か。どうりで……」

検査の結果、瑛太は1型糖尿病だと分かった。

糖尿病には主に二種類ある。よく知られているのは、食べ過ぎや運動不足など、不適切な生活習慣に由来する2型糖尿病だ。これに対して瑛太は、インスリンというホルモンをつくり出すことができないために起きる1型糖尿病だ。インスリンは血糖値を下げる作用があり、これがないと血液中を流れる糖が増え、血糖値が高くなってしまうのだ。

インスリンをつくれなくなる原因はさまざまあるが、瑛太の場合は、体内のインスリン工場である膵臓《すいぞう》の細胞が自己免疫の異常で破壊されてしまったことによるものと思われた。

1型と2型では、治療薬が異なる。それまで瑛太が飲んでいた2型糖尿病の内服薬では、血糖値が下がらないのは当然だった。

「つまり、主人は誤診されていたということですね？」

美和が憤慨《ふんがい》した様子で言った。

1型糖尿病の発症率は、糖尿病全体の約五パーセントだ。多くは幼年から思春期に発症するのが定説とされている。そのため、成人では2型糖尿病と誤診されるケースが少なくない。

「結果的にはそうなりました。ただ、成人発症のケースが意外に多いと分かったのは最近のことで、現実的には見逃されやすいものなのです」

「治るんですか？　どんな治療を受けるんですか？」

菜々子は患者用のインスリン使用説明書を瑛太に示した。

「このように一日に四回のインスリン注射をすることになります。基礎分泌《ぶんぴつ》の一回と、毎食前の三回です。食事の前後と就寝前に血糖値をチェックして、インスリンの量を決めて行きます」

「えっ、一日に四回も針を刺すんですか？」

「いいえ、治療の初期は血糖値チェックを一日七回と、インスリン注射四回の、合計十一回です」

瑛太はうつむいた。気分が悪そうだ。

「あの、主人は注射が苦手なんです。飲み薬はないんでしょうか？」

美和が瑛太の背中をさすりながら尋ねる。

「残念ながら……。ただ、普通の針よりずっと細くて短く、痛みは最小限になるように工夫されています。将来的には噴霧による経鼻投与も可能になるかもしれません」

瑛太の顔に少し生気がよみがえった。

「先生、主人の治療はこちらでお願いできないでしょうか。あっちはもう行きにくくて」

美和が拝むような仕草をする。

「……分かりました。では一応、権医会立川病院から紹介状をもらってください」

「こんな喧嘩《けんか》みたいな状態でも書いてもらえるものですか？」

美和は眉を寄せた。

「もちろんです。近くの病院で診てもらいたいので、と言えば大丈夫。よくあることですし、大事な情報ですから。権医会には今後また世話になるかもしれないので、突然に通院を中断してしまうのではなく、きちんと仁義を通しておきましょう」

夕方、病棟を回診していたところへ電話が来た。

「1型糖尿病とは気づかず、ご迷惑をおかけしたようで。大変失礼しました」

瑛太の主治医からだった。若い素直そうな男性医師だ。瑛太がさっそくデータを見せたのだろう。

「いえいえ。以前、1型の患者さんを診る機会があったからピンときただけです」

「そうですか。お恥ずかしいです。全く思いつきませんでした」

電話の向こうで権医会の医師はしきりに恐縮した。

「『後医は名医』と言うじゃないですか。後から診察した方が情報も多くて診断に有利なのは当然ですから気にしないでください。成人発症で、しかも進行が遅いタイプは診断が難しいものです。五十代で発症したイギリスのメイ前首相が、当初2型と誤診されたのも有名な話ですよ。先生も次はきっと、すぐに診断できますよ」

菜々子は若い医師を慰めた。

さっそく翌日から毎日、瑛太は菜々子の外来に通った。インスリンの量を調整し、注射を打つ手技のチェックを行う。さらにインスリンが効きすぎてしまった場合に現れる低血糖症状とその対応方法についても説明した。

一週間ほどで瑛太はインスリン注射に慣れ、血糖値も安定してきた。普通の生活をしている人ならこれで毎日、決まった量のインスリンを打てばよい。

ただ、瑛太の場合は和太鼓の稽古という大きな負荷が体にかかる。そうした条件下で血糖値がどう変化するかは予測が困難で、注意が必要だった。

「今日の瑛太、気合い入ってるなあ」

一心不乱に古タイヤを叩く瑛太を見つめて、ニヨさんが口を半開きにしている。

インスリン治療を開始してから瑛太の体調は、周囲から見ても明らかなくらい急速に改善していた。

「俺なんてさあ、汗かくな、ビール飲むなって、医者に言われてんだよ。いったいどーすりゃいーんだ」

「あれ？　ニヨさん、昨日ビール飲んでたじゃない」

美和が突っ込む。

「いや、昨日は特別で、もう痛くないし」

「喉元《のどもと》過ぎれば何とやら、ね」

二人の会話を聞き、菜々子はがっかりする。いくら治療しても、症状が消えたら元の生活に戻ってしまう人は少なくない。痛風のニヨさんには、改めて稽古中にこまめな水分補給をするようにと伝える。

稽古が一段と熱を帯びてきたところで、後方にセーラー服の少女が立っているのに気づいた。

美和にそっくりだ。ひと目で橋口夫妻の娘だろうと分かった。古タイヤを打ち込む父親の動きを、真剣な目で見つめている。

「おお、エリちゃん。見学か？　珍しいな」

トイレから戻ってきたゼンさんが声をかけた。少女は首を左右に振り、「補習が終わって通りかかっただけ。別に見学なんかじゃない」と答える。

「せっかくだから父ちゃんと母ちゃんの本打ち、聞いていきなよ」

だがエリは、そっぽを向いた。

「やめちゃえばいいのに、和太鼓なんて」

怒りがこもった言い方だ。エリは、菜々子に視線を移した。

「お医者さんですよね？　あたし、橋口瑛太の娘です。父は重い病気なのに、こんなことして大丈夫なんですか」

菜々子はすぐに言葉を返せなかった。

「父は体のこと、何にも考えてないんです」

「どういう意味？」

「あの、父に倒れられたら迷惑なんです。母も体が強くないし、あたしは高校受験のこととかあるのに……」

少女の強い視線は、父親への抗議だった。

「バカばっかりっ」

エリはそう言い捨て、体育館を走り去っていった。

十五分間の本打ちが始まった。太鼓の音は、回を重ねるごとに音量を増している。本番まで一ヵ月を切り、気合いが入り始めたようだ。メンバー相互の視線が合い、「合わせよう」という気持ちの高まりを感じる。

そのときだ。突然、瑛太が持ち場を離れた。足元がふらついている。

「瑛太さん、どうしたの？」

顔色もすぐれない。

「なんだか、急に、体の動きがヘンに……」

意識状態も悪かった。血糖値が低くなっているのかもしれない。急いでチェックする必要がある。瑛太を床に座らせ、指先を消毒した後に針を刺す。米粒半分ほどの血液を血糖測定器の試験紙に染み込ませる。測定結果が出るまでのわずか十秒が長く感じられた。

電子音とともに数字が液晶画面に表示される。

「三六〇？」

なんと結果は、低血糖どころか高すぎる。心身の興奮がアドレナリンの分泌を促し、その作用で逆に血糖値が上がってしまったのだ。運動が、いつも血糖値を下げる方向に働くとは限らない。そこが運動中の血糖コントロールの難しいところだ。

瑛太にインスリンを皮下注射する。再び血糖値をチェックし、一五〇に下がっているのを確認した。ようやく許容範囲だ。

本打ちはわずかな時間しか残っていなかったが、瑛太は再びバチを手にした。

稽古が終わり、全員が輪になる。

「瑛ちゃん、初手はリズムがちょっと狂ってたよ」

美和が瑛太に問題点を指摘した。

「悪い、悪い」

「二曲目は小太鼓の入りが弱かったと思いまーす」

「そうだな。三人とも、もっと鋭い感じがいいと思う」

美和のひと言から、改善に向けた指摘が次々となされる。菜々子が初めて見学に来たときの雰囲気とは随分違ってきた。皆が真剣になっているのを感じる。

「あと、曲の順番のこと……らけろ、最初は……」

瑛太の口調が突然、怪しくなった。酒に酔ったように呂律が回らない。腕に触れると、じっとりと冷や汗をかいていた。

「瑛太さん、大丈夫ですか」

すぐに三回目の血糖値検査に取りかかる。

「三五！　大変っ」

血糖値の単位mg／dLは、一デシリットルの血液に何ミリグラムのブドウ糖が含まれているかを示す。おおよその基準値は、空腹時一〇〇mg／dL。これが七〇以下になると低血糖症状が現れ、さらに五〇を下回ると重症低血糖に分類される。

三五というのは低血糖、それも重症レベルだ。命が危うい。あわてて瑛太にブドウ糖の入ったジュースを飲ませる。

「瑛ちゃんっ」

美和が瑛太の体を揺すった。サムライヘアーが揺れる。もうろうとしつつも、瑛太は何とかジュースを飲むことができた。

「う、うん……だ、大丈夫」

瑛太はゆっくりと回復してきた。

太鼓を打っているときはアドレナリンの作用で血糖値が上がり過ぎたが、終わってリラックスしたため低血糖になってしまったようだ。低血糖は体全体にブドウ糖が行きわたらず、脳もエネルギー不足となる。その結果、ひどいときは意識障害から昏睡《こんすい》に陥って、死に至る危険がある。

「瑛太さん、稽古後では何か食べるようにしてくださいね。それと……」

瑛太が思案顔になった。

「俺、やっぱり公演は無理っす。これ以上、みんなに迷惑かけたくない——」

菜々子は返事に困った。そのときタカさんが立ち上がった。

「瑛太、迷惑なんてお互いさまだよ。万が一、出られなくなったときは俺が代打ちを務めるさ」

どこからともなく拍手がわいてくる。

「そうだよ、タカさんが倒れたら今度は俺が」

タバさんが袖をまくり上げ、細い腕に力こぶを作る。メンバーに笑顔が戻った。

「……みなさん、ありがとう。本当にありがとうございます」

美和が両手で顔を覆う。瑛太もその隣で頭を下げた。


「みなさん、よかったらこれ休憩タイムに食べてくださいね」

翌日、菜々子は、ゼリーやジュースが大量に入ったクーラーボックスを持参した。

瑛太の低血糖対策だ。高血糖はともかく、低血糖は命にかかわる。

菜々子は、瑛太の低血糖について改めてメンバーに説明した。

「もしも瑛太さんにこの前のような異変があったら、とりあえずこのゼリーかジュースを口に含ませてください。もし飲み込めない状態だったら、いつでも私のホットラインに電話を。すぐにブドウ糖の注射に来ますから」

早めに気づいて直ちにブドウ糖を体に入れる――これが低血糖発作の治療原則だ。

公演当日は誰もが強いストレスの下、自分のことだけで精一杯になるだろう。しかも、低血糖の初期症状は、発汗や心拍数の増加、不安感や視野狭窄《きょうさく》、手指の震えなどであり、本人でさえも気づきにくいと予想される。それだけはまだ大きな気がかりだった。

菜々子は稽古に毎回立ち会いながら、メンバーひとりひとりの体調をチェックし続けた。こまめな水分補給を全員にうながし、各メンバーの顔色と体の動き、呼吸状態に目を走らせる。場合によっては、バチを置かせて診察した。二週間ほどの稽古で行った点滴は二回、酸素吸入が必要となった事態も一回あった。加えて瑛太の血糖値測定は毎回、それも稽古中に何度か繰り返した。

その日、菜々子は瑛太の打つ音が、少し違って聞こえるのに気づいた。

「瑛太さん、すぐに血糖値をチェックしてみて」

瑛太は怪訝そうな顔をしつつも、すぐに指から血を採取した。血糖測定器が計測終了の電子音をたてる。表示を見た瑛太がすっとんきょうな声を上げた。

「あれっ、五八しかないや」

重症一歩手前の低血糖だった。

瑛太は急いでオレンジジュースを数口飲む。打ち込みを続けていたら、もっと下がって意識を失っていたかもしれない。

久しぶりの見学で体育館にきたクマやんが菜々子の発見に驚いた様子だった。

「よく気づいたな。さすが医者だ」

不思議なものだ。しょっちゅう耳にしてきたせいで、和太鼓の曲やリズムに体がなじみ、わずかな違いを感じられるようになったのか。

瑛太は、険しい表情で再び指先に針を刺し、血糖値を再チェックする。

「やっと一〇二かあ。やっべーなあ」

悲痛な声をもらし、瑛太は床の上で大の字になった。

もしも本番で同じことが起きたら——事の重大さに打ちのめされているのだろう。瑛太の危機感は当然だった。もしも舞台で意識を失ってしまったら、公演が台無しになる。それだけでは済まない。低血糖による後遺症が残る可能性もあるのだ。

こんなときに励ましてくれるはずの美和は今日、元気がない。昨日から頭痛と発熱があるという。

誰かのバチが真っ二つに折れて大きく弾んだ。稽古の輪に悲鳴が上がる。けがをした者はいなかった。だが、安堵《あんど》の声は出ない。笑顔もない。誰もが無言だった。クマやんも押し黙ったまま腕組みを崩さない。

大変なのは瑛太だけではなかった。メンバー全員に疲労がたまり、ストレスも限界に達しつつある。

息苦しさの中で、菜々子も動悸《どうき》がしてきた。

気持ちを落ち着けようと、人気《ひとけ》のない倉庫の中に入る。息をしずめながら、置かれている道具を眺《なが》めた。和太鼓の演奏に使われるさまざまな楽器があった。大小の太鼓、拍子木《ひょうしぎ》、法螺貝《ほらがい》、篠笛《しのぶえ》、ドラ、チャッパなどなど。どれも、つい最近までは間近に見たこともなかった品だ。

白かったであろう拍子木には汗が染み込み、持ち手の部分が黒ずんでいる。手に取ると、想像していたよりも重く、細長く感じられた。法螺貝はまるで冗談のような形で、本当に音が出るとは信じられない。竹で作られた篠笛も同様だ。古《いにしえ》の雰囲気を色濃く残したドラは、どこか神々《こうごう》しい。チャッパはおもちゃのおさるのシンバルのように小さくてユーモラスだ。

その中の一つを手にした菜々子は、ひらめくものがあった。

「これ、万が一のときに使えるかも……」

不安が高まる中、翌日を迎えた。もう本番の十日前だ。

菜々子はその日、稽古開始の午後五時を少し過ぎて玉西中に到着した。いつもと違って、体育館の前に人が集まっている。なんと、万世太鼓のメンバーとクマやんが押し問答をしていた。

「どうしたんですか」

菜々子の問いにニヨさんは、「あれだよ」と扉に貼られた紙を指した。

〈本日、玉手市立玉西中学校の体育館は、緊急設備点検のため使用不能となりました。学校施設開放の利用者各位におかれましては、何卒ご理解のほどをお願いいたします。

玉手市教育委員会学校教育課〉

「ですから熊田さん、公演までもう時間がないんですよ!」

「当日になって急に利用できないって言われたってなあ」

美和と瑛太の抗議はもっともだろう。だが、クマやんは「申し訳ないです」を繰り返すばかりだ。

「……だけど使えないって言われりゃ、しゃあないだろ」

タカさんの発言が、流れを変える。

その言葉を待っていたかのように、クマやんがポケットから細長い紙の束をつかみ出した。

「おわびの印と言っては何ですが……」

タカさんがその束を手にする。

「おっ、玉手まほろば温泉センターのサービス券か。本日限り、手ぶら入浴セットが無料ね。熊田さん、あんた分かってるね」

すぐさまニヨさんが一枚かすめ取り、「行こう、行こう。みんなで行こう！」と嬉しそうな声を上げた。

「連日の稽古で煮詰まってたし、今日はまあ、神様が休めと言ってるってことだ。みんなで行こうや。なあ美和？」

タカさんの提案に、美和も瑛太と顔を見合わせて小さくうなずいた。

「仕方ないか」

「じゃあ、今日は温泉でリフレッシュして、稽古は明日からまた頑張りましょう！」

「車《あし》ない人、いませんか？　送りますよ〜」

万世太鼓の面々は明るい顔を見せ、体育館を離れていった。

病院へ戻ろうと校舎の脇道に入ったところで、クマやんとタカさんが話をしているところに出くわした。笑顔で頭を下げているのは、さっきまで謝り続けていたクマやんではなく、タカさんだ。

「……まさか、体育館の使用不能って、クマやんとタカさんが仕組んだの？」

「いいからいいから、何も言うな。連日の猛練習じゃあむしろ体に悪い。さ、菜々子も行ってこい」

温泉の券を押し付けられた。やっぱりそうだったのか。このところの稽古は、緊張のなかで始まり、疲れきった体で解散する——という日が続いていた。心身の健康のためには、確かに休息も必要だ。やや強引な配慮ではあったが……。クマやんの背後で、真っ赤な夕日がゆっくりと沈んでいった。


舞台まであと一週間となった。いつにも増して稽古は熱気がこもっている。皆がリフレッシュしたのも手に取るように分かった。まほろば温泉での休息が、ここまで効果をもたらすとは予想以上だ。菜々子はメンバーひとりひとりを診て回る。

ニヨさんの足元にはペットボトルの水が置かれていた。ビール断ちして四週目に入ったのは家族にも確認済みだ。こまめな水分補給も習慣化してきた。いつも狭心症の発作におびえていたココさんも、表情は生き生きとしている。お肌のツルツル感も、まほろば入浴以来、持続しているという。ゼンさんは相変わらずトイレが近いものの、タカさんの血圧はきれいに安定。そして、一番の心配の種だった瑛太も、血糖値をみごとにコントロールできるようになっていた。

不思議なことに、メンバーの体調の安定は、リズムの調和を呼んだ。公演の成功に向かって、何かが大きく動き出した実感があった。

「いいぞ、いいぞ！　ぴったり合ってきた。今の呼吸を忘れずに行こう！」

瑛太が笑顔で盛り上げる。メンバーも皆、頬を上気させ、一心不乱にバチを打ち下ろしている。だが、ひとり美和の様子がおかしい。

「ごめん。しんどいから先に帰って休む」

美和はそう言って稽古の輪を離れた。発熱と頭痛。風邪《かぜ》の症状がここ数日続いているとこぼしていた。

「おい、待てよ！」

瑛太が怒鳴り声を上げた。

「本打ち前にリーダーが離脱してどうすんだ。今日は稽古を延長して、全曲の動きを再確認する予定だったろ」

「……ごめん」

美和は立ち止まったものの、生気のない表情で目はうつろだ。

「車は残しといてくれ。帰るなら歩いて帰れ」

そんなひどいよ、というココさんのつぶやきは、本打ちの開始を宣言する瑛太の大声にかき消されてしまった。

いつしか、午後九時を回っていた。

瑛太のスマートフォンが着信したとき、車座になった万世太鼓のメンバーは、各曲の出入りと太鼓の編成、大まかなリズムと展開を諳《そら》んじ合う作業を続けていた。

「エリ、稽古中はかけるなって言ってあるだろ……ん、お母さんが帰ってない？」

皆が瑛太を見る。

午後七時前、「これから帰る」というメッセージをＬＩＮＥでエリに送って玉西中の体育館を後にした美和が、二時間たっても家に戻ってない。橋口家と玉西中は徒歩圏内だ。不審に思ったエリが美和のスマホを鳴らしても応答がない――どうやらそんな状況だった。

「夜道をひとりで……事故か何かだとやばいぞ」

ニヨさんの懸念にタカさんが反応した。

「瑛太、捜しに行こう！　帰り道で倒れてるかも」

瑛太が駆けだす。後を追うタカさんに続き、菜々子も体育館を飛び出した。

走りながら、激しく後悔していた。稽古中に美和を診察しなかったことを。「私はいいですから、先生、みんなを診てあげて」と言われて引き下がったことを――。

菜々子は二人の背中を追いつつ、玉西中の正門を出て北へ走った。真っ暗な多摩川に沿う土手の道、玉手橋を目指す。

街灯もない、沿道に商店もない、細い道だ。なのに圏央道《けんおうどう》に近いということもあって、夜間でも大型ダンプや乗用車が頻繁に通る。もしかすると、道行く車にはねられたか、自ら転倒したのか、それとも――。

大型車が立てる地響きと闇を照らすヘッドライトの中を、三人は無言で進んだ。

十分ほど走ったところで、多摩川の支流が大きな流れに合流する。そこに取水堰が現れた。

ひときわ暗く草の生い茂る川沿いの道で、瑛太が立ち止まる。菜々子も目を凝らした。なんと、人が倒れている。ふくよかな体型にフード付きのパーカー。

――間違いない、美和だ。

「美和、美和っ」

瑛太が抱き抱えて、半身を起こす。返事はなく、目も開けない。

「頭を上げないで！」

意識がない場合、頭の血流を確保するために頭は低くしておく方がいい。

菜々子は美和の全身をすばやくチェックする。大きな外傷はなさそうだ。だが体が熱く、心拍が速い。なぜ、意識がないのか……。

　そのとき路肩《ろかた》ぎりぎりに車が止まった。運転席からゼンさんが顔を出した。

「病院行くぞ、早く乗れ、早く、早く」

　瑛太が美和を抱えて乗り込んだ。ゼンさんの車は猛スピードで川堤《かわづつみ》を蹴《け》り、街の方向へ上る。

　葉村病院までは、五分とかからなかった。救急外来の入り口で兄や看護師たちが待機していた。車から連絡しておいたのだ。病院スタッフが美和をストレッチャーに乗せ、処置室へ運び込む。瑛太は車から降りると、その場にへたり込んだ。

　処置室のベッドに横たわる美和を、スタッフが取り囲む。一刻も早く検査と治療を進める必要があった。

　菜々子が血液を採取している一方で、看護師が体温計を差し込み、腕に血圧計のマンシェットを巻く。検査技師が来て胸に心電図の電極を貼り始めた。兄が瞳孔を確認し、看護師長が点滴ルートを取る。

「おい、美和っ」

　瑛太がそばに来た。

「ご家族はひとまず待合室へ」

　瑛太は処置室の外へ案内される。

「バイタルは、血圧一一八の五六、体温三八・八度、脈八八、酸素飽和度九八パーセントです」

「ルート確保できました」

「心電図とります。患者から離れてください」

看護師や技師の声が飛び交う。

菜々子は技師から手渡された心電図の記録紙を見た。

「心電図、問題なしです」

「よし、ルート入った！」

兄が点滴を左上肢の細い血管に入れた。あとは血液データが欲しい。だが、検査結果が出るまで三十分ほどかかる。

「血糖は？」

血糖値だけはすぐに結果が出る。

「一一〇でした」

看護師が答える。これも問題はなかった。

「分かりますか。美和さん、美和さんっ」

菜々子は美和の指先を押して、痛み刺激を与えてみた。だが目が覚めない。ここまで意識状態が悪いとは、いったい何が原因なのか。気持ちは焦《あせ》る一方だ。

美和をCT検査室に運び込みながら、菜々子は呪文を唱えた。

「アイウエオチップス、アイウエオチップス……」

AIUEOTIPS——意識不良を起こす疾患名の頭文字だ。医師なら誰もが知っている。
A、急性アルコール中毒。これはないだろう。アルコール臭もない。
I、インスリン。インスリン注射で低血糖に陥ったために起きる意識障害だが、血糖値は問題なかった。
U、ウレミア。尿毒症のことだ。間もなく血液検査で分かる。
E、エンセファロパチー。脳症のこと。ほかに内分泌異常のエンドクラインや電解質異常のエレクトロライツもあり、血液検査に他の検査も加え、原因を特定しなければならない。
O、オキシジェンやオーバードース。酸素欠乏や、薬物中毒、薬物の過剰摂取を意味する。
T、トラウマ。第一義的には脳の外傷を考える。頭部に大きな怪我は確認されなかった。テンペラチャー、体温のTでもあるが、美和は必ずしも意識障害を来すほどの熱ではない。

I、インフェクション。感染症だ。熱があるから可能性は高い。

P、サイキアトリックやポルフィリア。精神病や先天性の疾患は、これまでの病歴から考えにくい。

S、ストローク。脳卒中、つまり脳梗塞や脳出血、くも膜下出血などについても調べなくてはならない。ショックや痙攣《シージャー》のSでもある。

CTのモニターに頭部の画像が現れた。

「出血は……なしね」

菜々子の隣で、兄も画像を見つめる。

「少し側頭葉《そくとうよう》がおかしいな」

「うん、確かに」

脳の側頭葉の画像がやや暗い。浮腫《むく》んでいるようだ。

「菜々子、腰椎穿刺《ルンバール》できるか？」

腰椎穿刺は、脳炎を疑った場合などに行う検査だった。腰の位置にある背骨と背骨の間から針を刺して、脳脊髄液《のうせきずいえき》を採取する。

CTの異常所見を見て、菜々子も腰椎穿刺をするしかないと確信した。熱がある、意識状態が悪い、直前に頭痛歴あり……脳炎を疑う所見がそろっている。

「もちろん、できるよ」

「俺は苦手だから、頼む」

腰椎穿刺は、手技にコツがいる。穿刺《せんし》しながら神経を集中し、途中で針先が硬膜を通過する感触を得るのが成功のポイントだ。権医会中央病院では毎日のように行っていた時期もあった。

「抗生剤と抗ウイルス剤の点滴を用意しておいて。ルンバールの直後に開始しましょう」

菜々子の指示に、若い看護師が驚いた表情になる。

「ルンバールの検査結果が出る前にするんですか？」

「そうよ」

脳の感染症は命にかかわる。後遺症を残さないためにも、疑わしい場合は手遅れになる前に、一刻も早く治療を開始しなくてはならない。もし違うと分かったら、そのときに治療を変更すればいい。そう説明すると、看護師は真剣な表情でうなずいた。

菜々子は直ちに美和の腰椎穿刺に取りかかった。

脳脊髄液検査の結果、美和はウイルス性の脳炎にほぼ間違いないと考えられた。

廊下へ続く扉をそっと開ける。薄暗いなか、長椅子に座る瑛太とエリがそろって顔を上げた。

「原因が分かりました。どうぞこちらへ」

瑛太とエリを処置室の脇にある診察デスクへ案内する。

菜々子は頭部のCT画像をシャウカステンに掛け、検査データが印字された表を示した。

「脳脊髄液と画像検査などから、ヘルペス脳炎が強く疑われます。ウイルスの遺伝子を調べて確実に診断をつけるPCR検査は結果が出るまでに時間がかかりますので、先に治療を始めました」

「美和が、どうしてそんな病気に……」

瑛太が言葉を詰まらせる。

「実は、五、六十代の人に多く見られる病気です」

ヘルペス脳炎は、帯状疱疹《たいじょうほうしん》などの原因として知られるヘルペスウイルスが脳内に入って炎症を引き起こす病気だ。初期段階では頭痛や発熱など風邪の症状に似ているが、側頭葉や前頭葉が障害され、数日後に意識障害や痙攣、麻痺などが現れるケースもある。

「これからお母さん、どうなるんですか」

エリの声が弱々しく震えた。動物柄がプリントされたトレーナーを着ており、制服姿より幼く見える。

ヘルペス脳炎は、かつては死亡率が三〇パーセントもあった。だが抗ウイルス薬が開発されてからは一〇パーセントほどに下がっている。ただ、命は助かるものの、三割程度の患者には重い後遺症が残る。家族にどこまで話すか、とりわけ多感なエリにはどう伝えればよいか――菜々子は言葉を探す。

「まだ診断が確定した訳ではないけれど、いい？」

エリはうなずいた。

「ヘルペス脳炎になった患者さんの九割は、抗ウイルス薬で治療すれば命は助かる。でも、そのうち後遺症を残す人は三割くらい。今は、とにかく後遺症が残らないように、一生懸命に治療を続けるからね」

「先生、お願いしますっ」

エリが祈るように両手を合わせた。瑛太はうなだれ、肩を震わせていた。

菜々子は懸命に治療を行った。しかし、美和の意識は戻らない。

翌日の夕方、菜々子は再び美和の病室をのぞく。見舞いに来た瑛太に、病状の経過を報告するためだった。

美和の体温などを記録した温度板を示し、熱が下がってきていると説明していたときだ。病室の外で騒々しい足音がした。

「おーい、瑛太。いるのか。みんなで来たぞー」

ニヨさんの声だ。万世太鼓のメンバーが来たらしい。

「あなたたち、何ですか！　ここは病院ですよ。静かにしてください」

師長の叱る声がする。あわてる瑛太を追いかけて、菜々子も廊下に飛び出した。

「おい、こっちだ、こっちで話そう」

瑛太は、大勢で押しかけたメンバーを廊下の長椅子の周囲に集めた。

「みんな、来てくれてありがとう。俺からみんなに言いたいのは、来週の公演と今後の稽古についてなんだが……」

そこへ息せき切ったエリが姿を見せた。学校が終わって駆けつけてきた様子だが、ものすごい形相《ぎょうそう》で瑛太をにらんでいる。

「お母さんが死ぬかもしれないっていうのに、まだ太鼓の話なんかしてるの？　信じらんない！」

エリは学生カバンを床にたたきつけ、廊下を走り去っていった。

「エリちゃん……」

全員が黙り込む。

「美和さん、そんなに悪いのか？」

ニヨさんが心配そうな顔を瑛太に向けた。瑛太はうなずくと、意を決したように口を開いた。

「実は稽古場でちゃんと話そうと思ってたんだけど……」

瑛太は大きく息を吸い込んだ。

「美和はまだ意識が戻らない。リーダーがこんな状態になって、身内として本当に申し訳ないと思っている」

いったん言葉を切り、メンバーを見回す。

「残念だけど、俺も公演には出られない」

皆が顔を見合わせた。「しゃあないな」とか、「また中止か」という声が漏れ聞こえる。

「公演は中止になるの？」

ココさんは信じられないという表情だった。瑛太は首を左右に振る。

「こんなこと言える立場じゃないけど、なんとか公演は実現してほしい。今年一年、みんなが体の不調を乗り越えて練習してきた苦労はよく知っている。だから、俺や美和のせいでその苦労を台無しにするのは心苦しい……」

瑛太は唇を噛んだ。

「俺も、サポートはするから」

メンバーたちは静まり返った。

「いやよ……」

ぼそりと声がした。ココさんだ。

「瑛太さんが出なきゃ」

「でもなあ、そんなこと言ったたってなあ」

「無理なものは無理だろ」

一方で、あきらめようと言い出す声も上がり出した。

「公演が中止なんて、わたし絶対にいや。美和さんがダメでも、瑛太さんがリードしてくれればいいじゃない！」

ココさんは強い声を出す。

「女房が死ぬかもしれないっていうのに、瑛太がそれどころじゃないのは分かるだろ」

ニヨさんがたしなめた。

「本番まであと六日しかないけど、残ったメンバーでできるところまでやろうよ」

タカさんが皆を励ますように声を上げる。だが、ほとんどのメンバーの表情は沈んだままだった。

その日の夕方は、稽古に半分ほどのメンバーしか来なかった。もともと十二人のうち、ふたりが抜け、さらに三人が休むと連絡してきたのだ。稽古の間中、「曲を減らすしかないな」とか「舞台が成立しないんじゃないか」といった会話が交わされるのが聞こえてきた。

朝、菜々子は白衣に袖を通すと一番に美和の病室へ向かう。だが、入院五日目を迎えても、担当の看護師は暗い表情で首を左右に振るばかりだ。

意識が戻らない。

美和の意識が回復しないのはなぜだろう。自分の治療が間違っているのだろうか。それとも発見と処置の開始が遅かったのか。あるいは別の要因が——。菜々子の不安は日ごとに大きくなった。

スマートフォンのアドレス帳を開き、秋川《あきかわ》の番号をコールした。前に勤務していた赤坂の権医会中央病院で、何かと世話になったベテランの脳神経内科医だ。今春から立川病院で副院長を務めている。電話は、美和の病状や治療について相談するためだった。

その日の午後、秋川はわざわざ葉村病院に来てくれた。検査データを子細に検討し直し、美和本人を診察した結果、診断は合っているし、特に治療法も間違いないと太鼓判を押される。

「このまま同じ抗ウイルス薬治療を続けて問題ないでしょう」

菜々子は少し安堵した。

「お忙しいのに来てくださって、ありがとうございました」

秋川は、ちょっときまり悪そうな笑顔になった。

「いや、礼を言うのはこちらの方だよ」

「はい？」

「1型糖尿病を見つけてくれたんだってね。ありがとう。若手が多い立川病院の中で、彼はとりわけ未熟でね。何かあったら大変なことになってたよ」

瑛太の糖尿病が誤診されていたことは、秋川の耳にも入っていたようだ。

「私は当たり前のことをしただけで……。秋川先生、今日は本当にありがとうございました」

菜々子は再び頭を下げた。

夕方、菜々子は玉西中の体育館に行って驚いた。本番の三日前だというのに、参加メンバーの数が極端に少ない。午後五時の練習開始時刻を過ぎても、集まっているのはニヨさんとタカさん、それにココさんだけだ。

「俺らは、あきらめが悪いのかなあ」

ニヨさんが苦笑いする。

入り口に人影が立つ。エリだった。瑛太が稽古に加わっていないことを確かめに来たのか、エリはすぐに出て行った。

「今日は三人だけ。他のメンバーはもう来ないわよ。悔しいけど」

ココさんが恨めしそうな表情で、毛布に包んだ太鼓を叩き始めた。他の二人も稽古を開始する。

「私、二人分叩くわよっ」

ココさんが叫ぶ。

「あんたはガラスの心臓なんだから、無理するなって。狭心症の発作が出たらどうすんだよ」

タカさんが心配そうに声をかけた。

そこへ瑛太が現れた。アリーナを見回した瑛太は、無言のまま太鼓を倉庫から運び出してくる。そうやってメンバー全員分の太鼓を出し終えると、床に座り込んだ。肩で息をしている。菜々子は瑛太の横に座った。

「やはり中止しかないな。熊田さんに事情を話さないと……」

瑛太は沈鬱な表情でつぶやく。

そのときだ。入り口からエリが再び体育館に入ってきた。

「エリ……お父さんは練習じゃなくて、様子を見に来ただけだから」

父親の方を見もせずに、エリは一台の小太鼓の前に座った。そしてなんと、毛布の上からバチで叩き始めた。

ボコ、ダカ、ボコ、ダカ、ボコボコ、ダカダカ……。

「えっ、それって……」

ココさんが目を丸くする。

「エリちゃん、すごいじゃん。お母さんのパートができるの？」

エリは黙ってうなずいた。

「ヒャッホー、さすがだ」

ニヨさんが駆け寄り、エリの手を取る。

「合わせてみよう」

興奮しながらニヨさんが毛布を剝《は》ぎ取った。

エリがココさんと演奏を始める。

トントコ、トントコ、トトントン、トトントト、トトントト、トントン。

菜々子は息を吞んだ。ココさんとずっと練習してきたように呼吸が合っている。

「うまい！」

「エリちゃん、すごいじゃん。まるで美和さんが太鼓を叩いているみたい」

「どうして、そんなにできるの？」

エリは少し首を傾げた。

「だって家で毎日、聞いてたし……」

「軽音楽部でドラム担当というのは、ダテじゃねえなあ」

タカさんの言葉に、皆、納得の表情を見せる。

「病院で毎日、眠ってるお母さんの顔を見てたら、きっと本当は、太鼓やりたかったんだろうなって思った」

エリの声が少しうるむ。

「バイト代くれるなら、打ってもいいよ」

タカさん、ニヨさん、ココさんが喜びの表情に変わった。

「エリちゃん、万歳」

三人はそう言いながらエリに抱きつく。

「ありがとう、エリ……」

瑛太の嗚咽《おえつ》が漏れ聞こえる。

「お父さんもちゃんと手伝ってよ。娘が頑張って出るんだからさ」

瑛太は声を出さずに何度もうなずいた。

時計の針が六時四十五分をさす。メンバー全員が稽古場にそろっていた。ニヨさんが「今日から瑛太とエリちゃんが打つ！」と連絡を入れたからだ。どのメンバーの顔も輝いている。この夜の本打ちは、以前のような力強さが戻っていた。

玉手夏まつりに合わせた公演の当日は、晴天だった。市民会館の周辺ではさまざまな出店がひしめいており、早くから大勢の市民が繰り出している。菜々子はトウモロコシをほおばる人や水風船をぶら下げて歩く人の群れに行く手を阻《はば》まれつつ、何とか市民会館に着いた。

瑛太とクマやんは、大ホールの搬入口に立って確認作業を進めていた。万世太鼓のメンバーらが、大小さまざまな太鼓を会場に運び入れている。

「この台、どこに移動させるの？」

「それは美和……じゃなかった、ココさんに聞いて」

菜々子は作業の合間にメンバーの体調をチェックする。瑛太の血糖値も含めて、今のところ何の問題もなかった。メンバーの意識はいまも戻っていない。ここに美和がいないという事実に、誰もがまだなじめず、心を痛めているようだった。

菜々子は瑛太を呼び寄せた。インスリン注射などの必需品を点検し、曲と注射時刻のタイミングを再確認する。傍《かたわ》らでクマやんは、メンバーの出番表に目を落としていた。

「舞台上では、アドリブもよろしくね」

最後に菜々子は瑛太に念を押し、磨《みが》き上げられた竹筒《たけづつ》を渡した。

「おっ、篠笛のサプライズ演奏があるの？　予定表には見当たらないけど」

「まあね、お楽しみは色々ある方がいいでしょ」

十日前から準備を始めた奥の手の企画だ。稽古も重ねており、瑛太はすべてを心得たと言わんばかりに顎を引く。

開場時刻を迎えた。入場者の出足は鈍いようで、大ホールの席はなかなか埋まらない。夏まつりのイベントに客足を奪われてしまった格好だ。

「まずいなあ」

クマやんは眉間にしわを寄せ、舞台袖から会場を見回した。舞台係の円山さんと音響の泉さんを呼んで、何やら話し込む。

待ちに待ったオープニングの時が迫ってきた。幕の下りたステージの中央にメンバーが集結する。

白足袋《たび》の爪先をそろえ、藍《あい》色の股引《ももひき》に深紅の法被《はっぴ》。背中には黄金の文字で万世と刺繡されていた。普段の稽古着とは違い、まさに晴れ姿だ。皆、体調に問題はなさそうだった。だが、初めての大舞台を前にガチガチに緊張しているのを感じる。

瑛太の指示で、全員が目を閉じた。気持ちを集中させるための儀式だ。

「みんな、水を一杯飲んで」

儀式の終了後、菜々子は紙コップに入れた水を配る。脱水予防のために。ささいなことでも習慣化の効果は大きい。メンバー全員が当然のように進んで紙コップを手にした。

「ただ今より、『玉手市青少年教育文化プログラム・万世太鼓見参！』を開演いたします――」

アナウンスとともに幕が上がる。

暗い舞台にぱっと光が射した。曲目は『飛翔《ひしょう》』だ。

ドン、カッ、ドドカッ、ドンドコ、ドンドコ、ドコンコ、ドンドン。

附締太鼓と小太鼓、大太鼓と全員によるきびきびとした華やかな演奏が始まった。

音もよく出ているし、複雑なリズムも合っている。菜々子の目から見ても、このひと月余りの進歩は本当にすごい。メンバーの全員が一打ごとに落ち着きを取り戻し、自信がみなぎるのを感じた。出だしはあえて難しい曲にする――美和がそう話していたのを思い出す。

ただ、オープニング曲が始まった瞬間、ステージの空気がふわりと揺れ、サワサワとした風が吹いたように感じた。

一曲目が終わり、舞台が暗転する。幕は下ろされないまま、出演者たちが整然と太鼓を移動させる。右に左にと動くのに、ぶつかる様子はない。そのさまは、「集団行動」という競技のように見事だ。

だが、見とれている場合ではなかった。菜々子は舞台袖でメンバーを待ち構え、次々に診察する。タバさんの脈や呼吸は正常、タカさんの血圧も問題なし。ニヨさんの左足は痛む様子もない。瑛太の血糖値も大丈夫だ。この滑り出しならば、なんとか行けそうだ。

二曲目の『綾《あや》』が始まる。軽やかな曲だ。続いて幻想的な『ひびき』、重厚な『光輝』と続いた。

「客入り、八割超えだよ」

クマやんが小走りでやって来て、興奮ぎみに言う。客席を見ると、雰囲気はガラリと変わっていた。それまでスカスカだった席が埋まっていた。

プログラムが進む。菜々子は曲が変わるたびに、打ち手でないメンバーの体調チェックを繰り返した。特に瑛太に関しては、血糖値の変動を予想しつつ、インスリンの投与量を検討する。

前半最後の曲、『絆《きずな》』の演奏が終わり、休憩に入った。

クマやんがニコニコした表情でメンバーのもとへやって来た。

「おかげさまで、満員御礼です」

すかさずニヨさんが手を出した。

「ご祝儀袋、ごっちゃんです」

ココさんが「何言ってんのよ」とニヨさんの手を叩く。

「それにしても熊田さん、お客が急に増えましたね」

クマやんがニヤニヤしている。何かを言いたくてうずうずしているときの表情だ。

「実は集客のために、ちょっとした仕掛けをしました」

案の定、だ。メンバーたちはきょとんとした顔でクマやんを見つめる。

「どんな仕掛け？」

タカさんがじれったそうに尋ねた。

「一曲目は、大ホールのすべての出入り口、それに舞台裏の機材搬入口、会館のエントランスを開け放した状態で演奏していただきました」

メンバーがどよめいた。

「騒音まき散らしたってこと？」

「バカ、宣伝だよ、宣伝」

会場の外に漏れ出た和太鼓の楽しげな音に誘われて、大勢の市民が大ホールに集まって来たというのだ。

「なるほど、わざと音を漏れさせたのね」

オープニングの際、ステージに風が吹いた感覚を思い返し、菜々子は納得する。

そのとき瑛太がクマやんに歩み寄り、何かをささやいた。

「すみません熊田さん、折り入ってお願いが……」

しばらく瑛太の話を聞いていたクマやんは、「分かった。絶対に届けます」と、大きくうなずいた。


二回目のベルが鳴った。ステージの後半が始まる。

観客が席につくと、照明が一気に落とされた。舞台袖から見えていた客席は暗闇に沈み、一瞬、自分がどこにいるのか分からなくなる。

その闇の中、客席の最後列から細く高い音色《ねいろ》が流れてきた。ピンスポットに照らし出されたのは拍子木を打つ瑛太だ。徐々に照明が上がり、後方の出入り口からメンバーが続々と入場してくる。拍子木にチャッパが続き、まといの舞いと附締太鼓が明るい雰囲気を盛り上げる。残る面々は手にした鈴を小さく鳴らし、ゆっくりと舞台へ向かう。ステージの上で初めての全員集合だ。

「皆様、ご来場ありがとうございます。私たち万世太鼓のメンバーはみな、慢性の病気と闘いながら太鼓を打ってます。モットーは、『打たねば鳴らぬ、何事も』。稽古して、上手になって、元気になれるよう頑張っています。どうか今日は楽しんでいってください」

タカさんの挨拶に、あたたかな拍手が広がった。

第二部最初の曲は『竜神《りゅうじん》』だ。男性メンバーだけが舞台に残り、大太鼓を中心に編成を組む。空いっぱいに竜が舞う雄大さを存分に感じさせる演奏だった。

次に女性だけの打ち手による『夢はるか』が始まった。エリもそろいの衣装に身を包み、一心に小太鼓を打つ。メンバーの中でもとび抜けて若い。なのに、ずっと一緒に稽古を積んできたかのようにしっくりと合っている。曲が終わった瞬間、観客の拍手がいっそう熱を帯びて感じられた。

背後から大きな足音が近づいてきた。ゼンさんだ。

「たっ、たっ、こっ」

息切れして、何を言っているか分からないが、ものすごい形相で手を振り回していた。

「た、た、倒れてる！　ココさんがっ。トイレッ」

緊急事態は起きた——それも舞台の外で。すぐに菜々子は駆け出す。ココさんが出演者用トイレの前でうずくまっているのを見つけた。

「ココさんっ、胸が痛むのね？」

額に脂汗を浮かべ、歯を食いしばったままうなずく。

「ニトロは？」

ココさんは何も答えなかった。菜々子は「ちょっとごめん」と言いつつ、法被の懐《ふところ》を探る。小さな布袋が手に当たった。引っ張り出して開ける。やはりニトロの舌《ぜっ》下錠《かじょう》だ。

「口を開けて」

銀色の包みから一錠取り出し、ココさんの口の中に入れた。一分もしないうちに、彼女の表情は和らいだ。

「いつもより、バチを持つ手に力が入ったのかな」

ココさんはペロッと舌を出す。

本番の緊張で運動量が増したために、狭心症発作が起きてしまったようだ。それにしても、ゼンさんのお手柄だ。ゼンさんが何度もトイレに行ったから、大事に至る前にココさんを発見できたのだ。

終盤の見せ場である『海鳴り』が始まった。長胴太鼓をずらりと並べ、男性メンバーが力業《ちからわざ》を見せる勇壮な曲だ。

瑛太が長胴太鼓の前で腕を伸ばした構えを見せたとき、そのバチが小刻みに震えるのが見えた。続いて瑛太が一打、太鼓を叩く。いつもの音とは微妙に違う。

菜々子は直感した。瑛太は低血糖を起こしている。

直ちに菜々子は、長胴太鼓の前で打番を待つニヨさんに合図を送った。うなずいたニヨさんは、傍らのタカさんと静かに立ち上がり、ともに篠笛を構えて瑛太のもとへ歩み寄った。それをきっかけに、瑛太もバチを置く。代わりに帯から竹筒を取り出し、口元に当てた——本来の曲にはない演出だ。

新しい演奏風景に、会場から静かな拍手が広がった。

「篠笛のアドリブ演奏か」

「まるでジャズみたい」

会場スタッフの間からそんなささやき声が聞こえる。

やがて、トリオによる演奏が終わった。瑛太が再びバチに持ち替え、元の曲『海鳴り』の演奏に戻る。

海が荒々しく吠《ほ》えるさまが長胴太鼓の連打で表現された。小さく、大きく、体を震わす音が波のうねりを思わせる。直前に静かな笛の音を耳にしたせいか、低音の振動をより強く感じた。

演奏が終わり、舞台袖で瑛太を迎える。

「作戦成功、よかったね！」

菜々子は瑛太に小さくガッツポーズをする。

「危ないところでした。秘密兵器に感謝です」

そう言って瑛太は、アドリブ演奏で用いた道具を菜々子に差し出す。

傍らで見ていたクマやんが、怪訝そうな顔をした。

「それ、篠笛だと思ってたけど、違うよね」

クマやんの観察眼に少し驚く。

「鋭いね。実は万が一のために作ったフェイク笛よ」

「へ？」

クマやんが首を傾げる。

「篠笛に似せた竹筒よ。中にブドウ糖のゼリーを入れておいたのよ」

クマやんの目がぱっと輝いた。

「あのアドリブ演奏のとき、瑛太さんは低血糖だったのか」

瑛太がうなずいた。

「舞台で緊張していると自分でも分からなくて。菜々子先生が気づいてくれて、ニヨさんに合図を送って……」

菜々子が続きを引き取る。

「ニヨさんとタカさんが篠笛を構えてそばに来たら、それは低血糖になっているよ——という警告のサイン。瑛太さんにはアドリブ演奏するふりをして、筒に仕込んだゼリーを食べてもらったの」

クマやんは「なるほど」とうなった。

「実際はふたりの演奏だったのか。三人の笛がぴったり合っているのかと思った」

うまくいって本当によかった。アドリブ演奏が自然に見えて、そして瑛太の低血糖が回復して。

プログラム最後の曲になった。曲目は、和太鼓の古典曲のひとつである『三宅島神《みやけじまかみ》着木《つきき》遣《やり》太鼓』、通称『三宅』だ。

一ヵ月以上にわたって稽古に付き合った菜々子にとって、『三宅』は特に心に残る曲だった。

「これは、三宅島の古曲なの。山の噴火や嵐、大波で離ればなれになった家族に、無事を知らせるかのような響きがいいのよ……」

瑛太がソロを務める演奏を聞きながら、美和がそう話してくれたのを思い出す。

男性による木遣唄が悲しげに響き渡った。歌が終わると、打ち込み太鼓が始まる。

『三宅』の基本リズムとも呼ばれており、稽古中にメンバーがいつも口ずさんでいた。何度も何度も繰り返し聞いた呪文のような基本リズムが、菜々子の口からも自然に漏れ出てくる。

ドンックドンック、ドンドンック、ドンックドンックドンドン、ステッコテンテン、ステテコテンテン。

総勢五人の演目だが、腰を下げ、横打ちで行うため非常に体力を消耗する。エリだけでなく、皆、汗だくだ。瑛太の血糖値は大丈夫だろうか、ニヨさんの脱水は、タバさんの呼吸は——知らぬ間に菜々子は拳《こぶし》を握り締めている。

ソロのリズムが勇猛に分け入ってきた。瑛太の演奏が大ホール全体に響く。これまでにない気迫に満ちた音だ。その音の振動に身を任せているうちに、菜々子には病院のベッドで寝ている美和の姿が思い出された。

同時に、不思議な感覚があった。太鼓の音のひだから、瑛太の声が聞こえてくるような気がしたのだ。

美和、この音が聞こえるか。美和、この音が聞こえるか――と。

『三宅』が終わった瞬間、大ホールには割れんばかりの拍手がこだました。菜々子も舞台袖から大きな拍手を送る。

アンコールを求める声と拍手が続く。それを眺めているときに、蝶《ちょう》がひらひらと迷い込んできた。ふと舞台の風を感じる。オープニングと同じ、空気の揺れだった。

菜々子の胸元でスマホが振動した。兄からの電話だ。

「太鼓の騒音がとんでもないぞ。入院患者から苦情が殺到してる。一度目は抑えたけど、もう二度目は限界だ」

「二度目？　兄貴、何言ってんの？」

菜々子はスマホを耳に当てたまま、クマやんを捜した。歩きながら、舞台袖から下手裏に直結する搬入口が再び全面開放されているのを発見する。舞台袖で風を感じた理由はこれだった。

「原因が分かったよ。クマやんに確認してみる」

この大型ドアが開け放されていれば、騒音の苦情が出ても不思議ではない。いったい誰がこんなことを……。

そのとき電話口の向こうで兄が叫んだ。

「なんだと？　本当か！」

菜々子に対してではなく、病院スタッフの誰かと話しているようだ。

「菜々子、すぐに来い」

兄はそう言っただけで、いきなり電話を切った。何か異変が起きたようだ。まさか、美和の身に……。不安を押し殺しながら、菜々子は病院へ向かった。

葉村病院の玄関を駆け抜け、ナースステーションをのぞく。菜々子の顔を見た師長が、満面の笑みを浮かべた。

「目を覚ましましたよ」

誰のことか、尋ねなくても分かった。菜々子は信じられない思いで美和の病室へ急ぐ。

ベッドの上で、美和は静かに眼を開けていた。菜々子と目が合うと、ゆっくりとほほ笑んだ。思いがけない事態に、菜々子はその場に座り込んでしまいそうだった。

大急ぎでクマやんに電話する。今すぐ瑛太とエリを連れて病院に来るよう求めた。間もなく騒がしい足音とともにメンバーたちがやって来た。師長が頭を抱える。

「また騒々しい人たちが……。これ以上、苦情が来たら困るんですけど」

兄の指示で、美和をベッドごと旧検査室へ移動させた。かつて古いレントゲン装置が置かれていた部屋で、ぶ厚い鉄のドアがある。ここなら多少騒いでも問題はなさそうだ。

「美和、分かるか？　おい、俺だ、俺だよ」

「お母さん、お母さん」

瑛太もエリも、懸命に声をかけ続ける。聞こえているのか、後遺症はどうなのか。

菜々子も美和の第一声を、固唾《かたず》を飲んで待つ。

「さっき三宅が聞こえたよ……うるさくて目が覚めちゃった」

美和は大丈夫だった。声も意識もしっかりしている。

「美和、聞こえたのか！」

「お母さん、公演だったんだよ」

「美和、分かるのか、今日は、公演の日だっ」

立て続けに瑛太とエリが声をかける。美和は、不思議そうな表情になった。

「私のパートは？」

「エリだ。エリが……」

瑛太の顔がくしゃくしゃになっている。

「私が叩いたんだよ。お母さん、聞こえた？」

エリの表情は喜びでいっぱいだった。

「うん、ちゃんと。ドンツク、ドンツク、聞こえたよ」

「お母さん！」

「美和！」

エリと瑛太が美和の手を握った。

美和に『三宅』を聞かせることに瑛太は賭《か》けた。離ればなれの家族に、無事を知らせる響き。だからもう一度だけ搬入口を開けてほしいとクマやんに頼んだのだ。

瑛太はクマやんを振り返った。

「熊田さん、ありがとうございました」

島の古曲に込めた思いは、きちんと美和に届いた。まさに、その音で彼女は一週間ぶりに眼を覚ましたのだから。

「ドン、カッ、ドドカッ」

メンバーのひとりが、口で演奏を始める。

「ドンドコ、ドンドコ、ドコンコ、ドンドン」

他のメンバーも、次々に自分のパートを口ずさみはじめた。またもや公演が始まったかのようだ。エリも楽しそうに口ずさんでいる。

美和の細くなった目じりから、涙が幾筋も流れた。


美和が退院したのは、八月に入って間もなくだった。瑛太に介助されて杖をついた美和が、ゆっくりと病院の玄関にたどり着く。目の前には抜けるような青空が広がっている。

「菜々子先生、本当にお世話になりました」

美和と瑛太がこの日、何度目かの礼を述べた。

「母を治していただいて、すごく感謝しています」

少し大人びた口調のエリが、ぴょこんと頭を下げる。瑛太は愛《いと》おしそうに美和の顔をのぞき込んだ。

「店も早く再開しないとな。夏休み最後でツーリング客がわんさか来てるんだ」

菜々子は瑛太をちょっとにらむ。

「安静もお忘れなく。瑛太さん、美和さんに無理は禁物ですからね。定期的に検査もして、ゆっくりゆっくり、やっていきましょうね」

美和はしっかりとうなずいた。

「がんばります」

続いて、美和はふと思い出したように語り始めた。

「店の常連客で、バイクで事故って脳障害になった娘《こ》がいたんです。でも、リハビリの途中で自殺しちゃって。まだ二十四歳だったんですよ。バイク仲間の話だと、主治医との関係がうまくいかなかったとか。ああ、確かあの病院も権医会だった……」

「えっ、いつ……」

菜々子は耳を疑った。こんな偶然があるのだろうか。

「そろそろ三年くらい経つわね」

沈んでいた記憶がいきなり眼前に迫る。間違いない。バイク事故で権医会中央病院に入院して、自殺した二十四歳の女性――。

「なんだお前、梨花のこと言ってんのか」

美和は真剣な表情で瑛太の問いかけにうなずく。

「でもあたしは、家族がいる。菜々子先生もいる。梨花ちゃんにはならないよ」

三人は車に乗り込む直前、見送りの病院スタッフにていねいに頭を下げた。美和たちを乗せた車は病院の門を出て曲がり、見えなくなる。スタッフは次々と院内に戻る。だが菜々子はその場に残り、車の去った方を見つめたまま動けなかった。

誰かに届けるための音――公演で聞いた和太鼓の音に、菜々子は思いをはせる。

自分の言葉は、やはり梨花に届かなかったのだろうか。

菜々子は、梨花の墓参に行こうと思った。もう一度手を合わせて、今度こそ自分の心を届けたい。

雲のない空に、吸い込まれてしまいそうだ。痛いほどの日差しはいつまで続くのか。

見上げていると、誰かに背後から肩を叩かれた。兄だった。

「1型糖尿病の見立ては良かったな。それにヘルペス脳炎の診断と治療、見直したよ。これからも頼むな」

菜々子は最初、何を言われたのかと戸惑った。急ぎ足で院内に戻る兄の背中を見ながら、じんわりとあたたかな気持ちに包まれる。兄に褒《ほ》められるなんて、今までに一度もなかった。

ひぐらしの声が切なげに降りそそぐ。ステージ・ドクターの仕事を始めて、二度目の夏が過ぎようとしていた。

第六話　風呂出《い》で　詩へ寝る

八月上旬の猛暑日だった。菜々子は国分寺《こくぶんじ》にある梨花の家へ向かっていた。国分寺駅の南、殿ヶ谷戸《とのやと》庭園の先に高台が広がる。その一角でとりわけ手入れの行き届いた生垣に囲まれた住宅が、梨花の家だ。

和太鼓の公演が終わり、美和の退院を見送ったあとの静かな時間を過ごしているうちに、菜々子はじっとしていられなくなった。

天然木の表札は、家族三人の名前が行書体で石彫りされて白く染められている。インターフォンの下に貼られた「アフリカの子供たちにぬいぐるみを」というプレートは、三年前に初めてこの家を訪れたときより大きなものになっていた。

呼び出しボタンに指をかけたところで、会うべき人の姿を庭先に見つけた。梨花の母、影浦祥子《しょうこ》だ。彼女は菜々子を見ると、「ヒッ」という声を出した。

娘の三度目の命日を目前に控えて、祥子はひどく痩せて見える。

「お線香を上げさせてもらえませんでしょうか」

祥子は口に手を当てたまま、声が聞こえなかったように返事をしなかった。

菜々子もそれ以上は言葉を継げず、ただ胸に抱いた供花の陰で手のひらに爪を立てて待つ。かつて梨花の担当医として対峙《たいじ》したときより、祥子の表情はさらに硬さを増していた。

患者だった梨花は、もういない。子を亡くした親にとって、医者の顔など見たくないものだろう。そのことは何度も考えた。担当医が自宅を訪ねるなんて、わざわざ悲しませに行くようなものではないか、嫌な思いをさせる必要があるのか——と。一方で、このままにしておいてはいけない、という思いが積もっていた。心の奥で錆《さ》びついたシーソーは、梨花の死から三年が経とうという今、ほんの一ミリだけ「そのままにしておきたくない」という方に傾いたのだ。

「せめて……」

菜々子は両手で花を差し出した。

「お帰りください」

祥子は後ずさりしながら唇を噛んだ。菜々子はどうしていいのか分からず、足がすくむ。頭がじんとしびれるようだった。だが、ここで引き下がってしまえば、もう二度とシーソーを動かすことはできなくなる。

「元担当医としましても、大変辛く思っています。でも、いっしょに、少しでも乗り越えられればと……」

祥子がキッとした目で菜々子を見た。

「どこまで私たちを苦しめるんですかっ。いっしょに乗り越えろだなんて。あなたが娘に無理なことを言わなければ……」

祥子は声を詰まらせた。背後から梨花の父親も姿を現した。

「葉村先生には過去のことでも、私たちにはそうではないんです。とにかく帰ってやってくれませんか」

有無を言わさぬ口調だった。

どこをどう歩いたのか、よく覚えていない。

立川で電車を乗り継いで玉手駅で下車したとき、自分がまだ供花を持っていることに気づいた。家に持ち帰る気にはなれない。

駅前からほど近い場所にある「まいまいず井戸」へ向かう。地面をすり鉢状に掘り下げて地下水を汲《く》んだ地元の旧跡だ。井戸に隣接する神社の境内《けいだい》を進み、赤い衣をまとった六地蔵《ろくじぞう》の前に立つ。菜々子はそっと花束を手向《たむ》けた。いぶかしげな視線を向けてくる通行人を無視し、古社の拝殿に座る。土臭い匂いにむせながら、ぼんやりと空を眺めた。祥子の声が、耳の奥でこだまする。

三年前の五月、梨花はバイク事故で権医会中央病院に運び込まれた。頭蓋《ずがい》内に溜《た》まった血液を取り除く手術を受け、病棟を移って本格的なリハビリテーションに取り組んだ。その時期に内科の診療を担当したのが菜々子だった。どの医師よりも深く梨花の治療と生活にコミットした。

「梨花ちゃん、あせらずにね」

「梨花ちゃん、一歩ずついこう」

患者にとって、決して「楽しい」ものではない機能回復訓練へ臨む梨花を、菜々子はそう言って送り出した。

「頑張れ」という声がけは、患者の心に重荷を負わせてしまいやすい。すでに精一杯頑張っているのに、これ以上、どう頑張ればいいのか――と。菜々子は、疲労困憊《こんぱい》の末に病室へ戻ってきた梨花に対して「よくやったね」とねぎらった。そんなとき梨花は、涼やかなほほ笑みを見せてくれたものだ。

梨花の後遺症は回復が難しく、なかなか歩けるようにならなかった。

「少しもよくなってないじゃないか！」

梨花の病室で怒鳴り声を上げたのは、バイク事故を起こした張本人の謙二だった。

梨花がベッドでひとり泣いている姿を看護師がたびたび目撃するようになった。入院から三ヵ月が経過したある日。弱音《よわね》を吐く梨花に菜々子はあえて、「絶対によくなる。だから、あきらめないでリハビリを続けよう」と励ました。力なくうなだれる梨花の目を見据えて、「絶対によくなる」——そう三度繰り返した。同室の患者が、退院を前に家族と楽しげな会話を交わしているときだった。

それから間もなくだった。梨花は自殺した。

院内で調査委員会が設けられ、自殺に至る経緯が調べられた。梨花の両親には民事訴訟を起こされ、押しつぶされそうな日々が長く続いた。そして、何回目かの口頭弁論で聞かされた梨花のメッセージは——。

「お母さん、絶対なんて、嘘だった。お母さん、ありがとう。さようなら」

メッセージを聞いた菜々子は、梨花を追い詰めたのは自分だと確信した。

あの日以来、梨花の声が何度もよみがえるようになった。その年の年度末をもって、菜々子は辞表を出した。病院も強くは引き止めず、菜々子は実家に戻った。あの年の春は満開の桜を見ても、心が浮き立つことはなかった。

目の前で子供たちが駆け足で境内を駆け抜けて行く。拝殿を風が吹き抜け、地蔵尊の前に置いた花束の包みを鳴らした。中からのぞいた白百合《しらゆり》の花が、嫌々をするように揺れる。立ち上がる気力が出ない。自分は取り返しのつかないことを言った――。

菜々子は目を閉じ、両手で顔を覆《おお》った。

九月に入ったばかりの日曜日だった。菜々子は昼過ぎに玉手市民会館へ向かう。クマやんに市民合唱団が練習するのを見に来てほしいと言われたのだ。もちろん医療支援《サポート》の検討という含みがあるのは分かっていた。

その合唱団とは、「たまて市民『第九《だいく》』をうたう会」。ベートーベン作曲の交響曲第九番の演奏会を開いている市民グループだ。会には第九を歌いたいという人なら誰でも参加できる。十五年前から例年七月下旬に結団式を行い、八月から毎週末に、練習を続けている。今年の公演は、十二月二十二日で、本番に向けて順調に練習が進んでいるとのことだ。

「菜々子、こっちこっち」

まだ強い日差しの残るなか、クマやんは会館の外で待っていた。普段より張り切っている様子だ。

「まずは見学してもらってからにしよう。詳しくはそれから話すよ」

クマやんがそっと練習会場の扉を開けた。

突然、声があふれ出て、大音量に包まれる。

「すごい」

百人を超える人たちの声は、思った以上に迫力があった。クマやんは嬉しそうな目をして、「驚いただろう」と口の動きだけで言う。菜々子はクマやんとともに、最後部の壁の前に座った。

「リズムが違う！　リズムがっ」

前方からダメ出しの声が上がる。

「音程に注意して！　耳をすましながら」

指導しているのは五十歳くらいの男性で、髪はベートーベンのように波打っていた。

「ソプラノ、やめやめ。もっと高いところから声を出す！」

容赦のない調子だが、団員たちが気に病む様子はない。その訳はすぐに分かった。

「今の歌い方は、鶏《にわとり》が首を絞められてるみたいだ。じゃなくて、蛇《へび》がニョロニョローっと天に昇るように」

指導は厳しいだけでなく、ひどくユーモラスなのだ。しかも笑顔になると、急に人懐っこさを増す。

「彼が合唱指導者の丹羽竜也《にわたつや》先生だよ」

クマやんがささやく。渡された資料を見ると、丹羽は東京芸大の声楽科出身で、若い頃に海外で数多くの賞を受けている。現在はアマチュア指導に専念——と書かれていた。

「フランクフルトを拠点に活躍してたオペラ歌手だけど、二年前に帰国された。『ビールしかない国に飽き飽きしたから』だって。先生、冗談ばっかりなんだよ」

丹羽は指導のために場内を歩き回る。菜々子の前も通り過ぎた。香水が強い。これもヨーロッパ仕込みなのか。ときどき体が大きく揺れ、バランスを崩しそうになる。指導に熱が入りすぎて、足元に注意が及ばないようだ。

休憩時間になった。菜々子はクマやんに、たまて第九の会の団長を紹介される。団長は菜々子に会うなり、拝むように両手を合わせた。

「葉村先生、お忙しいところありがとうございます。団長の松崎幸正《まつざきゆきまさ》です。実は厄介な問題を抱えておりまして、大変助かりますよ」

菜々子は、拝まれるほどの難題があるのかと身構える。

「厄介なというのは……」

松崎団長は薄い頭を何度もなでた。

「実はその、高齢化問題なんです」

「高齢化、ですか？」

「はい。実は僕も七十五歳になるんですけれどね。合唱団の平均年齢が徐々に上がって、今や七十歳を超えてしまいました」

「そこまで……気づきませんでした」

豊かで若々しい声に心を奪われていたせいだろうか。松崎団長も、「目をつぶって歌声を聴けば、分からないでしょうがね」と頬をゆるめる。だが、すぐに真面目な表情に戻った。

「今年は結団式の直後に、脳梗塞と肺炎で二人がリタイアしました。テノールとバスです。ほかにも練習中に体調が悪くなったり、倒れたりする団員もいて……。倒れると言えば、去年は本番中に、ひな壇を踏み外して転倒し、手足を骨折した女性団員がいました。彼女はソプラノだったな。トラブルの数はそれほど多くありませんが、心配した家族が参加をやめさせてしまう。すると、連鎖的に他の団員まで不安になって退会していくんです」

「その団員の減少がまた大問題で……」

クマやんが口を添える。市から会場の提供と多少の補助金は受けているが、基本的には自主的なサークル活動だ。合唱指導者と、公演当日の指揮者やソリスト、オーケストラへの謝礼は会費でまかなうから、団員の減少は会の存続をも左右しかねないのだという。

「団員は玉手市民だけでなく、市民の紹介があれば近隣市の居住者でも構わないとしているのですが、総数がじりじり減っている現状があって。早急に何か対策を取らなければと思っていたところでした」

「第九の会のメンバーは現状で百二十人。本番はオーケストラの八十人もサポートしてもらうことになる。でも、オケは若手奏者がメインだから、サポートする負担はそんなに大きくはない……」

クマやんがいつになく小声になった。

つまり、十二月の「第九」演奏会で出演するのは、オーケストラも含めて約二百人。そのうち、平均年齢七十歳超の歌い手たち百二十人がひな壇に立つ。万が一に備えて医師が近くにいれば、団員に大きな安心感をもたらし、活動の継続率も高まる――ということだ。

「いかがでしょう?」

団長に問われ、菜々子は即答した。

「前向きに検討します」

「菜々子にしては珍しいな。サンキュ」

クマやんの顔は緊張が一気にほぐれた。

実は、第九の練習会場に足を踏み入れてすぐのことだ。「歓喜の歌」のハーモニーに身をゆだねる心地よさを感じて、すっかり引き受ける気持ちになっていた。菜々子自身が高校時代に経験した合唱祭の感動も思い出された。皆で気持ちをひとつにしたあの頃の喜びがよみがえり、久しぶりに第九を聴きながら年末を過ごすのもいいと思ったのだ。

「せんせーい！」

練習時間が終わった直後だった。遠くから菜々子に手を振る女性がいた。和太鼓公演のリーダーだった美和の娘で、中学二年のエリだった。

「エリちゃんも参加していたのね」

「うん。先生も歌うの？」

菜々子は苦笑する。

「仕事だよ、仕事。エリちゃんはすごいね。軽音に和太鼓、それに第九かあ」

「先月、大切な友だちのお母さんといっしょに入会したばっかりなんだ」

「そうなの。お友だちは？」

「天国にいるリカネエ……」

まさかと思ったとき、見知った女性の後ろ姿を認めた。梨花の母、祥子だ。菜々子のみぞおちがきゅっと痛む。

「あ、影浦さん……」

菜々子は小さな声を上げた。エリがすぐに気づいた。

「先生、祥子おばさんを知ってるんだね！　リカネエのお母さんだよ。今、呼んできてあげる」

エリの「大切な友だち」であるリカネエは、やはり梨花だった。美和が言った通り、梨花は生前、美和やエリたちと深い親交があったようだ。

梨花の実家は国分寺だから、ここに祥子がいるとは想像もしなかった。たまて第九の会は、市民の紹介があれば市外からでも参加できる――という説明を団長から受けたのを思い出す。

「ありがとう、エリちゃん。梨花さんのお母さん、お元気そうでよかった。私の方からご挨拶しに行くね」

少しでも話をしてもらえるきっかけがつかめれば──そんな思いで祥子のもとへ向かおうとしたときだ。背後で大きな物音がした。振り返ると、女性がフロアで倒れている。

菜々子は女性に駆け寄った。年齢は六十代後半か。両手両足をガクガクと激しく屈伸している──痙攣だ。

周囲の人が必死で抑えつけ、口にタオルを入れようとした。

「無理に動きを止めないでっ」

痙攣発作で怖い問題のひとつは、倒れたときの頭部打撲や、筋肉の激しい収縮による骨折といった外傷を伴いやすいことだった。特に痙攣発作が起きているときに抑えつけると、体に強い力を加えたのと同じこととなって骨折させかねない。安全な体勢のままそっと見守るのが一番いい。

彼女の胸元で、天海《あまみ》圭子《けいこ》と書かれた名札が激しく揺れていた。開眼して左上を凝視し、意識がない。だが脈や体温は正常、唇の色も悪くない。

間もなく彼女の痙攣は治まった。近くにいた団員によると、発作の直前、彼女はしゃがみ込んだという。菜々子はてんかん発作による痙攣を疑った。意識を失っている圭子の名札を裏返す。

ようだ。

「なるほど」

緊急連絡先と病名が書かれた紙が入っていた。これまでも意識を失う発作があった

しばらくして圭子は意識を取り戻した。

「あれ？　私、また起こした？」

菜々子は圭子に顔を近づけた。

「天海さん、分かりますか？　私は医者です。安心してくださいね」

圭子はホッとした表情になる。

「痛いところはありませんか？」

彼女は首を左右に振った。それから菜々子の質問にひとつひとつ答えていく。薬の飲み忘れがたまにあったこと、このところ睡眠不足だったこと、今日は練習中に水分を取らなかったこと、などなど。いずれも発作のきっかけとなりうることばかりだ。

ここから葉村病院までは徒歩数分の距離だが、大事をとって圭子を車で送ることにした。迎えの車はゆっくりと走り出し、練習帰りの人々を追い越してゆく。そのとき一瞬だが、ひとりの女性の姿が浮かび上がって見えた。それは間違いなく、車内の菜々子を凝視する祥子だった。

処置室で点滴をしている間に、圭子の顔色は随分よくなった。血液検査の結果にも大きな異常はない。飲み薬を切らしているとのことで、かかりつけの病院に行くまでの日数分、抗てんかん薬を処方する。

日曜日の夕暮れどき、院内はひっそりと静まりかえっている。圭子が帰ったあと、兄が診察室に入ってきた。

「また市民会館の仕事か？」

菜々子は表情を変えずに「そう」と短く答える。これまで兄は、常々その仕事から手を引けと言っていた。知らない患者の急変を引き受ければ、誤診や治療ミスを起こすリスクが高まる。万が一の場合は葉村病院の信用に傷がつくからという理由だ。病院を守る責任のある兄にとって、病院の信用を守ることが第一だというのは分かる。けれど、リスクのある患者こそ、医師が救うべき患者ではないのか。目の前に自分を求めてくる人がいるのなら、それに応じたい。その気持ちを抑えるなんて、自分にはできない。

もし今、自分が犬だったら間違いなく威嚇《いかく》のうなり声を立てている。熱くなりすぎているのか——そんな自問をしながらも菜々子は兄をにらんだ。兄は患者用の診察椅子に腰を下し、菜々子に笑顔を向けてきた。

「今度のミッションは何だ？」

拍子抜けするほど穏やかな調子だった。

菜々子はいぶかしく思いながらも、たまて第九の会のサポートを依頼されたことをていねいに説明する。

団員の平均年齢が七十歳を超えていること、今日の練習では女性団員がてんかん発作で倒れたこと、昨年の公演当日は手足骨折の転倒事故があったことも報告した。専門が整形外科の兄は、手足骨折のくだりで眉をぴくりと動かしたものの、最後まで黙って聞いてくれた。

「そうか。何かあったら俺も協力するから」

驚いた。兄の変わりようは気持ち悪いほどだ。

「どうしたの、兄貴？」

兄はニッと笑った。

「いやさ、簡単に言うと、経営が上向きなんだよ。ステージをサポートする医師がいる病院って評判がたったせいか、市外からも患者が増えていてね」

菜々子は肩の力が抜ける。兄は診察椅子をポンとたたき、「これも古くなったな。

新しいのに替えよう」と照れくさそうに笑った。

「菜々子、朝早くからごめん」

翌日の朝、外来診療が始まる直前にクマやんが姿を見せた。

「あら珍しい。お腹でも痛いの？」

クマやんは首を左右に振り、「こっちは問題なし」と、自分の腹を二、三回、叩いてみせる。

「あのさ、第九の会の松崎団長が、『医療支援は別の医者で頼めないか』って言い出したんだ。菜々子、何か心当たりはないか？」

「へっ？」

あんなに頼んできたのは団長の方だ。それを断ってくるのは、どういう訳か。こっちが知りたい。

「団員から、葉村菜々子という医者は信用できないという苦情が入ったらしい」

菜々子はピンときた。

「影浦さんかもしれない」

「それ、誰？」

クマやんが首を傾げる。

「以前、話をしたと思うけど、権医会中央病院で自殺した患者のお母さん」

菜々子は約一ヵ月前に梨花の家を訪問し、祥子に拒絶されたことをクマやんに話した。

「それなら、ありうるかもな」

クマやんは、眉間に深い皺を寄せた。

「クマやん、私はどっちでもいいよ。第九を楽しみにしていたのは確かだけど」

クレームをつけた団員が祥子かどうかは分からない。だが自分の存在が誰かを苦しめるのなら、姿を見せない方がいい。

「厄介なことになったな。昨日のてんかん発作の直後は、葉村先生がいて助かった、これなら安心だって、みんな喜んでいたんだぜ。それに、仲介した教育委員会のメンツってのもあるからな」

クマやんは「困った、困った」とつぶやきながら診察室を出て行った。

診察室のドアが音を立てて閉まった。影浦邸を訪ねたとき、「どこまで私たちを苦しめるんですか」と言われた場面がフラッシュバックする。

自分はあの日、祥子に何を言いたかったのか。

くじけそうになっていた梨花を、心の底から励ましたくて「絶対よくなる」と言ってしまったこと。突然の梨花の死に自分も強いショックを受けたこと。病院を辞したものの、それで責任がなくなったとは思えず、これからどうするべきか今も悩んでいること。そしてこれからもずっと、梨花を大切に思い続けるだろうこと。

だがよく考えれば、自殺の原因を作った医師を患者の両親が簡単に受け入れるはずもない。まさか自分は、「先生もお気の毒ですね。先生のせいじゃありませんよ」などと慰めてもらえるとでも思っていたのだろうか。何て甘っちょろいのだろう。我ながら愚かしく、恥ずかしかった。

「先生、せ、ん、せ、い」

ふいに声が聞こえ、看護師に顔をのぞきこまれた。ハッと正気に返る。外来診療は始まっているのだ。あわてて問診の続きを進める。

「……ええと、頭痛はいつからでしたっけ」

看護師が、「先生、さっき尋ねたばかり。細川《ほそかわ》さん、先週の土曜日からですよね」と目の前の患者に確認するようにささやく。

「あ、ごめんなさい。じゃあ、検査予定は……」

「もうさっき、決めていただきました」

患者は怪訝そうな表情をした。

「先生、相当お疲れのようですね」

患者が哀れむような目で菜々子に声をかけ、診察室を出て行く。

「今日は先生、どうされたんですか」

看護師は、心配というより叱るような口調だった。月曜日の午前、一週間で最も忙しい診療時間なのに。診察に集中できないなんて、どうかしている。菜々子はさらに情けない気持ちになって頭を叩いた。


一団員から寄せられた「苦情」については、次回の練習後に開く役員会で取り扱いを協議する。そんなわけで、練習には引き続き参加していただきたい――。

クマやんを介して伝えられた松崎団長のオファーは、菜々子としてもありがたかった。いずれは祥子と話すための接点が作れるかもしれない。

その週末、二度目に訪れた練習会場で、菜々子は前回と同じく会場後方の壁ぎわに立った。ここは、ほとんどの団員から見えない、というか、見ようとしなければ目が向かない場所だ。けれど今日は勝手が違った。

さっきから、鋭い視線があちらこちらから飛んでくるのを感じる。

後方から首を伸ばし、祥子がいるはずの女声パートを目で追う。ソプラノからアルトへ、ひとりひとり。だが、祥子については視線どころか、姿さえみつからない。

そのときだ。合唱指導の丹羽が、一段高い台に飛び乗って叫んだ。

「ダメダメダメ！　何度注意したら分かるんだよ」

丹羽は顔を真っ赤にしている。合唱の出来が、よほど気にくわないのだろう。

「発声と発音が完全なマンネリに陥ってる。手を抜くんじゃないっ」

激しい怒声に、場内は静まり返る。

せき払いをしてから、丹羽が言い放った。

「どうやら諸君には、より厳しいタスクが必要なようだ。次回の練習から、本合唱団は暗譜《あんぷ》を原則とする。我々も高みを目指そう！　いいな」

メンバー全員がどよめく。宣言した丹羽は、まだ顔を紅潮させていた。

「大変なことになったな！」

「覚えられるかしら……」

ドイツ語の歌の部分は二十分、楽譜にして六十ページもあるという。

「原語の意味を理解すれば自然に覚えられる。理解もしないで歌おうとするな」

今日の丹羽はよくしゃべり、ものすごく張り切って見えた。早口で、ときどき何を指示しているのか聞き取りにくい。アマチュアの団員に暗譜を言い渡した意識の昂《たか》ぶりが治まらないようだ。

「いったん休憩を入れよう」

丹羽が松崎団長に声をかける。団長が手を三回打った。それが休憩の合図だった。

練習会場は、一気にざわめきを増した。

「初心者も暗譜って、ありえなーい」

白髪の女性が悲鳴に似た叫び声を発する。周囲も「そうよ、そうよ」と相槌《あいづち》を打つ。

「ドイツ語の歌詞なんて、この歳で全部は覚えきれんよ」

七十歳をゆうに過ぎたと見える男性が首を左右に振る。隣で同年配の男性が「暗証番号も忘れるってのに」と応じる。

「あたし、自信ないわあ。もう、やめちゃおうかしら」

「私もよお」

ザワザワとした雰囲気に、菜々子はしばし祥子を捜すことも忘れ、会場を眺めた。

「仕方ないなあ……」

白い髭《ひげ》の団員が、練習会場の後方に押しやられていたホワイトボードの前に立ち、フェルトペンで何かを書き始めた。背中を丸め、一心不乱に文字を連ねる。しばらくすると男性は振り返り、先ほど「ありえなーい」と叫んだ女性を手招きした。

「丹羽先生には内緒だよ」

男性は口の前に人差し指を立てる。女性は、狂喜の声を上げて男性に抱きついた。

「ありがとう！」

その声に、次々と人が集まり、ホワイトボードをのぞき込んだ。書かれていたのは、意味不明の単語のようなものだ。

〈風呂出《い》で　詩へ寝る　月輝《て》る　粉健《ふんけん》とホテル　会う末《すえ》　理事生む……〉

これが何の意味があるのだろうと思って眺めていると、誰かが小声でそれを読み出した。

「フロイデ　シェーネル　ゲッテル　フンケン　トホテル　アウスエ　リージウム」

節が付き、菜々子は突然気づく。

「語呂合わせですか！」

白髭の男性は、再び人差し指を立て、シーっと言いながら丹羽の様子をうかがうように前方を見た。丹羽はトイレにでも行ったのか、練習会場にいない。

「昔、国技館で第九演奏会が行われたことがありまして、そこに出た芸者衆のための暗記法だそうです」

　なるほどと思いながら続きを眺める。

〈台寝《だいね》　津会《つ》うベル　ビン出ん　微出《びで》る　バス出い　詣《もう》で　酒取《しゅ》れん　下駄《げた》いると
……〉

　小さく声に出して読んでみた。

「ダイネ　ツァウベル　ビンデン　ヴィーデル　ヴァス　ディー　モーデ　シュトゥレン　ゲタイルト……」

　語呂合わせの描く情景が思い浮かんできて、思わず頬がゆるむ。

　団員たちが次々にスマートフォンで撮影し始めた。

「原語のドイツ語を意識して覚えるのが基本だけど、まずは覚えないと始まらないからね。丹羽先生に見つかったら殺されるから、取り扱い注意だよ」

　ひとまず語呂合わせで暗記してしまおうというのは、医学部の勉強でもよくあった。たとえば全部で十二種類ある脳神経の名称を上から順に「嗅いで見る、動く車の三つの外《そと》、顔聴く喉の、迷う副舌《ぜつ》」と記憶するのは、多くの医学生が知る方法だ。正しくは、嗅神経、視神経、動眼神経、滑車《かっしゃ》神経、三叉《さんさ》神経、外転神経、顔面神経、聴神経、舌咽《ぜついん》神経、迷走神経、副神経、舌下神経となる。

それらの神経の作用や性質、関係する疾患の原因や症状、治療などについて覚える必要があるのだが、まずはすべての神経の名称を記憶していないと始まらない。大学六年間で習得しなくてはならない医学知識は膨大で、誰もがその情報量に圧倒されながら、さまざまな方法で知識の詰め込みに追われ……。

菜々子が医学生時代の語呂合わせを懐かしく思い出しているときだった。

「葉村さんっ」

鋭い声で我に返った。すぐそばに祥子が立っている。

「あっ、影浦さん」

菜々子はわざわざ声をかけてくれたことに驚き、笑いかけた。だが、祥子は硬い表情を崩さない。

「あなた、なぜ今日もここに？　団長から聞いてないんですかっ」

やはり苦情を入れたのは祥子だった。菜々子は祥子がそこまで自分に敵意を抱いていたということに衝撃を受けた。

そこへ団長の松崎がやってきた。若干の押し問答の末、松崎が祥子に告げた。

「ですからその件は、役員会で話し合います。もうちょっと待ってくださいな」

二人のやり取りに団員たちが聞き耳を立てていた。

「えっ、あの医者、人殺しなの？」

「そのせいでお嬢さんが……」

ヒソヒソ声が周囲から聞こえてくる。自分の方に何とも言えない鋭い視線が飛んできていた理由がこれであったかと、菜々子はそこで初めて合点がいった。祥子が吹聴《ふいちょう》していたのだ。

「さあ、後半の練習を再開しまーす」

松崎が大声を上げ、手を叩く。だが団員は落ち着かず、ザワザワとした声が静まらない。

「こんな人と一緒にいたくない……。娘はこの人のために……」

祥子が押し殺したような声を出している。小さな声ではあったが、周りの者を動揺させるには十分な激しさで。

「祥子さん、大丈夫？」

「こわーい」

興味深そうな表情を浮かべつつ、祥子と菜々子を見比べる団員の前で、菜々子はなすすべもなかった。松崎に肩を叩かれ、菜々子は部屋の外へ出る。

「申し訳ありません。葉村先生が悪い訳じゃないのですが、これでは練習になりませんので」

団長が菜々子に頭を下げた。菜々子はそのまま帰るしかなかった。

「菜々子先生、お客様です。第九の会の方とおっしゃってますが」

翌日の夕方、診察室に事務職員が顔を出した。苦情の件だろう。もう未練はない。

「ちょうど最後の患者さんの診察が終わったところ。お通しして」

思った通り松崎団長と、なんと丹羽もいる。

「丹羽先生もご一緒でしたか……」

音楽そのものの指導者が、合唱団のこうした些細《ささい》な、あえて言えばつまらない問題に関わるとは思わなかった。丹羽は気にするな、とでも言いたげに、右手を顔の前に上げる。今日も香水の匂いが強く漂った。

松崎が頭を下げた。

「葉村先生、お忙しい中に失礼します。それであの、例の件なのですが、昨晩の役員会で検討を重ねまして……」

松崎は膝の上の手に体重を乗せ、顔を近づける。

「端的に申しますと、メンバーの総意で運営している合唱団としては、団員の医療支援を行いたいとは考えますものの、その方針に対するクレームを放置するわけにもいかず……。実にその、苦渋の決断ではありますが、今回は、葉村先生への依頼を撤回させていただくことにいたしました」

松崎は深々と頭を下げた。想定内のことだった。菜々子は笑顔を作る。

「承知しました。第九は好きですから、皆さんとお仕事をさせていただきたいと思ったのは事実ですけれど、だからこそ、私のせいで第九の会がダメになっては元も子もありません」

松崎はホッとしつつも、少し残念そうな表情になった。

「ちょっと待ちなさい」

それまで黙っていた丹羽が、改まった声を出した。

「依頼は取り下げるしかない。だが、ドクターにはいてもらいたい……。だったらさ、ひとりの歌い手として練習と公演に加わってもらってはどうよ、葉村サンに」

きょとんとしていた松崎団長は目を輝かせた。

「なるほど。たまて第九の会は、誰でも自由に参加できる合唱団ですしね。医療支援医でないという立場なら、何ら問題ない。それに、葉村――サンは、お仕事柄、ドイツ語はお手の物でしょう。いやはや丹羽先生、名案ですよ！　では葉村サン、こちらにサインを」

松崎がファイルから入会申込書と書かれた紙を一枚取り出し、菜々子に渡す。

二人の芝居がかった入会勧誘に、菜々子は噴き出しそうになった。ボランティアとしてメンバーの体調に目を光らせるのは構わない。ただ、問題は……。

「私、歌えるでしょうか？」

果たして自分にあのような声が出せるのだろうか。途中参加で他のメンバーに追いつけるのか。それより前に、六十ページものドイツ語の暗譜が待っている。引き受けるなら、あの内緒の語呂合わせ歌詞だけはコピーさせてもらわなければ。そんなことを瞬時に考えていると、丹羽がバリトンを診察室中に響かせた。

「大丈夫！『この世はすべて舞台である』――かのウィリアム・シェイクスピアも、そう言ってる。あなた自身のステージを、心の底から楽しみなさい！」

菜々子がサインした入会申込書をカバンにしまうと、松崎はニコニコ顔で立ち上がり、診察室のドアの前で三度目のていねいなお辞儀をした。

だが、丹羽は腕を組んだまま、まだ椅子に座っている。

「丹羽先生、どうされました？」

松崎がいぶかしげな表情になった。

「もう少し葉村サンと話をして帰りますから、どうぞお先に……」

松崎が退室すると、丹羽はそれまでとは一変して姿勢を正した。

「実は葉村先生、折り入ってお願いがありまして」

丹羽は、すがるような目をした。

「どこからお話ししたものか……。もう三年前になりますが、食道静脈瘤《じょうみゃくりゅう》の破裂で血を吐いて、フランクフルトの病院に入院したことがあります。舞台出演はキャンセルになってしまいましたけど、まあいい骨休めだと思って寝ていたら、四日目の夜のことです。病室の天井に、黒い虫がびっしりと張りついているのが見えて……。その虫は次々と落ちてきて、ベッドにも這《は》い上がってくる。僕はもう、どうにもたまらなくなって、点滴を引き抜いてそのまま病院から逃げ出してしまいました。もちろん治療費は後から払いましたよ」

菜々子は、用箋《ようせん》をはさんだクリップボードを机上から引き寄せた。肩越しに要領よく話を聞いて電子カルテの作成を急ぐより、丹羽と正面から向き合って、最大限の情報を引き出すことを優先すべきだと直感した。

「大変な経験でしたね。退院されてからはどうでした？」

菜々子の問いに答える前に、丹羽がゴクリとつばを飲むのが聞こえた。

「それ以降も時たまですが、アパルトメントの壁に人の顔が見えたり、黒い影が動いたりするようなことはありました。でもね先生、酒を飲むと顔や影は消えたし、あの黒い虫が出てくることもない。だから、あれからは少し強めのを飲んでごまかしてきた……」

菜々子はもやもやとしたものが晴れるように感じた。時に見られた丹羽の赤ら顔、聞き取りにくい発音や異常な昂揚感、何かをマスクするような強い香水、それに実在しないものが見える幻視。これらの原因はひとつに集約する。

アルコール依存症――。とりわけ虫や人影が身に迫るという幻視体験は、アルコールの離脱症状に特徴的なものだ。

「丹羽さん、自覚がありますよね？　ご自身の病気のこと」

アルコール依存症には、「否認の病」という別名がある。病識《びょうしき》を持つことは治療への大きな第一歩だ。

「ええ……アルコホーリカー《アルコール依存症》だと、思っています。だから、どうか先生、助けてください」

胸の内に区切りをつけたかのように丹羽が話し始めた。退院からしばらくしてフランクフルトの歌劇団を辞めたこと、パートナーとも別れて日本に単身帰国し、昼から酒を飲む生活を続けていること、たまて第九の会の指導以外は、ほとんど自宅にこもっていること、などだ。しわがれた声で言葉を継ぐ丹羽の姿に、オペラ歌手の輝きを見出すことはできない。

「松崎さんと酒の席で約束したことを忘れたことがありました。二日酔いで練習に行けなかった日もある。下痢が止まらなくなったときには、さすがに自分自身でも愕然《がくぜん》としました。それが昨晩は、そんなに飲んでたつもりはないのに、役員会の席で失禁してしまった――前も後ろも、ですよ。まったくもって情けない。際どいところで役員連中にはバレずに済んだものの、もう限界だと悟りました。葉村先生との出会いにすがって、今度こそ何とかしたいと思い立ったのです」

立派に合唱指導者をこなしていると見える一方で、病状がかなり進んでいる事実に菜々子は驚いた。

「私は精神科の専門医ではありませんが……」

「先生、助けてください。僕には葉村先生しか頼れる人がいないんです」

丹羽が帰ったあと、菜々子は権医会立川病院の精神科医、我孫子《あびこ》裕《ひろし》に電話した。同じ横浜市大の出身で、菜々子の二年上の先輩だ。

我孫子は、「芸術家のアル中患者は結構いるよ。絵描きさんは何人か診たことあるけど、音楽家は初めてだな」と興味を示した。さらに、アルコール依存症についての最近の考え方や、新しい論文を紹介してくれた。

深夜、リビングで専門書を読んでいると、兄が二階から降りてきた。冷蔵庫の扉を開ける音に続いて、缶ビールを開ける音が続く。

「あれ、なんでアルコール依存症の論文を？」

兄がビールの匂いを漂わせながら、菜々子の手元をのぞき込んだ。

「畑違いの患者さんを診なきゃいけないことになっちゃって」

「もしかして、オペラ歌手の丹羽さん？」

「そうよ、兄貴。よく分かったね」

「東口の居酒屋から帰る途中に階段から落ちて骨折したことがあるんだよ。そのとき手術したのは俺だから」

「なるほど。それは丹羽さんから聞きそびれた」

菜々子は再び論文に目を落とす。十五歳までに親からの虐待などで、人への信頼を築けずにいた人が依存症になりやすい、と書かれていた。丹羽にも、何かの要因があるのだろうか。クリップボードのメモ書きを見直してみたが、幼少期の話や生活環境に関する情報はない。まだ何も丹羽のことを理解できていないと痛感する。

「骨折だけ治しても根本が治らなければ、また飲んで転ぶ人が多いんだよなあ」

兄は、やれやれという調子で缶ビールを持っていない方の肩を回す。

「今回は丹羽さん、本気で治す気になったみたい」

菜々子は、大量飲酒によると思われる失禁の経験が受診の契機となったことを説明した。だが兄は、疑わしそうな目を向けてくる。

「底《ターニングポイント》つき体験ってやつだな。にしても、たやすい仕事じゃないぞ。汚物に埋もれて床が腐ろうが、虫がわこうが、死ぬまで酒瓶を手放さないって依存患者も多いからな」

兄は三本目を開け、くだを巻き始めている。菜々子は論文に集中したかった。

「あ、これは兄貴のための」

菜々子は論文のひとつを兄に渡す。

「多くの患者は毎日の寝酒から——だって。兄貴のような飲み方で、簡単にアルコール依存症になるらしいよ」

「俺は毎日じゃないし。ま、菜々子も早く休めよ」

兄はそそくさと自室に向かった。

九月中旬の日曜、三回目の練習日を迎えた。丹羽と松崎のツートップから要請があったとはいえ、本当に合唱団のメンバーとして参加していいのかどうか迷っていた。絶対よくなる——自分の言葉が結果的に患者の心を傷つけ、両親を深い悲しみに追いやってしまったのは確かだ。詫《わ》びて済まない結果となってしまった。だが、何も行動できずに三年が経ってもなお、梨花の自殺は菜々子の心に暗く影を落としている。そのうしろめたい闇のような感情はじりじりと広がる一方だった。このまま目を背《そむ》けるのは、もう止《や》めにしたい。

リビングで朝刊を広げたまま何度目かのため息をついた。兄が「菜々子、大丈夫か」と声をかけてくる。朝食のテーブルから離れられずにいた菜々子は、力なく「大丈夫」とだけ答えた。さっきから一行も読めていない新聞の上に、ひと粒、水滴が落ちる。

「菜々子……」

兄が絶句した。菜々子は「そろそろ時間だから……」と言って立ち上がる。

「おい、そこまでしてボランティアする意味はあるのか?」

いつになく真剣な声が背後から追ってくる。

「ある!」

即座に答えていた。自分でも驚くくらい。そして、小走りで玄関に向かった。これ以上、兄の言葉を聞いていると、決心が鈍りそうで怖かった。

玉手市民会館に着いた菜々子は、大きく深呼吸をして練習会場の扉を開ける。やはり周囲から注がれる視線は、心地よいものではなかった。「担当医だったらしい」とか、「亡くなったお嬢さんの？」「自殺だって」「本当？」などというささやき声が聞こえる。

目を上げた瞬間、菜々子は祥子と視線が合うのを感じた。会釈をしたものの応じてもらえず、ほほ笑みはぎこちなく空《くう》をさまよう。ならばと声をかけようとするが、祥子は背を向けて別の方へ走っていってしまった。

祥子が駆け寄ったのは、テノール集団の中にいる松崎団長だった。

「あの医者、まだ来てますよ。たまて第九の会は、医療支援の依頼を取り下げてくださったんですよね？」

祥子の甲高《かんだか》い声は、はっきりと菜々子の耳にも入ってきた。いたたまれない気持ちで、足がすくむ。

そのとき、誰かに後ろから右腕をつかまれた。遅れて会場入りした丹羽だった。菜々子は松崎と祥子の面前に引きずり出される。

「丹羽先生、そうです。この人ですよ！」

肩で息をする丹羽は、祥子を見据えた。

「この方がドクターかどうかは関係ありません。ただの新入団員、我々の仲間です」

丹羽の言葉に、祥子の表情が固まった。

「歌を歌う自由は平等に与えられている。誰にも奪うことができませんよ。ね、皆さんもそう思いませんか？」

合唱団の全員に向けた丹羽の高らかな宣言に、場内は静まり返った。

次の瞬間、部屋の片隅から拍手が鳴り響いた。すらりとした女性が頭の上に掲げた手を打っている。見覚えがあった。そうだ、白血病の大地と歩夢の兄弟、それに剛太たちの指導をしていたピアノ教師、長尾涼子だ。

続いて、別の方からも拍手が上がった。さらに拍手する人の数は三人、四人と広がる。気づくと、ほとんどの人が手を叩いていた。

祥子は周囲を見回すと、「皆さんがそれでいいのでしたら」と、渋々といった様子で拍手を始める。

「葉村菜々子さん、いっしょに頑張りましょう」

丹羽が菜々子の肩を叩いた。

「ありがとうございます。よろしくお願いします」

菜々子は何度も頭を下げる。思いがけない拍手に、あたたかい気持ちになって。だが顔を上げると祥子の冷ややかな目に射抜かれた。彼女に受け入れてもらうには、大きな壁を越えなければばらないと覚悟する。

菜々子はソプラノに組み入れられ、初めての発声練習に臨んだ。祥子と同じパートだ。だが同じソプラノとはいっても、四十人以上もいる。菜々子と祥子は、教室の端と端の席に座る交流のないクラスメートのようだった。

「はい、体を揺すって、揺すって」

本格的な練習に先立ち、喉だけでなく体を柔らかくして声が出るようにする。

丹羽が「腹式呼吸で」と大声で指示を出した。隣の女性から「お腹に空気をためるのよ」とアドバイスされ、菜々子はさらにまごつく。臓器の構造を考えれば、吸い込んだ空気は肺に入るとしか考えられなかった。

発声練習に続き、パート練習が始まる。

「お医者さんだから、ドイツ語の発音は完璧でしょ？」

隣の女性にささやかれ、冷や汗が出た。母校の横浜市大医学部は第二外国語が選択制で、菜々子はフランス語を選んだのだ。ドイツ語は、ごくたまに老教授らが病名の発音を披露したときにしか耳にしていない。なんとか歌詞が追えるのも、前回の語呂合わせ暗記法をネットで探し当て、さわりの部分に見当をつけたに過ぎない。すべてが手さぐり状態だった。

周りの団員は一ヵ月あまり早く練習を始めており、力の差は歴然としていた。音程と歌詞の間違いが怖くて、つい声が小さくなってしまう。すると、丹羽からすかさず「間違ってもいいから、声をしっかり出す！」と注意される。

「台寝　津会うベル　ビン出ん　微出る」

菜々子は周囲に合わせて声を張り上げた。

「ストップ！　ストップ、ストップ、ストップ」

丹羽が大きく手でバツ印を作った。

「まるで意味をなしていない」

団員たちが顔を見合わせた。

「皆さんが語呂合わせの歌詞で歌っているのは、僕も知ってます。まあ、頭から否定するつもりはない。でもステージに立つからには、歌詞の本当の意味と、それが誰に向けた言葉なのかを意識しないといけません。今のパートの意味は、『あなたの聖域に足を踏み入れる』。つまり、歌う者が神の領域に近づくのだと、人々が高鳴る思いを神に向けて歌っているのですよ」

丹羽はひとりひとりを、そして菜々子を見つめる。

「ちゃんと理解して歌いましたか？」

菜々子は頬が熱くなるのを感じた。誰に向けた言葉なのかを意識しなさい——丹羽のひと言は、菜々子の心に深く刻まれた。

休憩時間となる。相変わらず祥子の視野には菜々子が存在しないかのごとくで、彼女は表情を崩さない。菜々子が話しかけようとしても、すいと離れていってしまう。取りつく島がなかった。

菜々子は外気を吸いに出た。すると、ベンチの前にひざまずき、胸をおさえて咳き込む女性がいる。「お腹に空気をためるのよ」と言った女性だった。

菜々子は「大丈夫ですか」と駆け寄り、バッグから聴診器を取り出した。市民会館へ「仕事」で来るときは、応急用の診察用具を常に携行している。呼吸音を聴くと、横笛のような高い雑音がした。

間違いない、喘息《ぜんそく》発作だ。クリップ式の血中酸素濃度計《パルスオキシメーター》を女性の指先にはめる。予想した通り、ぎりぎりの九〇パーセントしかなかった。菜々子は練習会場にいる松崎らに声をかけ、女性を葉村病院へかつぎ込んだ。

治療を終えて戻った頃には、すでに全体練習が始まっていた。菜々子は静かにソプラノグループの最後尾に立つ。祥子は最前列にいた。初心者は指導を受けやすいように前へ立つよう勧められるというのは後から知った。

四つのパートが響き合い、ハーモニーの美しさに、心が洗われるようだ。ただ、他のパートに耳を奪われてしまいがちで、自分のパートに集中するのは思った以上に難しい。つい釣られてしまい、隣の人の咳払いで自分の音が間違っていたことに気づかされる。パートごとに異なる音程のブレンドを楽しみつつ、自分の音程を外さないというのは至難の業《わざ》だと実感する。

初めての練習は、呼吸を意識しながら歌い続けた。終わりごろになって菜々子はようやく、「お腹に空気をためる」とは、腹筋や横隔膜《おうかくまく》を使って肺を大きく膨らませることだと実感する。病院に戻ったら、点滴を受けている喘息発作の彼女に確認してみようと思った。

こんなことだけでも小さな進歩を感じるせいか、少し明るい気持ちになる。祥子との接点の取り方については全く光が見えないのだが。

権医会立川病院の精神科の受付には誰もいなかった。すでに午前の外来診察は終了し、昼休み中の札がかかっている。

「我孫子先生、いらっしゃいませんか？」

菜々子は精神科診察室の裏をのぞき込んだ。

今日の午前中、丹羽が我孫子の初診外来を受診したはずだった。丹羽は葉村病院にかかるとともに、我孫子の診察も受ける。地域医療連携の推進で広がってきた、かかりつけ医と専門医による二人主治医制だ。

「こっち、こっち」

一番奥の診察室から我孫子が顔を出す。

「丹羽さんの診断は？」

菜々子は勢い込んで尋ねた。

「これだった。見てよ」

我孫子は菜々子に一枚の紙を示した。アルコール依存症の治療・研究で名高い国立病院機構久里浜《くりはま》医療センターが開発した「ＫＡＳＴ《スクリーニングテスト》」の回答用紙だ。

〈酒を飲まないと寝付けないことが多い〉

〈二日酔いで仕事を休んだり、大事な約束を守らなかったりしたことが時々ある〉

〈酒がきれたときに、汗が出たり、手が震えたり、いらいらや不眠など苦しいことが

ある〉

〈朝酒や昼酒の経験が何度かある〉

最近六ヵ月間の行動を尋ねる各項目に、「はい」の回答がズラリと並ぶ。

このテストは各一点で、計十問、零点が正常。四点以上で『アルコール依存症の疑いあり』という判定が下される。丹羽のスコアは八点だった。

「立派な依存症……」

「だよね。禁酒してもらわなきゃ」

我孫子は、人差し指を左右に振った。

「だがまあ、今は必ずしも断酒じゃない。節酒でもいいんだよ。患者にとって酒は、苦しい現実を生きるための唯一の手段。それまで酒の力でなんとか生き延びてきたんだ。いきなり取り上げるのが逆効果になる場合もある。しかしそうは言っても、節酒でやっていける患者は軽症者で、丹羽さんのように飲酒量の歯止めがきかずに問題行動を起こしている患者は、やはり断酒しかない」

「それもまた、丹羽さんにとっては苦しい現実ね……」

「アルコール依存症そのものが治らなくても、飲まないで健康的な生活を送れるようにはなれる。それを『回復』と呼ぶんだ。そうした基本的なことを患者自身に認識してもらわないといけないな」

　今後、丹羽は抗酒薬を服用すると同時に、地域に住む患者グループの断酒会に参加し、互いに励まし合いながら回復を目指すという。

「通院、抗酒薬、自助グループ——これがアルコール依存症治療の三本柱だ」

　我孫子が指を三本立てる。

「アルコール依存症の患者は、意志が弱いとか、ダメな人間という訳じゃない。オペラ歌手として、世界の舞台に立つために強いられた極度の緊張と激しい競争……。僕も丹羽さんの立場なら、お酒でストレスを発散して、それが習慣化してしまっていたかもしれない。ま、いずれにしても入院じゃなくて、今週の土曜日から僕の外来に毎週、通ってもらうことにしたよ。そちらの方でも定期的にフォローアップしてもらうとして……」

　アルコール依存症は本来、二、三ヵ月間の入院治療が第一の選択肢となる。だが、現在進行形で合唱団を指導している丹羽のスケジュールと彼自身の意志を尊重し、通院で回復を目指す道が選ばれた。

「週一で僕の外来、週二回の葉村先生の外来、それに毎週日曜日の練習日も受診日みたいなもんだな。週四日か。それだけ高頻度なら把握できるだろう」

結局、土曜に権医会立川病院で我孫子のやっている「アルコール専門外来」にかかり、月曜と木曜は葉村病院を受診する。菜々子の診察は、丹羽との対話を通じて日々の経過を確認することがメイン――それが我孫子が組み立てた丹羽のアルコール依存症治療プログラムだった。

一週間はあっという間に過ぎる。また第九の練習日を迎えた。菜々子には、朝から祥子の様子が気にかかる。どうすれば悲嘆のなかにいる彼女の気持ちに寄り添うことができるのだろうか。

菜々子は早めに市民会館に入り、ホワイエの奥まったスペースでドイツ語歌詞の暗記に取り組んだ。しばらくすると祥子と松崎団長がやって来て、ついたての向こう側に座る。ふたりは菜々子に気づいていない様子だ。会話が自然に耳に入ってきた。

「……医者を恨んではいけないと、そんなことをしても梨花は帰ってこないと、何度も思いました」

「影浦さんのね、つらいお気持ちは分かりますよ」

少し間があり、松崎のくぐもった声がした。

「けれど、やっぱりダメなんです。あの子が二十四歳で死んで、どうして還暦《かんれき》近い私が生き残っているのか。私の命なんかでよければ、いくらでもあげたのに」

祥子の声が忍び泣きに変わる。

やはり自分は祥子の支えになれないばかりか、逆の存在でしかない――。祥子の心情がまったく変化していないと知り、焦りに似た思いで息が苦しくなる。

菜々子はこれまで多くの患者と向き合い、遺族が深い悲しみや寂しさと同時に怒りの感情を抱くことも知っていた。

権医会中央病院では亡くなった患者の慰霊祭があり、医療者も患者の死の悲しみを共に受け止めていると伝える機会があった。そういう場で遺族とゆっくり故人のことを語り合い、最後には感謝の言葉をもらったことも少なくない。一方で、慰霊祭の案内状を見るのすら苦痛で不快だという遺族もいる。祥子もそのひとりだった。

接触を望まない人に対しては、そっとしておくという方法しか取りようがないのか。三年が経ち、菜々子は一歩踏み出す勇気を得たが、それは自分の思いでしかなく、祥子にとってはただただ迷惑なことなのかもしれない。

発声練習が始まった。菜々子は途中で声が出なくなる。何度か咳払いを繰り返し、首を回すがうまくいかない。

「リラックスですよ、葉村先生。緊張で体が固くなってるのかも。首じゃなくて、肩を回してみて。自然に首がストレッチされるでしょ」

喘息の発作を起こした女性からアドバイスされる。今日の体調は落ち着いているようだ。よかった。そんなことを考えながらアドバイスに従って肩を上下左右に揺らすうちに、声が出るようになってくる。

パート練習に移ったところで丹羽が登壇した。立川病院の我孫子の指示に従っているとすれば、酒を断って一週間になるはずだ。すっきりした表情とさわやかな様子を期待したが、丹羽はけだるそうに譜面台をタクトで叩いた。

「歌い出しを合わせて！」

丹羽は、パートごとに歌い出しを合わせるのが非常に重要だと強調する。だが、今日はなかなか合わない。

「ダメダメダメ、ダメだ！」

丹羽はイライラした様子で団員をにらみつける。ポロシャツの首から胸、それに両腋の部分が、ひどく濡れている。顔にも玉のような汗が浮かぶ。著しい発汗は、いわゆる禁断症状――アルコール依存症の離脱症状に特徴的だ。動悸や頻脈《ひんみゃく》、血圧上昇といった身体の異常も起きているだろう。

「お前ら、息を吸うな！」

皆、きょとんとした顔を向ける。息を吸わないと歌えないではないか、と。

「歌い出しの直前に、とことん息を吐き切るんだ」

団員は半信半疑といった様子で息を吐く。するとなんと、全員のタイミングがぴったりとそろった。息を吸うタイミングが早すぎるという意味だったようだ。

「ブラボー！」

丹羽が壇上で飛び上がる。全員の表情が一気に明るくなった。体調が悪くても、指導は正確だ。

丹羽は、懸命に闘っている——。

菜々子にはそんな風に感じられた。合唱団のメンバーとともに、歌を通じた「支え合い」の関係を構築できれば、きっと依存症に打ち勝てるはずだ。

「気を抜くな！　いいものを作るために、苦しむのは当然だ」

この日の丹羽の指導は、メンバーを鼓舞《こぶ》する強いエネルギーに満ちていた。

「酒は断っています。抗酒薬もきちんと飲めていますよ」

十月最初の月曜日、葉村病院の診察室に座る丹羽は、やや攻撃的で、いつもとは別人だった。

「けれどなんかこう、内なるエネルギーが、ぷすぷすと不完全燃焼を起こしているみたいで……」

治療を開始して二十二日目、離脱症状が心身に重くのしかかっているようだ。症状が刻々と変化している。今日はひどい発汗や動悸に加えて、手の震えや食欲の喪失、イライラ感を訴えた。

先週から睡眠障害にも悩むようになり、睡眠薬を処方していると我孫子から聞いていた。不眠も断酒で起こりやすい症状のひとつだ。つまり丹羽の治療は順調で、解毒《げどく》期のプロセスを歩みつつある証拠だ。

「そういえばこの間、我孫子先生に背筋の寒くなる話を聞きましてね」

診察室を出る際、丹羽は顔をしかめながら言った。足元がよろよろしている。

「サルの実験なんですがね」

丹羽は、眼を細めた。

「アルコール依存症のサルに点滴をつなげて、レバーを押したら……」

丹羽が言いよどみ、菜々子が続ける。

「サルの血液中にアルコールが流れ込む仕組みですね。聞いたことがあります」

アルコールが出るまでのレバーを押す回数を倍々で増やし、何回であきらめるかという実験だ。

「千六百回もレバーを押し続けたサルがいたらしいです。一晩中、餌を食べずにレバーを押していたサルも。それがアルコール依存症か――ああ、想像するだけで具合が悪くなりそうだ」

「確かに、ぞっとしますね」

アルコールは、脳内で快楽を生み出すドーパミンを放出させる。それによって「アルコールは楽しい」という強力な記憶が蓄積されるのだ。

「内臓がボロボロになるから、患者の平均寿命は五十代前半とか……」

丹羽が、深刻な表情になる。確かに過量のアルコール摂取によって肝臓病や糖尿病、癌になりやすく、自殺する率も高い。

「平均から三十年も短い寿命、もったいないですね」

丹羽は、手を左右に振った。

「命が短いだけじゃない、脳が萎縮して認知症になるって。アルコール依存症というのは嫌な病気ですねえ。僕は何があっても酒をやめます」

丹羽は、妙に力強く言った。

「頑張りどきですね、丹羽さん。ほかに気になることはありませんか？」

「いえ、先生のおかげでベリーグッドですよ」

汗を拭いながら、丹羽は冗談めかして答える。

「一日一日の積み重ねが大切です。一緒に乗り越えましょう」

「頑張りますよ……」

最後は力なく片手を上げて出て行った。


「フロイデ　シェーネル　ゲッテル　フンケン〜♪」

このごろ菜々子はとてもスムーズに歌えるようになってきた。歌詞が頭に入り、声も出る。帰宅後の練習も習慣になっていた。

今夜も湯につかりながら、いつものように口ずさむ。自分の声ながら、ほれぼれする——もっともこれは、音響効果の高い風呂場だけでのことだが。

〈歓喜よ、美しい神々の火花よ——〉

ドイツ語の歌詞が意味するところについても心を向けた。「歌詞の意味と、それが誰に向けた言葉なのかを意識せよ」という丹羽の教えが思い起こされる。

治療の開始から約四週間、あれほど離脱症状に苦しんだ丹羽だが、このところは体調が安定していた。通院、抗酒薬、自助グループへの参加も問題なく続いている。

さまざまな離脱症状は、重症の依存症患者でも三週間から一ヵ月ほどで治まり、心身の状態が落ち着いてくる人が多い。土曜日のアルコール専門外来も順調に受診できている様子で、我孫子からのメールには「解毒期は切り抜けた感あり。本人にもそう伝えた」と書かれていた。

丹羽は今日の練習でも、はつらつとした表情で合唱の指揮をとっている。十月に入ってからはさらに活力を取り戻してきたようだ。

喉がひどく渇くのを感じ、菜々子は浴室に持ち込んだ炭酸水を口に含んだ。

今日の練習では、祥子とペアになった偶然に驚いた。あのペアリングは、本当に偶然だったのだろうか。丹羽に指示されるまま二列に並び、向かい合った人と一組になった。目の前に立っていたのが祥子だった。

最初、祥子は菜々子と目すら合わせなかった。だがユニゾンの練習は、相手と歌詞はもちろん、音程やリズムがずれていないかを確かめ合いながら歌わなくてはならない。真剣に互いを見つめ合わない訳にはいかなかった。

最初は渋々といった様子の祥子だった。だが、歌っているうちに次第に互いの息が合うようになった。何度目かの練習の末、最後まできれいなユニゾンを保って歌いきったと思った瞬間、祥子が満足気な笑みを見せてくれた。あのとき、菜々子は祥子から小さな許しを得たように錯覚して目頭が熱くなった。

だが、すぐに落胆したのも事実だ。直後に、祥子はいつもの凍りついた顔つきに戻ったからだ。

菜々子は浴室の天井を眺めながら、いや、そうじゃないかもしれないと思う。丹羽に「見事なユニゾンだ」と褒められたとき、祥子はほっとしたような表情を浮かべて菜々子に笑いかけてくれた。あの笑顔には、技術的な喜び以上の何かが確かにあったように感じられた。

菜々子は浴槽に頭を沈める。湯の中で「クウ」と短い声を出した。イルカが呼吸孔《こう》のふたを震わせて出す「声」は、「ソング」と呼ばれる。ソングでコミュニケーションが取れるイルカになりたい。もしも今、どんな願いでも叶うとしたなら、祥子にだけでいいからソングで思いを伝えたい。

菜々子は湯に沈んだまま、「クウクウ、クウクウ」と繰り返した。

翌週の日曜日、全体練習が終盤に差しかかったときだった。

「葉村さん！」

丹羽の強い声に、最前列の菜々子はビクリとした。

「他のメンバーの声を聞きながら歌ってる？　自分の出しやすい音は少し控えめに発声を。ハーモニーを意識して」

丹羽の指摘に、菜々子は愕然とした。

ひとりの歌ではなく大勢のひとりなのだから、ハーモニーに注意を払うのは当然だ。なのに、なぜ自分は忘れていたのか。冷静に考えれば、ありえないことだ。

「す、すみません……」

恥ずかしさで一杯になって頭を下げたとき、傍らに立つ祥子が視野に入った。彼女は真っすぐ前を向き、唇を小さく動かし続けている。

こうしている間にも、心のなかで第九の歌詞をハーモニーに乗せていたい——という熱心な姿だった。

「菜々子先生、今日ウチに来てくれませんか？」

練習が終わると、エリが声をかけてきた。

「お母さんが元気になったから、先生にお礼を言いたいって」

エリの母——橋口美和が代表を務める万世太鼓の公演が七月下旬だったから、早くも三ヵ月になろうとしている。「いつでもいいから店に寄ってほしい」と言われながら、約束を果たせぬままになっていた。

「そっか、嬉しいな。でも、いきなりでいいのかな？」

練習で少々沈んでいたので、ありがたいタイミングだった。

市民会館の駐輪場に回ろうとしたところで、菜々子は丹羽に呼び止められた。

「先生、今日はキツめに注意して悪かったね。なんかこう、ハイになっちゃって」

丹羽はバリトンを響かせてそう言い、菜々子に白い歯を見せた。離脱症状の焦燥感やイライラ感はまだ残っているのか、他の薬の影響はどうだろうか。丹羽と少し話をしたかったが、他の団員の視線もある。だが、丹羽はあっけらかんと続けた。

「昨日、我孫子先生が『丹羽さん、乗り切ったね！』って言ってくれたんです。こんな嬉しいことはありません。だから、つい強気に……」

「菜々子先生、行くよお！」

丹羽の言葉は、エリの呼び声にかき消された。

エリが自転車のペダルをぐいと踏み込む。菜々子はエリの後方から走って追いかけた。多摩川の土手から見下ろす川面《かわも》には秋の夕日がススキの影を落としている。菜々子は心地よい風を頬に感じた。

エリの家、玉手橋マートの駐車場には何台ものバイクが並んでいた。革ジャンを着たライダーたちがくつろいだ様子で談笑している。

「お母さん！」

エリが叫ぶと、店先でガラス扉を拭いていた美和が振り返り、嬉しそうに手を上げた。

「やっと来てくれましたね、菜々子先生」

美和は、病院で会う時とは違って生き生きとして見える。父の瑛太も店の奥から顔を出した。店内のイートインコーナーでお茶を振る舞われ、ガラス窓越しにライダーたちを眺める。突然、香ばしい匂いがしてきた。

「簡単ですが、ウチで今一番人気のメニューです」

菜々子とエリの前に、オムそば——薄焼き卵でくるんだ焼きそばが置かれる。美和が作ってくれたのだ。エリがガッツポーズをする。

「先生、食べて食べて。これ、梨花姉ちゃんも好きだったんだよ」

カウンターに置かれたエリの楽譜を美和が手にする。

「ロック一筋のエリが、クラシックを歌うなんて……」

美和は苦笑した。

「第九は特別なんだよ」

エリはスマートフォンで動画配信サービスにアクセスし、店内のテレビに映像を出す。

大きな画面に映し出されたのは、アニメーションだった。

巨大ロボットや宇宙戦艦が登場するSF活劇だろうか？

「やだ先生、エヴァ知らないの？　『新世紀エヴァンゲリオン』だってば」

人々の運命を決するかのような戦闘の場面が始まったところで、気がついた。バックに流れているのは、ベートーベン第九の第四楽章ではないか。

「リカネエが大好きだったアニメだよ。これは、渚《なぎさ》カヲルが最期《さいご》を迎えるシーン」

戦いのさなかに、グレーの髪に赤い瞳の少年がさびしげにつぶやく。

〈生と死は等価値なんだ、僕にとってはね――〉

壮絶に動きゆく映像とともに、「歓喜の歌」の美しいハーモニーが耳に響く。いつだったか、権医会中央病院のあの病室で、「アニメが好き」と梨花が話してくれたことが思い出される。

ハッとした。これだったのか！

「え、わん。えわん、げ……」

おすすめのアニメを尋ねたとき、梨花は理解不能な言葉を口にした。今なら分かる。梨花は、エヴァンゲリオンと言おうとしたのだと。

楽曲のフィナーレが近い。「歓喜の歌」の合唱は最高潮に達する。

〈ありがとう。君に会えて、うれしかったよ――〉

複雑なストーリーはよく分からないが、大きな悲しみの存在だけは伝わってくる。

エリは画面を見上げながら、ほんの少し鼻を鳴らす。

「今年のチューリップまつりのとき、梨花姉ちゃんのパパとママに来てもらったんだ。そのときもエヴァのこのシーンを見せたら、梨花ママが『私も第九を歌ってみたい』って。何かしてないと頭がおかしくなりそうだからって――」

記憶をたどるようにエリが話す。

何かしてないと頭がおかしくなりそう――祥子の途方もない苦しみが胸に刺さる。


十一月を迎えた。年末の公演が近づき、練習は緊張感を増す。天候が穏やかで気温が安定していたせいか、あるいは程よい緊張感のためか、大きく体調を崩す人はいなかった。

ここ最近で菜々子が団員の役に立ったのは、持病の降圧薬や便秘薬についての相談と、松崎が手に作った血豆の手当てくらいだ。

丹羽の治療も問題なく進んでいた。今月からは通院回数を減らし、菜々子と我孫子がそれぞれ週に一回ずつ診察するペースに改めた。

菜々子の歌唱も徐々に安定し、あまり注意を受けなくなった。ハーモニーを意識するように言われた翌週、菜々子は丹羽の隣に立つ機会を与えられた。そこでは自分のパートだけでなく、全体の歌声が手に取るように聞こえ、まるで違う印象だった。あの経験をきっかけに、全体を意識しながら自分のパートを確実にこなすよう努めたのがよかったようだ。団員の医療支援を続ける「隠れ蓑《みの》」として加わった合唱だが、いつの間にか真剣になっている自分がいた。

ただひとつの気がかりは、やはり祥子だった。

祥子の姿を目にするたびに、エリの家で見た映像が頭をよぎる。深い悲しみに包まれた「歓喜の歌」——あれは祥子の心象風景そのものかもしれない。

「影浦さん、葉村さん、こちらへ」

その日、菜々子は祥子とともに丹羽に指示され、ソプラノのパートの中央に立つことになった。その位置は、音高《ピッチ》がしっかりして声の通る人でなければ務まらないと聞いていたので戸惑う。

「第九の会では頑張った新人が立つ場所。さあ、しっかり！」

丹羽の指揮でユニゾンに踏み出す。菜々子の声と祥子の声が重なり、リズムと音程がひとつになる。息がぴったりと合った。

練習の成果が出たのか。どちらからともなくほほ笑み合う。あ、あのときの表情だ――と菜々子は思った。ユニゾンがうまくいったときの、あのときのほほ笑みだ。一度だけでなく、二度目もあった――急に目頭が熱くなる。

「さあ、それじゃあ、アタマからもう一度やるぞ！」

壇上で指揮を執り続ける丹羽のもとへ、松崎が歩み寄った。

「丹羽先生、もう終了時刻を随分過ぎていますから……」

丹羽は指導に一層熱を入れるようになり、時間もしばしば延長気味だった。さすがにそれが三十分を超え、団長が止めに入ったのだ。

その日、菜々子は風呂の中で、再びイルカになった。水中で何度も何度も高い声を出す。仰向けに沈んでバブルリングをいくつも作る。中央ポジションの指名、ユニゾンで二度目のほほ笑み――嬉しくて嬉しくて、バカバカしいことをせずにはいられなかった。

避けられている――。十一月最後の練習の日、菜々子は確信した。祥子から、ではない。丹羽からだ。視線が交差しかけると、外される。歩み寄ろうとすれば、明らかに逃げられた。

兆《きざ》しはあった。

三日前の木曜日に丹羽は葉村病院に姿を見せなかったのだ。菜々子の診察予約を無断でキャンセルしたのは初めてのことだった。

土曜日に、菜々子は丹羽が来院しなかった旨《むね》のメールを我孫子に送る。午後になって返ってきた返事によると、なんと丹羽はその日のアルコール専門外来にも顔を出さなかったという。菜々子は強い不安を覚えたが、我孫子はさほど気にする様子もなく、「ま、様子を見よう」と短い返信が送られてきただけだった。

そして、迎えたのが今日だ。

練習の帰り際に、菜々子は無理やり丹羽の目の前に立った。

「ちょっと忙しくてね、失礼しました」

ようやく顔を合わせるや否や、丹羽はケロッとした調子で軽く詫《わ》びを入れてきた。

菜々子が体調の変化や抗酒薬の服用について尋ねようとすると、「葉村サン、ここで個人的な話は慎《つつし》んでくださいよ」と嫌な顔をする。周囲には団員の目があり、菜々子も引かざるを得なかった。

丹羽は、次の週も菜々子と我孫子の外来診療の予約をすっぽかした。しかも日曜日の練習では、言葉をかける機会すら菜々子に与えない。
ならば丹羽がひとりになったところを捕まえるしかない――菜々子は待ち伏せする
ことにした。
練習に続く役員会が終了したとき、あたりは真っ暗になっていた。九月に団員とし
て初めて練習に参加してから二ヵ月半。夏の名残を留めた季節から、冬の入り口に突
入していた。
誰が呼んだのか、「迎車」の表示を立てたタクシーが市民会館の前に止まる。
会館の通用口から数人が現れた。その影に向かって菜々子は声を上げた。
「丹羽さん！」
団長の松崎らが振り返る。輪の中央にいた丹羽は、ほがらかな笑みを浮かべてい
た。顔は赤く、足元が少し揺れている――断酒の継続に不審を抱くに足るものだっ
た。
「葉村センセイ、遅くまでご苦労さまです」
役員同士が別れのあいさつを交わす中、その輪からはずれて歩き出した丹羽は、
菜々子に向けてひらひらと手を振った。
「丹羽さん、一体どういうことなんですか」

診察予約のたび重なる無断キャンセル、練習会場での不自然な挙動、それらが指し示す明らかな可能性は、再飲酒にほかならない。だが菜々子は、自分の疑念を丹羽にどう伝えるべきかと言葉を探す。

菜々子の表情の変化を感じたのか、丹羽は制するように言った。

「葉村先生、おっしゃりたいことは分かります。ただ僕、ちょっとだけ方針を変えました」

「どんな方針変更ですか」

ここはまず、丹羽の言い分を聞こうと自分に言い聞かせる。

「初診のとき我孫子先生が、節酒でもいいと言ったのを思い出しまして」

「節酒……なるほど」

「しばらく寝られなかったんですが、少し飲むだけでぐっすり眠れるんですよ。寝汗もかかなくなりました。それに僕は、我孫子先生から『丹羽さん、乗り切ったね』って言ってもらったんです。つまり僕はもう、酒を飲んでも大丈夫なんですよ」

大きな口を開けて丹羽が笑う。息が酒くさい。

「我孫子先生に褒められた話、葉村先生にも報告しましたよね？　ほら、先生がエリちゃんと自転車で出かけた日、ですよ」

――確かに聞かされていた。エリの家に行った日だ。だが、こんな結果になるとは思わなかった。しまったと悔やんだ。あのとき、自分が丹羽の思い込みに気づいて訂正していれば、丹羽の再飲酒を防ぐことができたかもしれないのに。

「丹羽さん……」

我孫子が丹羽に、「解毒期は切り抜けた感あり」と告げたことはメールで知らされていた。だが、丹羽の頭の中では「解毒期は」の部分がすっぽり抜け落ち、「切り抜けた」が「乗り切った」という表現に微妙に姿を変えて記憶されているようだ。しかも我孫子は、飲酒を再開してよいとは言っていないはずだ。丹羽の話は事実の誤解や症状の否認、それに自分の都合の良い解釈と思い込みにあふれていた。

「方針変更については、我孫子先生の許可をもらってからでないと危険です。せっかくここまでうまくいっていたのですから……」

落胆が大きく、語るそばから声に力が入らなくなる。いくつもの離脱症状に耐え、ようやく解毒期を過ぎたところだった。せっかく心身のコンディションが快方へ向かいつつあったなかでの離脱だ。今はまだ適正に酒量をコントロールできているように見えてはいるが、過剰摂取となるまでに時間はかからないだろう。あっという間に、以前のひどい状態に戻る例は決して珍しくはない。それがアルコール依存症という病気なのだ。

「はあ、そうですね。ところで葉村先生、湿布薬《しっぷ》をお持ちじゃないですか？　昨日、尻もちついて、ひどい腰痛なんれす」

まさか、酔って転んだのだろうか。しかも、滑舌《かつぜつ》が怪しい。役員会が終わるまでに、どこかで相当量のアルコールを摂取した様子だ。

「丹羽さん、しっかりしてください。お体のことを考えて」

とがめる目つきになっていたかも知れない。そんな主治医への挑発のつもりだろうか、丹羽はこれ見よがしに腰のポケットから銀色のフラスクボトルを引き抜き、一気にあおった。

「何てことを。丹羽さん！」

菜々子はとっさに手を伸ばす。ところが、それを丹羽に肩口から払われてしまい、菜々子はバランスを崩した。

「い、痛ったたたた……」

アスファルトの上に転がった菜々子を丹羽は振り向きもしない。待たせていたタクシーに向かい、そのまま歩いていった。

行く手に広がる泥沼が、丹羽には見えていない——ヒリヒリする左腕を押さえながら、菜々子は暗澹《あんたん》たる気持ちになる。

「やっぱり、再飲酒《スリップ》したかあ」

菜々子からの電話を受けた我孫子の第一声だった。悲愴感のない専門医の反応に菜々子はさらに落胆する。

「まあ、慣れてるからね。アルコール依存症の入院治療を受けた患者で、退院から一年後も断酒を継続できている率は三〇パーセント。この治療は、挑戦と中断、さらなる再挑戦の連続なんだ」

あわせて菜々子は、我孫子に報告しなければならなかった。再飲酒を予感させる丹羽の発言を自分が聞き流していたことを。

我孫子はため息をついた。

「患者は、酒を飲むために物事を自分の都合のいいように解釈するんだよ。不用意な言い回しが利用されちゃったな。それは俺の反省材料だ」

「今の私たちがすべきことは？　第九コンサートは三週間後なのよ」

情けない声を出してしまった。

「医者には、どうにもできない。本人が治療を継続する気にならないと何も始まらない。内科医だって、糖尿病を悪化させないように過食を注意はするけど、実際には患者本人が自分で食事制限するかどうかにかかっている。でしょ？」

菜々子は反論できなかった。確かに内科医の自分が、通院中の糖尿病患者を二十四時間見張って食事のコントロールをする訳にはいかない。

「うまく本人がその気になったら、スリップの原因と生活の問題点を特定して、その後の再飲酒を回避する環境を整えることだ」

我孫子はそう言って、HALT——すなわちHungry（空腹）、Angry（怒り）、Lonely（孤独）、Tired（疲労）が治療の中断と再飲酒の原因になりやすいと説明する。

「腹式呼吸は疲れるし、練習の終盤にはおなかがペコペコ。下手くそな歌には腹も立つだろう。それに、練習が終わるとみんな家に帰るけど、丹羽さんは一人暮らしだ。なるほど、彼の周辺は再飲酒の誘惑にあふれている……」

菜々子は思わず空を仰ぎ見た。雲の間から月の光が弱々しくにじんでいる。打開策を見つけ出せぬまま、主治医ふたりの電話は長く続いた。

翌朝から菜々子の新たな取り組みが始まった。

午前七時、菜々子はクマやんの運転する車に乗り、丹羽のマンションを訪ねる。横田の米軍基地に近い高級マンションだが、白壁にはうっすらと雨じみが浮かんでいた。非常識な訪問時間であることは承知の上で、インターフォンを押す。

「はい……」

九度目のコールでようやく丹羽が応答した。菜々子はドアを開けるよう求める。

「葉村先生？　なんですか、こんなに早くに」

アルコール依存症の患者は昼前から迎え酒に走るため、日中は酩酊《めいてい》状態にあることが多い。少しでもクリアな頭でいるところを捕まえるのは、朝の時間帯がベストだ。

けれどドアが開く気配はない。

医者には、どうにもできない、い、い、い——。

数多くのアルコール依存症患者を診察してきた我孫子が、昨晩、どこか投げやりに語っていたのを思い出す。なるほど、彼の言う通りかも知れない。

しかし自分は、ぜひとも公演を成功させたい。第九の会の、ひとりのメンバーだから、そして、祥子が梨花のために歌うステージだから。

「丹羽さん、新しい朝です。昨晩のことは忘れて、また治療を再スタートさせましょう。ね、二度目のチャンスです。病気から目を背けずに頑張りましょう！」

菜々子はインターフォンに向かって叫んだ。

しばらくして、鍵の開く音とともに、ドアが開かれた。

靴や新聞で散らかった玄関に、恐縮しきった丹羽の小さな姿があった。幸いなこと

に酔いは醒めているようだ。

「申し訳ないが、昨日のことは全く記憶にない……」

市民会館のエントランスで菜々子を転倒させたこと、堂々と酒をあおって見せたこ

と。いや、そもそも役員会の後に菜々子に会ったことすら覚えていなかった。アルコ

ール性の記憶障害《ブラックアウト》だ。

「そんなことをしたなんて、本当に申し訳ない。なのに、こんな僕のために、また葉

村先生の方から二度目の治療チャンスを与えてもらえるんですね……。ありがとう、

ありがとう。何としても悪循環から脱したい。まともになりたい……」

涙声の丹羽に、菜々子は黙ってうなずいた。丹羽の了承を取りつけて、クマやんに

協力を求める。

すぐにやって来たクマやんは、手にしたコンビニの袋から、パンやサラダ、ゆで

卵、牛乳などを取り出した。

「熊田さんにも面倒をかけて、面目ない……」

「何を言いますか、丹羽先生。こんなの朝メシ前ですよ――って、そのまんまか」

それから二週間半が、またたく間に経過した。丹羽は通院、抗酒薬、自助グループへの参加を通じた断酒という三本柱の正常軌道へ戻る。今回は大きな離脱症状もなく、計画通りに過ごしていった。

丹羽自身の生活は、最初に打ち立てた治療プログラムから大きく異なることはなかった。むしろ、丹羽の周囲にいる者の日常が少し変化した。

朝。菜々子とクマやんは、丹羽と三人で朝食を毎日とるようになった。行きつけの店となったのは、丹羽のマンションが立つ国道十六号線から少し入った所にあるレストラン。米軍ハウスを改造し、ボリュームたっぷりのアメリカンなメニューを出すことで知られる店だ。

昼。丹羽が玉手市の近辺にいれば、市役所や葉村病院の近くにある飲食店で、菜々子もしくはクマやんがランチをともにした。そこに第九の会のメンバーがローテーションで加わる。

夕。これも昼と同様、丹羽のスケジュールによってだが、その日その地域で丹羽とディナーのテーブルを一緒に囲んでくれる人をクマやんが探して同席を依頼した。もともと都内各地で歌唱指導を続けてきた丹羽の人脈と合唱団のネットワークがあり、

「世界で活躍したオペラ歌手と食事をともにできる」とあれば、ご相伴《しょうばん》の希望者はすぐに見つかった。

いずれもたった一つ注意すべきことは、「食事の席でアルコールは絶対NG」と相手に伝えることだけだった。

菜々子はこの「三食ともに作戦」を、早朝に丹羽のマンションを訪れた際に思いついた。部屋中に散らかった「孤食」の残骸がヒントだった。作戦を実行すれば、再飲酒につながるHALTのHungry（空腹）とLonely（孤独）を追放することができる。さらにまた丹羽の笑顔を見ていると、気心の知れた仲間との食事は、丹羽のAngry（怒り）とTired（疲労）の緩和にも効果があると実感する。

ごく自然な成り行きだったが、丹羽は自分がアルコール依存症である事実を周囲に隠さなくなった。自らの病気を食事の相手に語ることで、丹羽自身も治療に取り組みやすくなったようだ。

「いい食事の時間を、本当にありがとう。僕、必ず治しますよ」

あちこちの町で昼食や夕食をともにしてくれた人々に、丹羽はいつもそう言って深く頭を下げたという。入院していない患者を医師が二十四時間監視することは不可能だ。だが丹羽は、周囲の人々が注ぐあたたかな視線の中で、二度目の治療のチャンスを生かしつつあった。

十二月二十日、公演本番の二日前となった。

本番前日は「オケ合わせ」、つまり正指揮者を前にしてオーケストラとの合同練習が予定されているので、丹羽の指導による合唱練習は今日が最後となる。練習は、ほとんどの時間が通し稽古に当てられる。

「――今の歌い方のままで本番にいければ、いいな」

何度目かに歌い終わったあと、珍しく丹羽がほめた。

団員たちは互いに拍手したり、ハイタッチし合う。祥子も拍手しながら菜々子と目を合わせ、ほほ笑んだ。

市の教育委員会を代表して、この日は教育長までもが練習に顔を出した。同行役のクマやんは菜々子に大げさなVサインを送ってくる。

だが菜々子は安心できず、丹羽の様子から目が離せなかった。アルコール依存症の治療を再スタートさせてから約三週間になる。離脱症状が完全に消えたと判断するにはまだ早い。

「そこソプラノ、何してる！　歌えてないぞ」

これで大丈夫と思い込むと、やはり落とし穴もある。肝心な、歌の仕上がりだ。

「すみません、先生。息が続かないんで……」

喘息発作の女性が許しを請うように言った。

「声が出ないところは、出る人に任せればいい。だからこそ助け合わないと」

各自が交代で息つぎをしながら、パート全体としては、長い息の歌声で歌い続けているように聞かせる――。そんな心得とテクニックが改めて伝授された。

「自分ひとりで頑張らない。声から余分な力が抜ければ、本当に必要な力が研ぎ澄まされる。年齢を重ねて成熟したからこそ作れる音楽とは、そういうものだ。じゃあ今のところを、もう一度……」

丹羽が指揮台の上に立つ。しかし、指揮棒を構えたところで丹羽の表情が苦痛にゆがんだ。

「と、止まらない！」

丹羽が悲痛な声を出す。指揮棒が震えているようには見えない。ただ、ひとり丹羽はそれを、異様な物を見る目で眺めていた。

団員たちは、丹羽のおかしな挙動に驚いた。菜々子が丹羽のもとへ駆け寄る。右手にごく軽い振戦《しんせん》が認められるだけだ。

丹羽は黙って台から降りると、頭を抱えるようにして練習場を出て行ってしまった。

菜々子はすぐに後を追う。丹羽は控室に駆け込んだ。大きな音を立ててドアが閉まる。追いついた菜々子がドアノブに手をかけるが、動かなかった。中から鍵をかけられたようだ。何度ノックしても返事は返ってこない。

「丹羽さん、開けてください！」

菜々子は大声を出し、さらに強いノックを繰り返す。

「大丈夫ですかっ、丹羽先生っ」

何の反応もないのが不気味だった。中で倒れているかもしれない。

クマやんに連絡する。数分後にマスターキーで扉が開けられた。

丹羽はがらんとした部屋の隅で、一升瓶《びん》から日本酒を湯呑みに注ぎ入れていた。

「丹羽さん、どうして……」

菜々子はゆっくりと部屋の中へ入る。

「落ち着こうと思って……いつまでも……手が震えてダメだから……」

丹羽は涙声になる。

「もう、僕はダメだ……」

控え室に、心配した団員が続々と詰めかけてきた。「丹羽先生！ 戻ってください」と口々にエールを送る。

丹羽は頭を振り、「いや、こんなんじゃあ戻れない。みんなも、僕のだらしなさに、ほとほと愛想を尽かしただろ」と、酒瓶に手を伸ばす。

そのときだった。

「丹羽先生、私も同じだったんです！」

思いがけない人物が声を上げた。祥子だ。

「丹羽先生、苦しいのは分かります。私も三年前に娘を亡くし、お酒がやめられなくなりました。でも先生……私たち、生きなきゃならないんです」

思いがけない人物の、予期せぬ告白だった。丹羽は声の主を、うつろな目で眺めた。

「苦悩を乗り越えて歓喜があるって、先生が教えてくださったんじゃないですか」

「歓喜か……もう遅いよ。苦しいときは飲まずにいられない。僕は耐えられないんだ」

「丹羽先生、乗り越えるしかないんです」

祥子が丹羽を動かそうと、言葉を重ねている。彼女の思いが熱く胸に迫った。と同時に、菜々子の体が自然に動いた。

菜々子はタックルするように、一升瓶をつかむ。

「丹羽さん、あきらめないで。これは渡してください」

丹羽は酒を取られまいと踏ん張った。だが、そこにクマやんの加勢も得て、瓶は菜々子の手に落ちる。勢い余って丹羽は尻もちをついた。

「いてて……」

「丹羽さん！　今、我慢することが治療の一歩です。大丈夫、立ち直れます。頑張りましょう」

丹羽が、期待と疑いの混ざった目をした。

「本当にそんなうまく……」

「丹羽さん」

菜々子はそこで言葉を呑み込んだ。「絶対に大丈夫」と言いそうになったのだ。梨花の母を前にして、それだけは口にしてはならなかった。

後方で若い女性の声がした。

「丹羽先生、私だって逃げ出したいと思ったことくらい、あるよ」

なんと、エリだ。

「クラス全員にハブられて……でも、梨花姉ちゃんのおかげで乗り越えられた。大丈夫だよ。ちゃんと見てくれる人がどこかにいるんだよ。丹羽先生には、こんなにもいるじゃん。みんな、いるじゃん」

テノールのパートを担当する高齢男性が歩み出た。

「お、俺もさ、パチンコに逃げてたよ。店を畳んでから何も考えたくなくなって。でも今は合唱が生きがいだ」

「夫と離婚した途端に乳癌が見つかって、たった一人になってどうやって生きていけばとボロボロになったとき、ホストクラブに通いつめちゃった。でもここで歌わせてもらってから、抜け出せた。先生は命の恩人なのよ」

アルトの女性団員だった。さらに次々と、いくつもの苦労から立ち直った経験を語る声が続いた。

「丹羽先生、頑張ってください」

「失敗した人間でも必ず立ち直れるって、そう信じて生きてきました」

「丹羽先生、生きてください。これからも歌を教えてください」

メンバーが口々に言う。

「丹羽先生、みんなの前で約束してください。第九の会の団員のためにも、決してあきらめないと」

菜々子は言葉を重ねる。だが丹羽はうなだれたままだった。

「今さら……大丈夫だろうか」

「先生は……絶対に大丈夫」

一瞬、迷った。だが、「絶対」と言わずにはいられなかった。

丹羽は吠えるような声を上げたかと思うと、泣き崩れた。

菜々子は丹羽の肩を抱き、「よく辛抱されましたね」と声をかける。丹羽は、徐々に落ち着きを取り戻した。

「では皆さん、練習に戻りましょう」

団長の松崎が大声で叫び、メンバーたちは控室から出て行った。

菜々子は、体から力が抜ける思いだった。

ついに言ってしまった。祥子の前で、絶対に大丈夫——と。うなだれる丹羽に、「生きる道は目の前にある」と知らせたくて熱くなってしまった。また独りよがりに歌ってしまったのだろうか。

そのとき、控室の出入り口から鋭い視線が注がれているのに気づいた。祥子だ。ただ一瞬のことで、その表情を読み取ることはできなかった。

「さっきは丹羽さん、どうしたんだろう？」

クマやんの問いで、菜々子は我に返った。

「はた目には分からなかったけど、また離脱症状の波に襲われたのだと思う」

「だけどほら、そういうのは三週間くらいで消えるんじゃなかったっけ」

丹羽の生活をサポートする日々を通じ、クマやんもアルコール依存症という病気に関する知識が増していた。

「一般的にはね。でも、なかには半年から一年以上の長期にわたって、手の震えや気分の落ち込み、集中力の欠如に悩み続ける患者さんもいる。遷延性《せんえんせい》離脱症状と言うの」

「せ、千円性？　まるで安酒が原因、みたいな響きだな」

「『長引く』という意味の遷延性だよ。寄せては引く波のように、症状は時に現れ、時に鎮まる……」

再来する抑うつ感と闘いながら合唱の指揮をしていた丹羽は、自分では脱したと思っていた手の震えに襲われ、パニック状態に陥ったのだろう。公演が間近に迫った緊張とストレスが引き金になった可能性もある。このあたりは、精神科医の我孫子に見解を求めたいところだ。

「それより熊田さん、こっちも聞きたいことがあるんですが。どうしてこの部屋にお酒があるんですか！」

菜々子はあえて改まった調子で尋ねる。自分が医師として心底怒っていることを、会場の担当職員に伝えるために。

「な、なに？　知らないよ、俺」

菜々子は丹羽から奪い取った酒瓶をクマやんの鼻の先に突きつけた。騒動のあおりで破れかけているが、のし紙が巻かれていた。

〈御祝　玉手市教育長　依田《よりた》國男《くにお》〉

「教育長からの差し入れか！　あのタヌキ親父、俺に内緒でとんでもない品を持って来やがって。次から検閲するから、許せ、菜々子」

クマやんが菜々子に向かって両手を合わせた。


凍《こご》えるような朝だった。

どでかいマグカップからコーヒーをすする。カントリー調のテーブルには、クリーム入りのスクランブルエッグとソーセージ、シロップたっぷりのパンケーキが並ぶ。

どれから食べようかと迷っている菜々子の向こう側では、丹羽とクマやんが大量のポテトと格闘していた。

丹羽とともに元米軍ハウスのレストランで朝の時間を過ごすようになって三週間弱。あっという間のことで、年の瀬を感じる余裕もなかった。

テラスデッキに面した窓際には、本物のモミの木のクリスマスツリーがそびえ立つ。色とりどりの装飾は、天井がひときわ高い店内の空間を華やかに演出していた。

菜々子の視線に気づいたのか、丹羽が立ち上がってマスターに一礼し、ツリーから何やら飾りをひとつ拝借してくる。

「これ、何だか分かります？」

そう言って丹羽は、真っ赤なオーナメントボールを菜々子たちの目の前にかざした。

「クーゲルって言うんです」

「なんすか？」

「ドイツ語で球のことです。もとはリンゴの実を模した飾りですよ」

赤い球体をくるくる回して、丹羽はいたずらっぽい顔を見せた。

「え？　リンゴってことは……」

「そうです。アダムとイブが手を出すなと言われた禁断の果実を飾りつけて、人々は神にお祈りしているんですよ。クリスマスってのは、罪なイベントです」

落ち着いた声のまま丹羽が笑う。クマやんがきまり悪そうな表情を浮かべた。

「……一昨日《おととい》の件では、改めてお二人にお詫びとお礼を言います。そして、誓いますよ。今日から僕は、目の前に酒を置かれても動じません。ちゃんと頑張り続けます」

丹羽の真剣な瞳を見つめ、菜々子は大きくうなずいた。

十二月二十二日、公演本番の朝だった。

「それでは会場に一番乗りと行きますか」

クマやんがコーヒーを飲み干して宣言した。

走り出した車から、外を眺める。すっかり葉を落とした木々が後方へ飛び去ってゆく。練習を始めた頃とはすっかり変わった風景を見ているうちに、菜々子には言い知れぬ緊張感が高まってきた。

いよいよ、今日なのだ。

「Freude, schöner《フロイデ シエーネル》……」と菜々子は、メロディーをこっそりと口ずさんだ。

「おや！」

後部座席の丹羽がそれに感づき、バリトンの美声を乗せてきた。心身ともに丹羽の調子は良さそうだ。酒のにおいもしない。

♪Deine《ダイネ》 Zauber《ツアウベル》 binden《ビンデン》 wieder《ヴィーデル》
Was《ヴァス》 die《ディー》 Mode《モーデ》 streng《シュトウレン》 geteilt《ゲタイルト》

ハンドルを握るクマやんも、負けじと加わってくる。ただ、彼のは日本語だ。

♪こころはほがらか　よろこびみちて
見かわす　われらの明るき笑顔

玉手市民会館が目の前に迫った頃、車内は大合唱になっていた。
信号待ちで横に並んだ車の運転手が、不審げな顔を向けてきた。朝っぱらから大声で聖なる歌を歌いながら車を走らせる男女三人組――。他人の目に自分たちは、酔っ払いか何かに見えるだろう。その状況が菜々子には夢物語のように感じられ、心の底から愉快だった。
そうだ。今日は菜々子自身も挑戦する夢のステージの日なのだ。

リハーサル室に全員が集合した。舞台に上がらない丹羽だけがセーター姿で、あとは男性が黒のスーツ、女性は白いブラウスに黒のスカートを身につけている。誰もが普段とは違う雰囲気に見えた。

祥子のブラウスの袖は、ふんわりとしたドレープがあり、姿勢の良さと相まってひときわ優雅に見えた。

「影浦さん、お似合いよ」

傍らで、祥子の着こなしを称《たた》える声が聞こえる。

「死んだ娘のです。『雪のブラウス』と呼んで気に入っていたのに、あまり着る間もなく……」

だが、悲しい顔ではなかった。梨花の話をしながら祥子がほほ笑むのを初めて見た。菜々子はひそかに驚く。

発声練習が始まった。

「緊張していたら、声も出ないよ。体を揺すって、揺すって」

丹羽は口を一杯に開いて見事な高音を発する一方、その腰つきはフラダンスかタコ踊りのようだ。

「ほら、もっともっと、ぶーらぶーら」

丹羽の指導に、団員が込み上げるような笑顔を隠せなくなる。体を左右に揺らしているうちに、すっかりいつもの雰囲気になってきた。

休憩入りが告げられた。このときだけは、医師に戻って全員の前に立とう。菜々子は、以前からそう決めていた。

タイミングを合わせ、急いで指揮台に駆け上がる。両手を挙げて菜々子は叫んだ。

「みなさーん、医師の葉村菜々子です。第九を元気に歌いきるためのアドバイスを聞いてください。休憩中に水分を十分に補給してくださいね。一口でもいいから、必ず。それから靴底のチェックと、足首回し。いつもと違う靴は、転倒しやすいので注意です！　それと、私からのラブ・レターもご用意しました。ええと、テノールの大《おお》島《しま》さん、バスの吉田《よしだ》さん、ソプラノの渡辺《わたなべ》さん、同じく神谷《かみや》さあん——」

メンバーの名前を読み上げながら、封筒に入れた紙をひとりひとりに渡す。狭心症の大島にはニトロ薬をポケットに入れておくように念押しし、腰痛のある吉田には本番前に痛み止めの薬を飲んでおくよう促すメッセージを書いた。いずれも三ヵ月間の練習を通じて、体調不良に陥ったり、健康面の不安が目についたりした団員たちだった。喘息持ちの女性にも、発作が起きたときのアドバイスを書き入れた。

祥子の目が気になった。自分はこの会に、医師として参加したのではなかった。けれど団員の体を守るのは歌のためでもあり、自分自身のためでもあるのだ。

休憩後のリハーサルもつつがなく終わった。あとは本番を待つのみだ。

「ステージにみんなを送り出す前に、僕からひとこと――」

指揮台の上、丹羽がひとつ咳払いをした。

「はっきり言う。アルコール依存症であることを隠したまま指導に当たるなんて、僕は本当に失礼なことをしてきた。色々な局面で迷惑をかけた。どうか許してほしい。そして今日は、練習の成果を信じて、自信を持って歌ってもらいたい。『この世はすべて舞台である』。皆さんには、僕が大好きなシェイクスピアの言葉を贈ります」

静かな拍手が、合唱団のメンバーの間に広がった。

「……で、ついでに、最後のもう一言。彼ほど有名じゃない別の劇作家は次のように言った。『この世はすべて舞台である。そして、私たちはほとんどの場合、やぶれかぶれのぶっつけ本番で臨むのだ』――皆さんは大丈夫！」

嵐のような拍手がメンバーからわき上がった。

丹羽が両手を大きく広げて打ち鳴らす。

「さあみんな、行ってこい！　歌ってこい！」

満ちた。

それに応えるかのように団員たちの拍手がさらにこだまする。力強い結束が室内に満ちた。

オーケストラによる第二楽章の演奏が終わり、第九の会の団員全員が舞台へ入場する。第四楽章が始まるまでは、ステージの上で静かに待つだけだ。

舞台からは、意外なほどに観客席がよく見えた。客席の最前列にいるのは、歌手の川瀬春馬に花束を渡した小山田夫妻だ。その隣には、なんと、投資家の綾部徳之助が座っている。タマテ・トーイの朝倉悦子社長が通ったリハビリセンターで、菜々子の尻を撫でてきたじいさんだ。和服の女性は、確かヒラメ師匠の奥様だ。果たして芸に通じた人の耳にはどう届くのだろう。菜々子は緊張してきた。以前、丹羽から「視線は観客席の後方に定めて、ぼんやりと眺めるように」とアドバイスされたのを思い返す。観客の顔を見ているうちに平常心を失うのを予防するためだったのか。

第三楽章が終わり、いよいよ歌の開始だ。団員全員が静かに立ち上がった。

♪おお　友よ、この調べではない！
もっと快い、喜びに満ちた調べに、ともに声を合わせよう力のこもったバスの独唱が響く。第九のほとんどはシラーの詩だが、最初の三行だけはベートーベンが作詞したものだ。もっと心地よいもの、もっと喜びに満ち溢《あふ》れるものを、とベートーベンは書いた。「作曲者の精神に応えるように、我々は意味を理解して歌い上げなさい」と言った丹羽の言葉がよみがえる。

♪太陽が大空の広壮な平地を飛翔するように、喜ばしく
　兄弟よ、君たちの道を走れ、勝利に向かう勇士のように楽しく

菜々子はこのパートを歌いながら、ここは丹羽が特に気に入っていた部分だと思い出す。原語の意味をとらえ、心を込め、皆で美しいハーモニーの形にして誰かに届くように歌う——それが実現できているのを感じる。何度も注意され、練習を重ね、苦労した日々が思い返される。ここまで来られたのは、すべて丹羽のおかげだ。

その丹羽は、舞台袖に立っているはずだが、菜々子が立っている位置からは見えない。夢中になって歌った。師の思いは十分に感じられた。歌のフィナーレが近づくにつれ、喜びが体中に満ちてくる。

演奏会は無事に終わった。幸いなことに、誰ひとりとして体調を崩すこともなく。

「ブラボー！」

客席から威勢のいいかけ声が飛ぶ。あちこちから鳴り響く拍手を菜々子は体で感じた。頑張って練習してきてよかったという思いが心の底から湧いてくる。メンバーたちと目が合う。皆が笑顔だった。嬉しい。ものすごく、嬉しい。この大きな喜びは、生きるエネルギーにもつながると実感する。

菜々子は、この市民会館の舞台で自分が続けてきた医療支援の「意味」をかみしめた。

丹羽が舞台袖で拍手を送りつつ、舞台を降りてきた団員を迎える。皆がまだ興奮さめやらぬなか、丹羽は静かに菜々子に近づいてきた。

「明日から入院します。我孫子先生のアドバイスです。酒の呪縛を完全に解くために。そして、来年もこのステージを担当するために」

丹羽は、きっぱりとした表情で菜々子にそう告げた。

「そうですか、安心しました」

それはよかった。菜々子は我孫子に心のなかで手を合わせる。丹羽には、専門的な入院治療によって回復への道を確実なものにしてもらいたい。それに、あのアメリカンな朝食も、文字通りゲップが出るくらい堪能《たんのう》した。

終演後のホワイエには、第九の会の団員全員が勢ぞろいし始めた。それぞれが家族や友人たちとにぎやかな輪を作り、いま一度、ステージの喜びを分かち合う時間だ。

祥子は、大ホールの壁際にひとり立っている。周囲には誰もいない。

今なら素直な気持ちで声をかけられそうだ。そっと歩み寄った菜々子が「お疲れさまでした……」と呼びかけた瞬間、祥子の頬に一筋の涙が流れた。

「私は、梨花と第九を歌いたかった――でも、あの子はステージに来られない」

顔を両手で覆い、祥子はその場にしゃがみこんだ。

「あなたのせいで、あの子は……」

菜々子は愕然とした。自分はまたも思い違いをしている――。

周囲の喧騒《けんそう》がすっと消え、背を丸めてすすり泣く祥子の声だけが耳に突き刺さる。

真新しい靴のつま先がひどく痛かった。


公演の翌日、エリからＬＩＮＥのメッセージが届いた。

〈いっしょに梨花姉ちゃんの家に行きませんか〉

菜々子は戸惑った。終演後の祥子の様子からは、とても受け入れてもらえそうにない。それに夏、菜々子が訪問して追い返された件をエリは知らない。どう返事しようかと迷っていると、エリからLINE電話がかかってきた。

「菜々子先生と梨花ママは、ちゃんとお話しした方がいいと思うよ。私、ずっと変だなあって思ってたし」

エリはエリで、菜々子と祥子の関係に気をもんでくれていた。

「梨花ママに頼んでおいたから」

なんと祥子は、一度だけならと菜々子の訪問を承諾したという。

次の日、菜々子はエリとともに梨花の家を訪れた。

国分寺の高台に立ち、影浦と書かれた表札を再び見上げる。冬なのに流れる汗を背中に感じた。あの日と同じだ。緊張しながら呼び鈴を押す。だが、反応はない。

「あれ？　約束の時間を間違えたかな？」

エリがつぶやいたとき、扉が開けられた。

祥子が硬い表情で立っている。やはり、あのときと変わらない。菜々子は深々とお辞儀をしながら身を固くした。

今回の祥子は、「帰ってください」とは言わなかった。しかし歓迎の言葉はなく、黙って家の奥に引っ込んだ。

「お邪魔しまーす」

エリが頓着《とんちゃく》しない様子で靴を脱ぎ、「先生も上がって」と、菜々子を手招きする。

エリに促され、菜々子は仏壇の間に入った。エリに続いて、梨花の位牌《いはい》の前で手を合わせた。線香の匂いが梨花の死を強く感じさせる。仏壇にカルビーのじゃがりこが供えられていた。

「確か、梨花さんの好きだった……」

そうつぶやくと、祥子は「バカですよね」と笑いもせずに言った。

「何を見ても、梨花に見せたい、食べさせたいと、いまだに考えてしまう。スーパーに行けば、お菓子売り場でこれを買わずにはいられない……」

菜々子は胸をつかまれるように感じた。

ともに練習を重ね、一緒に歌った第九の話は全く出ない。それがとても不自然なのだが、あのステージがあったからこそ、菜々子は今ここにいられる。

「改めまして、梨花さんのこと、何と申し上げてよいか……」

言葉に詰まる。

「世の中の医者にとっては、患者の死なんて当たり前で、慣れっこになっているんでしょうね。でも、ひとりひとりの患者の死で、それぞれの家族がずっと苦しみの中に生きているんです」

祥子が絞り出すような声で語った。

菜々子は黙って頭を下げる。

「三年前、娘を追って死のうと思いました。どうして自分は梨花をちゃんと支えられなかったのかと、今でも自分を責めています」

祥子が、仏壇を見ながらぽつぽつと語り始めた。

「実はあの子、十四歳のときに首を吊ろうとしたことがありました。大きな音がしたから部屋に行くと、首に紐《ひも》を巻いて咳き込む娘がいて。ハンガーラックが横倒しになっていた。娘の体重がかかってバランスが崩れたために大事には至らなかったのです。原因は分かりません。聞けませんでした。それ以来、私は梨花の機嫌を取ることにびくびくし続けました。それがつらくて、私は私の仕事に逃げ込んでしまった。心理的には育児放棄だったのかもしれません」

菜々子は黙って聞き続ける。どう答えていいか分からなかった。エリは畳の上で立てた膝を強く抱きしめている。

「だから、あの子が外に居場所を見つけたのは当然だったのです。あまりお行儀のよくない男の子と付き合っているのは知っていましたが、その頃から梨花はよく笑うようになったし、それでいいと思いました。母親なら、もっと真面目な男性と付き合うように言わなければいけなかったのかもしれません。でも、成人した娘の選択なのだから、できる限り応援することにしました」

位牌のそばに置かれた梨花の写真に手を添え、祥子は続けた。

「行儀が悪く見えた青年でも、梨花には優しくしてくれたようです。だから、私は自分の狭い価値観を克服して、彼を家族として受け入れようと、精いっぱいやってきたのです。でも結局、私は娘の自殺を止められなかった。ダメな母親ですね。親戚も周囲の人も、私を母親失格だと思っているはずです」

祥子はエリの顔をのぞき込んで、目を細めた。

「でも、エリちゃんだけは特別。毎日、私の所に来てくれたよね。梨花の好きなお菓子を供えて、『今日はこんなことがあったよ』と話しかけてくれて。死にたいなんて弱音を吐いた私に、『おばちゃんまで死んじゃいやだ』と泣いてくれて……」

祥子は目がしらにハンカチを当てた。エリが祥子の手を握る。

「梨花姉ちゃんは、私がいじめのことで『死にたい』って言ったら、『エリはよく頑張った』ってぎゅっとしてくれた。だからエリ、また頑張れた。私は、梨花姉ちゃんに助けられたの。事故のあとはお姉ちゃん、リハビリもすごく頑張っていたのに。あのときエリがお姉ちゃんに、もっとぎゅっとしてあげればよかった……」

エリは、「おばちゃん、ごめんね」と泣きじゃくった。祥子がエリの頭をなでる。

「梨花のために死ぬんじゃなくて、梨花のために生きようって思えたのは、エリちゃんのおかげよ。エリちゃんがいたから、悲しみといっしょに生きようって覚悟を決められたのよ」

菜々子は胸の奥に鈍い痛みが走るのを感じる。

「いつか、悲しみを乗り越えられれば、などと無神経なことを言って申し訳ありませんでした」

どこまで苦しめるのか、と祥子に言われたのを思い出した。

「悲しみはいつもいっしょ。でも、ようやく最近になって、梨花がこの世にいなくなったと思えるようになったんです。なぜかしらね、第九の練習をしているうちに、やっと、あの子はいない、あの子は死んだんだ——って」

祥子は少しほほ笑んだ。今日、初めて菜々子に見せてくれた表情らしい表情だった。

「梨花は、神様のそばへ旅立つことを選んだのですよね。そういう娘の思いを尊重してやれるのは、母親にしかできないこと。だから理解してあげないと」

自分に言い聞かせるような口調だった。

「正直に言いましょうか」

祥子は、改まった声を出した。

「もっと病院でちゃんと見てくれていれば梨花は死ななかったと、何度も怒りで震えました。私の携帯に吹き込まれた梨花の声は切なくて……。いくら悪気がなかったとは分かっていても、先生のことを許す気持ちにはなれません」

菜々子は冷水を浴びせられたような思いだった。留守番電話に残された梨花のメッセージは、菜々子も忘れられない。

——お母さん、絶対なんて、嘘だった。お母さん、ごめん。ありがとう。さようなら。

梨花の哀し気な声とともに、菜々子の記憶に深く残っている。

「この世に梨花が確かに生きていた証《あかし》を、先生も見てください」

祥子はそう言って立ち上がった。案内されたのは、梨花の部屋だった。

キラキラとしたアクセサリーが飾られた棚やテニスラケット、エヴァンゲリオンのポスター、すっかりドライフラワーになった花束など、そこは二十四歳の女性の部屋そのままだった。菜々子はエリとともに、部屋の中央で立ち止まり、ひとつひとつを見つめる。

机の中央に、アクリルケースの透明なフォトスタンドに入った梨花の写真があった。菜々子は思わず「あ、あのときの」とつぶやく。祥子が「病室の枕元に飾っていた写真です」とうなずく。

フォトスタンドの中で、髪の長い梨花が大きな花束を抱えて笑っていた。梨花自身が「ケンちゃんにプロポーズされた日」と説明してくれた写真だ。あれは権医会中央病院で菜々子が梨花の担当になって、何日目のことだっただろうか。

「ガラスがくもって良く見えない。おばちゃん、出してもいい？」

祥子がうなずくと、エリはフォトスタンドから写真を取り出した。それをくるりとひっくり返したとき、「あれ？」と声を上げた。エリは「なんかメッセージが書いてある」と読み上げる。

「『絶対に幸せにする。絶対に！　謙二』、だって」

菜々子の心に電撃のようなものが走った。第九の練習で丹羽にたたき込まれた「誰に向けた言葉なのか？」というフレーズが思い浮かぶ。

身を投げる前に梨花が残した「絶対なんて、嘘だった」という言葉は、菜々子に向けたものではなく、元婚約者の謙二に対して発せられた言葉ではなかったのか？

「こ、これは彼の字……」

祥子が目を見張った。

「あの、あの……」

祥子は口を半開きにし、しきりに何かを言おうとしている。

菜々子は祥子の肩を抱いた。

「先生――ごめんなさい。私、私……もしかしたら、とんでもない思い違いを」

大きな息づかいの中に、祥子のかすれた声が混じる。その言葉に、菜々子は強い違和感を覚えた。

「違います、違うんです。祥子さんが謝ることじゃない……」

菜々子は祥子の背中をさすった。ときおり鋭い嗚咽《おえつ》が漏れ聞こえてくる。祥子の骨ばった体は、いつまでも震えを止めようとはしなかった。

祥子の家を辞し、エリとふたりで玉手駅前に着いたときだった。薄暗がりの中で、路上パフォーマンスをする若者たちの姿があった。若者のひとりはロングヘアーの女の子で、そのひたむきな様子に、菜々子たちは声もなく見入る。

そのときふと、梨花の言った「絶対」は、やはり自分へ向けられた言葉ではなかったのかと感じた。ケンちゃんの気持ちと、医師が発した「絶対」は、同じレベルで考えていいはずはない。急に足がすくむ。

熱くなってしまう性格は何度もクマやんにからかわれてきた。感情が先に立つなんて、医師としては大きな欠点だ。絶対ではなく、別の言葉を探さなくては——。

「お、菜々子先生もお目が高いな」

どこからともなく現れたクマやんが、声をかけてくる。

「狭い街だねえ」

クマやんをチラリと見たエリが肩をすくめる。クマやんはふたりのそばに来て、路上パフォーマンスのセンターに立つ若者を指さした。

「あのラップしてる子、腎臓の難病で透析《とうせき》を受けているんだって。次はあの子たちのステージを応援してもらいたいんだけど……」

次々と言葉を繰り出す少年の姿は屈託がなく、エネルギッシュで、カッコよかった。楽しそうな雰囲気は、重い病気を抱えて生きているように見えない。

菜々子は、ステージの持つ力の強さを改めて感じる。出演者も観客も、人生を大きく弾ませるものがステージなのだ、と。

いつしか周囲はすっかり暗くなっていた。パフォーマンスを演じる若者たちの姿を、弱々しい街灯が照らす。

彼らの踊りを見ているうちに、自分もまた、こうしてこの街に守られ、育てられてきたのだと気づく。ステージに希望を見出す人々に、自分もまた希望を与えられている。こんな自分だけれど、許されるならずっとここで生きていきたいと思った。

「あしたはクリスマスだよ――」

すぐそばでエリの弾む声がする。どこからか聖なる歌声が聞こえてきた。

○主な参考文献

「シャボン玉生成機能付き超音波霧化装置、超音波霧化液体散布方法、感染予防舞台演出システム」本多電子株式会社、二〇一五年公開　<https://astamuse.com/ja/published/JP/No/2015096180>

「これが日本語で歌える『第九』」朝日新聞一九八六年二月二十日付夕刊

『ベートーヴェン作曲／交響曲第九番　第四楽章〝歓喜に寄せて〟』河合楽器製作所・出版事業部編、二〇〇三年

『多摩市民「第九」30年の歩み』多摩市民「第九」をうたう会、二〇一七年

『舞台医学入門』武藤芳照監修、山下敏彦・田中康仁・山本謙吾編集、新興医学出版社、二〇一八年

この作品はフィクションです。登場する人物・団体・名称等は架空であり、実在のものとは関係ありません。

解説

恩蔵憲一（インタビュアー）

二〇一八年五月二十一日夜八時、渋谷《しぶや》のＮＨＫ放送センターのスタジオで、私は、マイクを挟んで南杏子さんにインタビューを始めた。デビュー作『サイレント・ブレス』を読んで感銘を受け、『ラジオ深夜便』に是非出演して欲しいとお願いし実現した。昼間の診療を終えて駆け付けてくださった疲れも見せず、南さんは、自分が医師を目指した経緯、小説を書き始めた動機などを淡々と語られた。「寿命が長くないと自覚している患者さんの、ギリギリの状況から発せられる言葉には、深くてはっとするものが沢山あります。それを私だけの感動にしておきたくなくて、小説の形で読んでいただければ、他の人達にも役立つかもしれないと思いました」。質問が終末期医療の話に及ぶと、口調は次第に熱を帯びていった。「元気のある時はどんな治療も効くし、もう一度上向きになります。でも、海上すれすれに飛ぶ飛行機は、舵《かじ》を大きく切ると墜落する危険も大きい。壊れそうな家に突っかい棒をするような寄り添う医療が求められます」。「終末期医療では、医者側も家族も『あとどれくらい生きられるか』という逆算の思考が必要です。残された時間を少しでも心地よく過ごせるよう、患者さんや家族に寄り添った医療が大切です」。終始、控え目で静かな口調から発せられる言葉の一つ一つが、私の胸の奥底に深く入り込んだ。インタビュー番組は大きな反響を呼んだ。

本書『希望のステージ』(『ステージ・ドクター菜々子が熱くなる瞬間《とき》』を改題)は、人生最終章の医療をテーマにした『サイレント・ブレス』、医師と患者が理解し合うことの難しさを描いた『ディア・ペイシェント』に次ぐ三作目で、市民会館のステージに立つ出演者たちを医療サポートするという意表を突く設定である。確かに「今の時代、病気を持っていたり、高齢だったりする出演者はプロでもアマでもすごく多い」。命を削ってまでもステージに立ちたい、いや立たなければならない人達を支えるステージ・ドクターが居ても不思議は無い。

ある事情から都心の大病院を辞め、東京西郊の兄が経営する病院で働き始めた女医・葉村菜々子《はむらななこ》は、中学時代の同級生クマやんに市民会館のステージ・ドクターを頼まれる。本書は、そのステージを舞台に繰り広げられる六つの物語の連作から成る。
第一話「赤黒あげて、白とらない」と一見意味不明なタイトルの作品は、末期の肺《はい》癌《がん》で自分の余命が長くないと悟ったヒラメ師匠が、点滴や酸素吸入をしながらも、自らの生前葬として最後の舞台にかける執念が鬼気迫る。「STAGE FOR YOU」と銘打った舞台は、自分が「STAGE FOuR YOU（ステージⅣ）」の癌である告知で幕を開ける。ステージで披露された、「赤上げて、白下げないで……」の旗上げゲームは、実は弟子達の稽古場を作るための資金の足しにする「赤＝祝儀、黒＝香典、白＝領収書」のシャレだった。「俺は、幸せだ。……（中略）……こんな、体になっても、舞台をさせ……てくれた。本当はよ、ここが、天国だった」。家族や弟子達に看取《みと》られて、ヒラメ師匠は天国に旅立った。そして、六つの物語を貫く通しテーマが、少しずつ解き明かされていく。

白血病の少年が主人公の第二話は、コロナ禍と水泳の池江璃花子《いけえりかこ》選手の復活が話題を集めた現在、より現実感をもって読む側の胸を打つ。納豆工場の息子・木場大地《きばだいち》は、急性リンパ性白血病という安静を要する重病にもかかわらず、今年のピアノ発表会にどうしても出たいと言う事をきかない。大病院の主治医や兄の反対を押し切って、菜々子は大地の発表会出演に向けて必死に奔走《ほんそう》する。細心のウイルス感染予防の決め手は、聴衆のマスク着用と隠し兵器の乾燥防止のためのミスト入りシャボン玉。何度もハラハラさせられながらも、子ども達の「ネバ・ギバアッ！　ネバー・ギブアップ！」の熱い声援と、聴衆全員のマスク着用、「屋根まで飛んで」という願いを込めたシャボン玉作戦が功を奏し、演奏会は無事終了する。大地がそれ程までにステージで聴かせたかった演奏は、オーストリアにピアニストとして旅立つ、別居中の母親への励ましのエールだった。ハッピーエンドで終わる物語の影に顔を出すキーワード、「医療に絶対はない」。

第三話の主人公は、地元ゆかりの玩具メーカーの気丈な女性社長・朝倉悦子《あさくらえつこ》七十歳。最近とみに重症化してきた歩行障害を抱えている。亡き夫から社長の座を引き継いで頑張ってきた悦子には、一ヵ月半に迫った年明け恒例の祝賀会を兼ねた経営イベントで、「どうしても演壇に立たなければならない」事情があった。夫の遺志を継ぎ子どもの夢を育むおもちゃ作りを死守しようとする女性社長と、アメリカの大手投資ファンドに身売りして経営の安定を図ろうという息子の副社長・専務派との主導権争い。何としても元気な姿で夫の創業精神の継続を訴えたい悦子、そのスピーチを阻もうと様々な画策を巡らす副社長・専務派との骨肉の争いの中で、悦子をステージに立たせる為に繰り出す菜々子の数々の秘策、結末は読んでのお楽しみとさせて頂き、通しテーマの伏線となる言葉を紹介する。「ぶつかることで分かり合える――。……『立ち向かわなければ、ならないのかな』」。ついに、菜々子が前の大病院を辞めざるを得なくなった事情が明るみに出る。彼氏の運転するバイクの事故で脳挫傷《のうざしよう》を負った菜々子の患者・影浦梨花《かげうらりか》が、「お母さん、絶対なんて、嘘だった」という悲痛な声の遺言を残して病院で自殺した。

第四話の主人公、お年寄りのアイドル川瀬春馬《かわせはるま》の持病は、過換気症候群。強いストレスや極度の緊張などで過呼吸を起こす疾患だ。ロック歌手から演歌歌手に転身を余儀なくされたストレスや精神不安の中で、春馬は本番直前に発作を起こす。菜々子の懸命の呼吸法指導で難を逃れた春馬の心に、観客代表の老人の謝辞の言葉がカンフル剤のように響く。「あなたのファンは、大地の土……たとえつまずいても、またゆっくり立ち上がって咲けばいい。土はそれだけを願っているんです」。スピーチ後しばらくして、熱中症で意識を失った老人を見舞った春馬の口から出た言葉は、「絶対、このじいさんを治せよ」。

第五話は、さながら病気のデパートのような様々な持病を抱えた高齢者の和太鼓グループ・万世《まんせい》太鼓が、初公演に挑む。リーダー格夫妻の夫・橋口瑛太《はしぐちえいた》は糖尿病の発作を乗り切って、本番を迎えようとした矢先に、妻の美和《みわ》がウイルス性脳炎で倒れ意識不明の重体になる。数々の危機を乗り越え、メンバーが打ち鳴らした太鼓の音は、昏睡状態の病院のベッドの美和にも届き、意識を回復する。元気を取り戻した美和の口から、菜々子は気になる若い女性の名を聞く。太鼓の音のように、自分も言葉を届けたかった〝影浦梨花〟。

最終話のクランケは合唱指導者の丹羽竜也《にわたつや》、病名はアルコール依存症。その克服の過程の興味もさることながら、彼が指導する第九の市民合唱団に梨花の母と菜々子が参加することから、物語は意外な結末を迎える。絶対によくなると梨花を励まし、リハビリ治療を続けさせた菜々子に、母親の祥子《しょうこ》は強い敵意を抱いて恨《うら》み続けてきた。万世太鼓の美和の娘エリの仲介で梨花の家に祥子を訪ねた菜々子は、梨花のフォトスタンドに飾られた写真の裏側に、意外な言葉を発見する。「絶対に幸せにする。絶対に！　謙二」、事故を起こし、その後薄情にも梨花を捨てて去った彼氏の直筆。過ちに気づき泣き崩れて許しを請う祥子、菜々子はそれでも「絶対」は自分へ向けられた言葉ではないかと思う。

六つの物語が、まるで「絶対」というテーマの縦糸が一つ一つ珠の穴を通していくように、見事に繋がった。『「この世はすべて舞台』〜出演者も観客も、人生を大きく弾ませるステージ」での、ドクターとしての菜々子の仕事も完結する。

南さんの小説は、医師としての経験と専門知識が隅々にちりばめられている。肺癌、急性リンパ性白血病、廃用症候群、過換気症候群、1型糖尿病、アルコール依存症、どの病気も原因、症状、治療法等が、丁寧に説明されており、作品に奥行きと臨場感を醸し出している。「内耳《ないじ》のような螺旋《らせん》階段」というさりげない比喩一つにも、光景が鮮明に浮かび、作品を読む度に医学の知識が増えていく楽しみを感じさせてくれる。

そして、南さんの作品の真髄は、家族や患者に優しく寄り添うヒロインの存在だ。それは、まさに「権医《けんい》会《かい》グループに潜む医療父権主義」とは対極的な医師である。多くの医師が、治る見込みのない病気との闘いをやめることを敗北、死なせてしまうことは負けと勘違いしている中で、「死は負けではなくゴール、そのゴールに向かって患者や家族がどういう最期《さいご》を迎えたら良いかを、一緒に考えてくれる医師」、そんな菜々子先生のような、いや南さんのような医師に、私も最期は看て欲しい。

●本書は二〇一九年九月に、小社より刊行されました。
文庫化にあたり、一部を加筆・修正しました。
JASRAC 出 2107029-101

|著者| 南 杏子　1961年、徳島県生まれ。日本女子大学卒。出版社勤務を経て、東海大学医学部に学士編入。卒業後、慶応大学病院老年内科などで勤務したのち、スイスへ転居。スイス医療福祉互助会顧問医などを務める。帰国後、都内の高齢者病院に内科医として勤務。『サイレント・ブレス』(『サイレント・ブレス　看取りのカルテ』に改題)がデビュー作。その他の著書に、ドラマ化された『ディア・ペイシェント』(『ディア・ペイシェント　絆のカルテ』に改題)、映画化された『いのちの停車場』、『ブラックウェルに憧れて』、『ヴァイタル・サイン』がある。

希望《きぼう》のステージ

南《みなみ》 杏子《きょうこ》

2021年9月15日第1刷発行

講談社文庫

定価はカバーに
表示してあります

発行者──鈴木章一
発行所──株式会社　講談社
東京都文京区音羽2-12-21　〒112-8001
電話　出版 (03) 5395-3510
　　　販売 (03) 5395-5817
　　　業務 (03) 5395-3615

Printed in Japan

KODANSHA

デザイン─菊地信義
本文データ制作─講談社デジタル製作
印刷───中央精版印刷株式会社
製本───中央精版印刷株式会社

ISBN978-4-06-524939-0

講談社文庫刊行の辞

二十一世紀の到来を目睫に望みながら、われわれはいま、人類史上かつて例を見ない巨大な転換期をむかえようとしている。

世界も、日本も、激動の予兆に対する期待とおののきを内に蔵して、未知の時代に歩み入ろうとしている。このときにあたり、創業の人野間清治の「ナショナル・エデュケイター」への志を現代に甦らせようと意図して、われわれはここに古今の文芸作品はいうまでもなく、ひろく人文・社会・自然の諸科学から東西の名著を網羅する、新しい綜合文庫の発刊を決意した。

激動の転換期はまた断絶の時代である。われわれは戦後二十五年間の出版文化のありかたへの深い反省をこめて、この断絶の時代にあえて人間的な持続を求めようとする。いたずらに浮薄な商業主義のあだ花を追い求めることなく、長期にわたって良書に生命をあたえようとつとめるところにしか、今後の出版文化の真の繁栄はあり得ないと信じるからである。

同時にわれわれはこの綜合文庫の刊行を通じて、人文・社会・自然の諸科学が、結局人間の学にほかならないことを立証しようと願っている。かつて知識とは、「汝自身を知る」ことにつきていた。現代社会の瑣末な情報の氾濫のなかから、力強い知識の源泉を掘り起し、技術文明のただなかに、生きた人間の姿を復活させること。それこそわれわれの切なる希求である。

われわれは権威に盲従せず、俗流に媚びることなく、渾然一体となって日本の「草の根」をかたちづくる若く新しい世代の人々に、心をこめてこの新しい綜合文庫をおくり届けたい。それは知識の泉であるとともに感受性のふるさとであり、もっとも有機的に組織され、社会に開かれた万人のための大学をめざしている。大方の支援と協力を衷心より切望してやまない。

一九七一年七月

野間省一

講談社文庫 最新刊

相沢沙呼　**medium《メディウム》**　霊媒探偵城塚《じょうづか》翡翠《ひすい》
死者の言葉を伝える霊媒と推理作家が挑む連続殺人事件。予測不能の結末は最驚&最叫！

朝井まかて　**草々不一**
仇討ち、学問、嫁取り、剣術……。切なくも可笑《おか》しい江戸の武家の心を綴る、絶品！　短編集。

五木寛之　**青春の門**〈第九部　漂流篇〉
シベリアに生きる信介と、歌手になった織江。2人の運命は交錯するのか――昭和の青春！

多和田葉子　**地球にちりばめられて**
言語を手がかりに出会い、旅を通じて言葉のきらめきを発見するボーダレスな青春小説。

南　杏子　**希望のステージ**
舞台の医療サポートをする女医の姿。『いのちの停車場』の著者が贈る、もう一つの感動作！

岡本さとる　**雨やどり**〈駕籠屋春秋　新三と太十〉
身投げを試みた女の不幸の連鎖を断つために駕籠《かご》舁きたちが江戸を駆ける。感涙人情小説。

神護かずみ　**ノワールをまとう女**
裏工作も辞さない企業の炎上鎮火請負人が市民団体に潜入。第65回江戸川乱歩賞受賞作！

高田崇史　**京の怨霊、元出雲**〈古事記異聞〉
出雲国があったのは島根だけじゃない!?　朝廷が出雲族にかけた「呪い」の正体とは。

創刊50周年新装版

大沢在昌　**ザ・ジョーカー**〈新装版〉
着手金百万円で殺し以外の厄介事を請け負う男・ジョーカー。ハードボイルド小説決定版。

加納朋子　**ガラスの麒麟**〈新装版〉
女子高生が通り魔に殺された。心の闇を通じて犯人像に迫る、連作ミステリーの傑作！

講談社文庫 最新刊

富樫倫太郎
スカーフェイスⅣ デストラップ
〈警視庁特別捜査第三係・淵神律子〉
同僚刑事から行方不明少女の捜索を頼まれた律子に復讐犯の魔手が迫る。〈文庫書下ろし〉

小野寺史宜《おのでらふみのり》
縁《ゆかり》
嫌なことがあっても、予期せぬ「縁」に救われることもある。疲れた心にしみる群像劇！

佐々木裕一
千石の夢
〈公家武者信平ことはじめ(五)〉
あと三百石で夢の千石取りになる信平、妻と暮らすため京へと上る！ 130万部突破時代小説！

新井見枝香
本屋の新井
現役書店員の案内で本を売る側を覗けば、本を買うのも本屋を覗くのも、もっと楽しい。

宮内悠介
偶然の聖地
国、ジェンダー、SNS――ボーダーなき時代に鬼才・宮内悠介が描く物語という旅。

酒井順子
次の人、どうぞ！
自分の扉は自分で開けなくては！ 稀代の時代ウォッチャーによる伝説のエッセイ集、最終巻！

藤野嘉子
生き方がラクになる 60歳からは「小さくする」暮らし
還暦を前に、思い切って家や持ち物を手放したら、固定観念や執着からも自由になった！

舞城王太郎
私はあなたの瞳の林檎
あの子はずっと、特別。一途な恋のパワーが炸裂する、舞城王太郎デビュー20周年作品集！

飯田譲治
協力 梓河人
NIGHT《ナイト》 HEAD《ヘッド》 2041(下)
二組の能力者兄弟が出会うとき、結界が破られ、地球の運命をも左右する終局を迎える！

講談社タイガ

望月拓海
これでは数字が取れません
稼ぐヤツは億って金を稼ぐ。それが「放送作家」って仕事。異色のお仕事×青春譚開幕！

松岡正剛
外は、良寛。
良寛の書の「リズム」に共振し、「フラジャイル」な翁童性のうちに「近代への抵抗」を読み取る果てに見えてくる広大な風景。独自のアプローチで迫る日本文化論。

解説=水原紫苑　年譜=太田香保

まＬ１

978-4-06-524185-1

柳　宗悦
木喰上人
江戸後期の知られざる行者の刻んだ数多の仏。その表情に魅入られた著者の情熱によって、驚くべき生涯が明らかになる。民藝運動の礎となった記念碑的研究の書。

解説=岡本勝人　年譜=水尾比呂志、前田正明

やＰ１

978-4-06-290373-8

我孫子武丸　眠り姫とバンパイア
我孫子武丸　狼と兎のゲーム
我孫子武丸　新装版 殺戮にいたる病
有栖川有栖　ロシア紅茶の謎
有栖川有栖　スウェーデン館の謎
有栖川有栖　ブラジル蝶の謎
有栖川有栖　英国庭園の謎
有栖川有栖　ペルシャ猫の謎
有栖川有栖　幻想運河
有栖川有栖　幽霊刑事《デカ》
有栖川有栖　マレー鉄道の謎
有栖川有栖　スイス時計の謎
有栖川有栖　モロッコ水晶の謎
有栖川有栖　インド倶楽部の謎
有栖川有栖　新装版 マジックミラー
有栖川有栖　新装版 46番目の密室
有栖川有栖　虹果て村の秘密
有栖川有栖　闇の喇叭《らっぱ》
有栖川有栖　真夜中の探偵

有栖川有栖　論理爆弾
有栖川有栖　名探偵傑作短篇集 火村英生篇
姉小路 祐　影のクロス〈監察特任刑事《デカ》〉
姉小路 祐　緘殺《かんさつ》のファイル〈監察特任刑事《デカ》〉
浅田次郎　日輪の遺産
浅田次郎　勇気凜凜ルリの色
浅田次郎　四十肩と恋愛 勇気凜凜ルリの色
浅田次郎　霞町物語
浅田次郎　ひとは情熱がなければ生きていけない〈勇気凜凜ルリの色〉
浅田次郎　シェエラザード(上)(下)
浅田次郎　歩兵の本領
浅田次郎　蒼穹の昴 全四巻
浅田次郎　珍妃の井戸
浅田次郎　中原の虹 全四巻
浅田次郎　マンチュリアン・リポート
浅田次郎　天《てん》子《し》蒙《もう》塵《じん》 全四巻
浅田次郎　天国までの百マイル
浅田次郎　地下鉄《メトロ》に乗って〈新装版〉
浅田次郎　おもかげ

青木 玉　小石川の家
阿部和重　アメリカの夜
阿部和重　グランド・フィナーレ
阿部和重　A B C〈阿部和重初期作品集〉
阿部和重　ミステリアスセッティング
阿部和重　IP/NN 阿部和重傑作集
阿部和重　シンセミア(上)(下)
阿部和重　ピストルズ(上)(下)
甘糟りり子　産む、産まない、産めない
甘糟りり子　産まなくても、産めなくても
赤井三尋　翳《かげ》りゆく夏
あさのあつこ　NO.6(ナンバーシックス)#1
あさのあつこ　NO.6(ナンバーシックス)#2
あさのあつこ　NO.6(ナンバーシックス)#3
あさのあつこ　NO.6(ナンバーシックス)#4
あさのあつこ　NO.6(ナンバーシックス)#5
あさのあつこ　NO.6(ナンバーシックス)#6
あさのあつこ　NO.6(ナンバーシックス)#7
あさのあつこ　NO.6(ナンバーシックス)#8

あさのあつこ　NO.6〔ナンバーシックス〕#9
あさのあつこ　NO.6beyond〔ナンバーシックス・ビヨンド〕
あさのあつこ　待ってる〈橘屋草子〉
あさのあつこ　さいとう市立さいとう高校野球部（上）（下）
あさのあつこ　甲子園でエースしちゃいました〈さいとう市立さいとう高校野球部〉
あさのあつこ　おれが先輩？〈さいとう市立さいとう高校野球部〉
阿部夏丸　泣けない魚たち
朝倉かすみ　肝、焼ける
朝倉かすみ　好かれようとしない
朝倉かすみ　ともしびマーケット
朝倉かすみ　感応連鎖
朝倉かすみ　たそがれどきに見つけたもの
朝比奈あすか　憂鬱なハスビーン
朝比奈あすか　あの子が欲しい
天野作市　気高き昼寝
天野作市　みんなの旅行
青柳碧人　浜村渚の計算ノート
青柳碧人　浜村渚の計算ノート　2さつめ〈ふしぎの国の期末テスト〉
青柳碧人　浜村渚の計算ノート　3さつめ〈水色コンパスと恋する幾何学〉
青柳碧人　浜村渚の計算ノート　3と$\frac{1}{2}$さつめ〈ふえるま島の最終定理〉
青柳碧人　浜村渚の計算ノート　4さつめ〈方程式は歌声に乗って〉
青柳碧人　浜村渚の計算ノート　5さつめ〈鳴くよウグイス、平面上〉
青柳碧人　浜村渚の計算ノート　6さつめ〈パピルスよ、永遠に〉
青柳碧人　浜村渚の計算ノート　7さつめ〈悪魔とポタージュスープ〉
青柳碧人　浜村渚の計算ノート　8さつめ〈虚数じかけの夏みかん〉
青柳碧人　浜村渚の計算ノート　8と2分の1さつめ〈つるかめ家の一族〉
青柳碧人　浜村渚の計算ノート　9さつめ〈恋人たちの必勝法《マーチンゲール》〉
青柳碧人　霊視刑事夕雨子《ゆうこ》1〈誰かがそこにいる〉
青柳碧人　霊視刑事夕雨子2〈雨空の鎮魂歌《レクイエム》〉
朝井まかて　花《はな》競《くら》べ〈向嶋なずな屋繁盛記〉
朝井まかて　ちゃんちゃら
朝井まかて　すかたん
朝井まかて　ぬけまいる
朝井まかて　恋歌
朝井まかて　阿《お》蘭《らん》陀《だ》西《さい》鶴《かく》
朝井まかて　藪医《やぶい》ふらここ堂
朝井まかて　福袋
歩《あゆみ》りえこ　ブラを捨て旅に出よう〈貧乏乙女の〝世界一周〟旅行記〉
安藤祐介　営業零課《ぜろか》接待班
安藤祐介　被取締役《とりしまられやく》新入社員
安藤祐介　おい！山田〈大翔製菓広報宣伝部〉
安藤祐介　宝くじが当たったら
安藤祐介　一〇〇〇ヘクトパスカル
安藤祐介　テノヒラ幕府株式会社
安藤祐介　本のエンドロール
青木理　絞首刑
麻見和史　石の繭〈警視庁殺人分析班〉
麻見和史　蟻《あり》の階段〈警視庁殺人分析班〉
麻見和史　水晶の鼓動〈警視庁殺人分析班〉
麻見和史　虚空の糸〈警視庁殺人分析班〉
麻見和史　聖者の凶数〈警視庁殺人分析班〉
麻見和史　女神の骨格〈警視庁殺人分析班〉
麻見和史　蝶の力学〈警視庁殺人分析班〉
麻見和史　雨色の仔羊〈警視庁殺人分析班〉
麻見和史　奈落の偶像〈警視庁殺人分析班〉
麻見和史　鷹《たか》の砦《とりで》〈警視庁殺人分析班〉
麻見和史　凪《なぎ》の残響〈警視庁殺人分析班〉

講談社文庫　目録

麻見和史　深紅の断片〈警防課救命チーム〉
有川　浩　三匹のおっさん
有川　浩　三匹のおっさん　ふたたび
有川　浩　ヒア・カムズ・ザ・サン
有川　浩　旅猫リポート
有川ひろ　アンマーとぼくら
有川ひろほか　ニャンニャンにゃんそろじー
荒崎一海　門前仲町〈九頭竜覚山　浮世綴㈠〉
荒崎一海　蓬莱橋雨景〈九頭竜覚山　浮世綴㈡〉
荒崎一海　寺町哀感〈九頭竜覚山　浮世綴㈢〉
荒崎一海　小《お》名《な》木《き》川《がわ》〈九頭竜覚山　浮世綴㈣〉
荒崎一海　一色町雪花〈九頭竜覚山　浮世綴㈤〉
朱野帰《かえる》子《こ》　駅物語
朱野帰子　対岸の家事
東　浩紀　一般意志2・0〈ルソー、フロイト、グーグル〉
朝倉宏景　白球アフロ
朝倉宏景　野球部ひとり
朝倉宏景　つよく結べ、ポニーテール
朝井リョウ　スペードの3

朝井リョウ　世にも奇妙な君物語
有沢ゆう希　末次由紀　原作　ちはやふる　上の句〈小説〉
有沢ゆう希　末次由紀　原作　ちはやふる　下の句〈小説〉
有沢ゆう希　末次由紀　原作　ちはやふる　結び〈小説〉
有沢ゆう希　ろびこ　原作　となりの怪物くん〈小説〉
有沢ゆう希　小説　パーフェクトワールド〈君といる奇跡〉
有沢ゆう希　原作：金田一蓮十郎　脚本：徳永友一　小説　ライアー×ライアー
蒼井凜花　女唇《ルージュ》の伝言
秋川滝美　幸《こう》腹《ふく》な百貨店
秋川滝美　幸腹な百貨店〈デパ地下おにぎり騒動〉
秋川滝美　幸腹な百貨店〈催事場で蕎麦屋呑み〉
秋川滝美　マチのお気楽料理教室
東　芙美子　原作　雲田はるこ　脚本　羽原大介　小説　昭和元禄落語心中
赤神　諒　神遊の城
赤神　諒　大友二階崩れ
赤神　諒　大友落月記
赤神　諒　酔象の流儀　朝倉盛衰記
彩瀬まる　やがて海へと届く
浅生　鴨　伴走者

天野純希　有楽斎の戦
青木祐子　コーチ！〈はげまし屋・立花ことりのクライアントファイル〉
五木寛之　ソフィアの秋
五木寛之　狼のブルース
五木寛之　海峡物語
五木寛之　風花のひと
五木寛之　鳥の歌(上)(下)
五木寛之　燃える秋
五木寛之　真夜中の望遠鏡〈流されゆく日々'78〉
五木寛之　ナホトカ青春航路〈流されゆく日々'79〉
五木寛之　旅の幻燈
五木寛之　他力
五木寛之　こころの天気図
五木寛之　新装版　恋歌
五木寛之　百寺巡礼　第一巻　奈良
五木寛之　百寺巡礼　第二巻　北陸
五木寛之　百寺巡礼　第三巻　京都Ⅰ
五木寛之　百寺巡礼　第四巻　滋賀・東海
五木寛之　百寺巡礼　第五巻　関東・信州

講談社文庫　目録

五木寛之　百寺巡礼　第六巻　関西
五木寛之　百寺巡礼　第七巻　東北
五木寛之　百寺巡礼　第八巻　山陰・山陽
五木寛之　百寺巡礼　第九巻　京都II
五木寛之　百寺巡礼　第十巻　四国・九州
五木寛之　海外版　百寺巡礼　インド1
五木寛之　海外版　百寺巡礼　インド2
五木寛之　海外版　百寺巡礼　朝鮮半島
五木寛之　海外版　百寺巡礼　中国
五木寛之　海外版　百寺巡礼　ブータン
五木寛之　海外版　百寺巡礼　日本・アメリカ
五木寛之　青春の門　第七部　挑戦篇
五木寛之　青春の門　第八部　風雲篇
五木寛之　親鸞　青春篇 (上)(下)
五木寛之　親鸞　激動篇 (上)(下)
五木寛之　親鸞　完結篇 (上)(下)
五木寛之　五木寛之の金沢さんぽ
井上ひさし　モッキンポット師の後始末
井上ひさし　ナ　イ　ン

井上ひさし　四千万歩の男　全五冊
井上ひさし　四千万歩の男　忠敬の生き方
井上ひさし・司馬遼太郎　新装版　国家・宗教・日本人
池波正太郎　私の歳月
池波正太郎　よい匂いのする一夜
池波正太郎　梅安料理ごよみ
池波正太郎　わが家の夕めし
池波正太郎　新装版　緑のオリンピア
池波正太郎　新装版　殺しの四人〈仕掛人・藤枝梅安㈠〉
池波正太郎　新装版　梅安蟻地獄〈仕掛人・藤枝梅安㈡〉
池波正太郎　新装版　梅安最合傘〈仕掛人・藤枝梅安㈢〉
池波正太郎　新装版　梅安針供養〈仕掛人・藤枝梅安㈣〉
池波正太郎　新装版　梅安乱れ雲〈仕掛人・藤枝梅安㈤〉
池波正太郎　新装版　梅安影法師〈仕掛人・藤枝梅安㈥〉
池波正太郎　新装版　梅安冬時雨〈仕掛人・藤枝梅安㈦〉
池波正太郎　新装版　忍びの女 (上)(下)
池波正太郎　新装版　殺しの掟
池波正太郎　新装版　抜討ち半九郎
池波正太郎　新装版　娼婦の眼

池波正太郎　近藤勇白書〈レジェンド歴史時代小説〉(上)(下)
井上　靖　楊貴妃伝
石牟礼道子　新装版　苦《く》海《がい》浄《じょう》土《ど》〈わが水俣病〉
いわさきちひろ　ちひろのことば
いわさきちひろ・松本　猛　いわさきちひろの絵と心
いわさきちひろ・絵本美術館編　ちひろ・子どもの情景〈文庫ギャラリー〉
いわさきちひろ・絵本美術館編　ちひろ・紫のメッセージ〈文庫ギャラリー〉
いわさきちひろ・絵本美術館編　ちひろの花ことば〈文庫ギャラリー〉
いわさきちひろ・絵本美術館編　ちひろのアンデルセン〈文庫ギャラリー〉
いわさきちひろ・絵本美術館編　ちひろ・平和への願い〈文庫ギャラリー〉
石野径一郎　新装版　ひめゆりの塔
今西錦司　生物の世界
井沢元彦　義経幻殺録
井沢元彦　光と影の武蔵〈切支丹秘録〉
井沢元彦　新装版　猿丸幻視行
伊集院　静　乳　房
伊集院　静　遠い昨日
伊集院　静　夢は枯野を〈競輪躁鬱旅行〉
伊集院　静　野球で学んだこと　ヒデキ君に教わったこと

2021年6月15日現在